FRANKENSTEIN

Mary Shelley

FRANKENSTEIN

1818

MATERIAL COMPLEMENTAR
ACESSE AQUI

Título original: Frankenstein: or the Modern Prometheus

4ª Impressão 2025

Presidente: Paulo Roberto Houch
MTB 0083982/SP

Coordenação Editorial: Priscilla Sipans
Coordenação de Arte: Rubens Martim
Tradução e preparação de texto: Fabio Kataoka
Diagramação: Rogério Pires
Revisão: Valéria Paixão

Vendas: Tel.: (11) 3393-7727 (comercial2@editoraonline.com.br)

Foi feito o depósito legal.
Impresso na China.

IBC — Instituto Brasileiro de Cultura LTDA
CNPJ 04.207.648/0001-94
Avenida Juruá, 762 — Alphaville Industrial
CEP. 06455-010 — Barueri/SP
www.editoraonline.com.br

SUMÁRIO

INTRODUÇÃO

A escritora inglesa Mary Shelley tinha apenas dezenove anos quando escreveu *Frankenstein*, entre 1816 e 1817. Nos primeiros anos, o livro foi publicado sem autoria, que foi mencionada apenas em 1823. Em 1831, ela fez uma revisão e escreveu um prefácio explicando a origem da história.

Mary Shelley conduz a narrativa através de cartas enviadas pelo capitão de navio Robert Walton à sua irmã. Num momento em que a embarcação fica presa nas geleiras, Walton dá abrigo a Victor Frankenstein que lhe conta a sua história, dedicada à criação de um ser humano com base nos conhecimentos científicos da época.

Frankenstein, que virou sinônimo de criatura monstruosa, é também conhecido como "moderno Prometeu". Na mitologia grega, Prometeu era um titã, que roubou o segredo do fogo e quis revelar para a humanidade, sendo severamente castigado por Zeus. Essa comparação surge da ideia de que a criação da vida é exclusividade divina.

RICHARD ROTHWELL / DOMÍNIO PÚBLICO

Mary Shelley (1797-1851)

PREFÁCIO DA AUTORA

Dr. Darwin e outros cientistas alemães admitem que o fato sobre o qual se fundamenta esta ficção não é impossível de acontecer. Não pensem que eu alimente a menor crença em tal imaginação; no entanto, admitindo-a como a base de obra de fantasia, eu não me considerei como apenas tecendo uma série de terrores sobrenaturais. O fato do qual depende o interesse da história está isento das desvantagens de um simples conto de espectros ou encantamento. Foi sugerido pela originalidade das situações que ele desenvolve e, conquanto impossível como um fato físico, proporciona um ponto de vista à imaginação, para o delineamento das paixões humanas mais compreensivo e imperioso do que podem oferecer quaisquer umas das relações comuns dos acontecimentos reais.

Procurei, assim, preservar os princípios elementares da natureza humana, embora não tenha tido receio de inovar sobre suas combinações. A Ilíada, a poesia trágica da Grécia, Shakespeare na *Tempestade* e no *Sonho de uma Noite de Verão*, e mais especialmente Milton no *Paraíso Perdido* amoldam-se a essa regra; e o mais humilde novelista, que procura dar ou receber diversão de suas obras, pode, sem presunção alguma, aplicar um pouco de liberdade à prosa ficcionista, ou melhor, adaptar-se à regra de cuja adoção tantas requintadas combinações do sentimento humano resultaram nos mais elevados exemplos de poesia.

A situação em que se baseia a minha história surgiu em uma conversa casual. Começou em parte como fonte de diversão, em parte como uma forma de exercitar recursos inexplorados do cérebro. À medida que a obra prosseguia, surgiram outros motivos que se misturaram a esses. Não sou indiferente ao modo por que o leitor é afetado pelas tendências morais existentes nos sentimentos ou personalidade. Mas minha principal preocupação a este respeito limitou-se a evitar os enervantes efeitos das novelas atuais, a afabilidade da afeição doméstica e a excelência da virtude universal. As opiniões que naturalmente brotam da personalidade e da situação do herói não devem ser concebidas como sempre existentes em minhas próprias convicções. Também não é o caso de se tirar das páginas que se seguem qualquer inferência prejudicial a doutrinas filosóficas de qualquer espécie.

Não foi por acaso que esta história começou na majestosa região em que a cena se desenvolve e numa roda social da qual sempre se haverá saudades. Passei o verão de 1816 nas cercanias de Genebra. O tempo estava frio e chuvoso. À noite reuníamo-nos em volta de uma fogueira e ocasionalmente nos divertíamos com algumas histórias alemãs de fantasmas que caíram em nossas mãos. Esses contos despertavam em nós um desejo de imitação. Dois outros amigos e eu combinamos escrever, cada um, uma história baseada em algum acontecimento sobrenatural.

O tempo melhorou repentinamente, e meus dois amigos seguiram para uma viagem entre os Alpes e perderam, nos magníficos cenários que eles apresentam, toda a lembrança de suas visões fantásticas. O conto a seguir foi o único que chegou ao fim.

Marlow, setembro de 1817.

CARTA 1

À Sra. Saville, Inglaterra

São Petersburgo, 11 de dezembro de 17...

Você ficará aliviada em saber que nenhum desastre aconteceu no início de uma empreitada que você via com tantos pressentimentos negativos. Cheguei aqui ontem e minha primeira ideia foi assegurar a minha irmã de que estou bem e confiante no sucesso de meu empreendimento.

Já estou bem ao norte de Londres. Ao andar pelas ruas de São Petersburgo, sinto uma brisa fria do norte em meu rosto, que revigora minhas forças e me envolve de prazer. Você imagina essa sensação? Essa brisa, que vem de regiões para as quais estou indo, antecipa a percepção daqueles climas gelados. Animado por esse vento de promessa, meus sonhos diários tornam-se mais vívidos. Tento em vão ser persuadido de que o polo é um local de gelo e desolação; mas sempre o imagino como uma região de beleza e encantamento.

Lá, Margaret, o sol é sempre visível. Seu amplo disco apenas toca o horizonte e irradia um esplendor infinito. Deixe, minha irmã, que eu dê algum crédito aos navegadores do passado, lá não há neve ou gelo; e navegando num mar calmo, podemos ser conduzidos até uma terra plena de maravilhas jamais vistas no mundo habitado. Suas formas são inigualáveis, e a visão que se tem dos corpos celestes certamente só é possível em lugares tão ermos. O que não se pode esperar num país de luz eterna? Poderei descobrir o poder extraordinário que atrai o ponteiro da bússola. E farei milhares de observações celestiais, que vão propiciar a esta viagem uma visão eterna de suas formas excêntricas. Matarei a minha curiosidade com a visão de parte do mundo nunca antes visitada e pisarei uma terra nunca antes marcada pelos pés do homem. O fascínio dessas descobertas é o suficiente para que eu supere qualquer medo de perigos ou até da morte, estimulando-me a dar início a esta árdua viagem com a mesma alegria de uma criança ao entrar num pequeno barco, em férias com os amigos, numa expedição exploratória no rio da sua terra. Mas, supondo que todas essas conjecturas sejam falsas, impossível contestar o inestimável benefício que poderei legar a toda a humanidade até a última geração ao descobrir uma passagem perto do Polo para aqueles países cuja travessia hoje leva muitos meses; ou ao descobrir o segredo do magnetismo, o que, se é possível, o é apenas por meio de uma empreitada como a minha.

Ao fazer essas reflexões, dissipou-se a agitação com que comecei minha carta e meu coração ficou arrebatado de um entusiasmo que me eleva ao céu, pois nada se iguala tanto para acalmar a mente do que um propósito firme, ou seja, um ponto sobre o qual a alma possa se fixar intelectualmente. Essa expedição foi o maior sonho de minha juventude. Li com paixão os vários relatos das viagens que foram feitas com o objetivo de alcançar o Pacífico Norte pelos mares que cercam o Polo. Você deve se lembrar da biblioteca de nosso bom tio Thomas, que era composta por histórias de viagens feitas com o objetivo do descobrimento. Nunca me dediquei aos estudos, mas sempre adorei ler. Esses volumes eram meu estudo dia e noite, e minha familiaridade com eles aumentava aquele desconsolo que eu havia sentido, ainda criança, ao saber que as circunstâncias da morte de meu pai levaram meu tio a proibir que eu embarcasse numa vida de aventuras no mar.

Essas visões se diluíram quando, pela primeira vez, tomei contato com aqueles poetas cujas exaltações invadiram minha alma e me conduziram ao céu. Também me tornei poeta, e durante um ano vivi num paraíso que eu mesmo havia criado; imaginei que também poderia obter um lugar no templo que consagrava Homero e Shakespeare. Você conhece bem o meu fracasso, e como fiquei frustrado. Mas na mesma época recebi uma herança de meu primo, e meus pensamentos se voltaram para aqueles sonhos juvenis.

Já faz seis anos desde que decidi empreender esta viagem. Ainda hoje me lembro do dia em que tomei essa decisão. A partir de então, submeti meu corpo às adversidades. Acompanhei pescadores de baleias em muitas expedições ao mar do Norte. Suportei, voluntariamente, frio, fome, sede e sono. Normalmente, trabalhava mais que os marinheiros durante o dia e passava as noites estudando matemática, medicina e aqueles ramos da ciência natural dos quais um aventureiro naval tem vantagens práticas. Por duas vezes, prestei serviços de ajudante num baleeiro de bandeira groenlandesa, tendo me saído muito bem. Confesso que me senti lisonjeado quando o capitão me ofereceu o segundo posto no navio e insistiu que continuasse com ele, tamanha era sua consideração por meu trabalho.

E agora, querida Margaret, não mereço construir um grande destino? Eu bem poderia ter levado uma vida de luxo e prazer, mas preferi a glória a todos os atrativos da riqueza. Oh, alguém haveria de concordar com isso? Tenho coragem e determinação, mas minhas esperanças oscilam e, muitas vezes, desanimo. Estou prestes a fazer uma viagem longa e difícil, que exigirá de mim muita força. Além disso, terei que estimular os outros e, claro, sustentar o próprio ânimo, especialmente, quando o dos demais estiver enfraquecido.

Esta é a melhor época para viajar pela Rússia. Os trenós deslizam rapidamente sobre a neve, o que, em minha opinião, é muito mais agradável que o movimento das diligências inglesas. O frio é suportável quando se usa um casaco de peles, uma roupa que já adotei, pois há uma grande diferença entre ficar andando no convés e permanecer sentado imóvel durante horas, sem poder fazer nenhum exercício para evitar o congelamento do sangue. Não quero perder a vida na estrada entre São Petersburgo e Arcangel.

Daqui a quinze ou vinte dias, partirei para Arcangel, onde pretendo alugar um navio, o que pode ser feito sem dificuldade pagando um seguro ao proprietário, e contratar um número suficiente de marinheiros entre os pescadores de baleia. Não pretendo velejar antes do mês de junho. Quando devo voltar? Ah, minha querida irmã, como posso responder a essa pergunta? Em caso de sucesso, muitos e muitos meses, talvez anos, vão se passar antes que voltemos a nos encontrar. Se fracassar, você me verá em breve, ou nunca mais.

Adeus, minha querida e bondosa Margaret. Que os céus derramem bênçãos sobre você e me protejam para que eu possa ser grato eternamente por todo o seu amor e doçura.

Seu afetuoso irmão,
Robert Walton

CARTA 2

À Sra. Saville, Inglaterra

Arcangel, 28 de março de 17...

Incrível como demora a passar o tempo aqui, cercado que estou pela geada e neve! No entanto, já dei mais um passo que visa à realização de minha empreitada. Aluguei um navio e estou selecionando os marinheiros. Aqueles que já contratei parecem ser homens confiáveis, corajosos e destemidos.

Agora, porém, tenho um desejo que nunca pude satisfazer e sinto-o cada vez mais intenso. Não tenho amigos, Margaret. Por um lado, se estou entusiasmado com o sucesso, não tenho com quem dividir a alegria. E se estou tomado pela decepção, não conto com o apoio de ninguém. Pretendo colocar meus pensamentos no papel, é verdade, mas esse é um recurso muito solitário para alguém manifestar seus sentimentos. Gostaria de ter a companhia de uma pessoa que pensasse como eu, que tivéssemos afinidades. Você pode me considerar um sonhador, minha querida irmã, mas eu realmente sinto necessidade de um amigo. Não tenho ninguém próximo a mim, sereno e corajoso, que seja culto e tenha uma mente aberta, que pudesse trocar comigo experiências e, até mesmo, aprovar ou corrigir meus planos. Acredito que um amigo ajudaria a suprir as falhas de seu pobre irmão! Sou muito impulsivo na execução e impaciente demais diante das dificuldades. Outra característica que me atrapalha é o fato de ser autodidata. Até os catorze anos vivi livre, sem preocupações e somente li os livros de viagens da biblioteca de nosso tio Thomas. Nessa fase, conheci os poetas consagrados de nosso país, que me inspiraram por um tempo. Depois, senti necessidade de me familiarizar com outras línguas além da minha. Agora, aos vinte e oito anos, tenho menos leitura que muitos estudantes de quinze. Na realidade, tenho pensado demais e meus sonhos são mais abrangentes e magníficos, mas falta harmonia, como dizem os pintores. Realmente anseio por um amigo que tenha discernimen-

to suficiente para não me ver como um sonhador e paciência para me ajudar a organizar minhas ideias.

Minhas queixas são inúteis. Dificilmente, encontrarei um amigo neste imenso oceano, nem mesmo aqui em Arcangel, entre comerciantes e marinheiros. Reconheço que até os homens mais rudes têm sentimentos dignos. Meu imediato, por exemplo, é um homem corajoso e empreendedor; deseja alcançar a glória, ou melhor, ter progresso na profissão. Ele é um inglês e, apesar de viver em meio ao preconceito nacional e profissional e de não ter uma cultura refinada, conserva certa nobreza. Eu o conheci a bordo de um navio baleeiro. Assim que soube que estava na cidade e desempregado, imediatamente o convidei a participar de minha aventura.

O mestre, que tem excelente disposição, se destaca no navio por sua educação gentileza e pela brandura de sua disciplina. Essas características, acrescidas de integridade e coragem a toda prova, me motivaram a ponto de contratá-lo.

Passei a juventude na solidão, vivi meus melhores anos em sua doce e feminina companhia, moldando meu caráter de tal forma que sou incapaz de superar o desgosto intenso que me causa a brutalidade, tão comum nos navios. Ouvi falar dele pela primeira vez de uma maneira romântica, por uma mulher que deve a ele a felicidade de sua vida. Em resumo, esta é a história. Há alguns anos ele amou uma jovem russa de pequena fortuna e, como ele havia ganho uma considerável quantia em dinheiro, o pai da moça consentiu o casamento. Antes da cerimônia, ao encontrar sua amada, ela se desfez em lágrimas. Atirou-se aos seus pés e implorou que a deixasse, confessando que amava outro. Como, porém, esse outro era pobre, seu pai nunca permitiria a união. Meu generoso amigo a tranquilizou e, depois de saber quem era o seu amado, desistiu do casamento. Ele já havia comprado uma fazenda, onde estava decidido a passar o resto de sua vida, mas a deu para o rival, assim como o dinheiro que tinha sobrado. Então, ele mesmo pediu ao pai da jovem que concedesse a mão da filha ao outro pretendente. Mas o velho recusou decididamente, em consideração à palavra dada ao meu amigo. Como o velho se mantinha inflexível, ele deixou o país, e só voltou depois que soube que sua ex-amada havia se casado conforme seus desejos. "Que ser nobre", você pensará. Isso mesmo. E, no entanto, totalmente iletrado. É tão quieto quanto um turco e tem um comportamento um tanto seco e rude, o que torna sua conduta ainda mais surpreendente e, ao mesmo tempo, diminui a simpatia que ele de outro modo poderia inspirar.

Apesar das minhas lamúrias e busca de consolo, não pense que eu tenha enfraquecido em meus propósitos. Eles são tão firmes como o destino, e minha viagem só foi prorrogada até que as condições do tempo permitam o embarque. O inverno tem sido terrivelmente rigoroso, mas a primavera é promissora. Como é considerada uma estação precoce, talvez eu embarque antes do que imaginava. Nada farei afoitamente. Você me conhece o suficiente para confiar em minha prudência e cuidado, principalmente quando a segurança dos outros está sob minha responsabilidade.

Difícil descrever as minhas sensações com a perspectiva da partida. Ao mesmo tempo, sinto um enorme prazer e certo medo ao fazer os preparativos da viagem. Vou para regiões inexploradas, para a terra do nevoeiro e da neve, mas não pretendo matar albatrozes. Não se preocupe com minha segurança, ou eu voltarei para você tão debilitado e infeliz como o velho marinheiro. Você deve rir da minha alusão, mas vou revelar um segredo. Muitas vezes atribuí minha ligação e meu entusiasmo apaixonado pelos perigosos mistérios do oceano àquela criação dos poetas modernos mais imaginativos. Está fervilhando em minha alma algo incompreensível. Na prática, sou muito ativo, trabalhador, um operário pronto a executar tudo com perseverança, mas, paralelamente, há um amor e uma crença no assombroso inseridos em todos os meus projetos. Isso tudo me coloca distante dos caminhos normais dos homens, me levando para o mar bravo.

Querida irmã, continue a escrever-me sempre que puder. Com certeza, receberei suas cartas nos momentos em que mais precisarei delas para reforçar meu ânimo. Eu a amo com carinho. Lembre-se de mim com ternura, caso não tenha mais notícias minhas.

Seu afetuoso irmão,
Robert Walton

CARTA 3

À Sra. Saville, Inglaterra

17 de julho de 17...

Minha querida irmã, escrevo a você algumas linhas às pressas para dizer que estou em segurança e a viagem está adiantada. Esta carta chegará à Inglaterra por meio de um comerciante, em sua viagem de volta a Arcangel; mais afortunado do que eu, que talvez não possa ver minha terra natal por muitos anos. Estou, contudo, muito disposto. Meus homens são corajosos e determinados. Nem as placas de gelo que flutuam passando sem cessar por nós, indicando o perigo da região para a qual avançamos, parecem afetá-los. Já atingimos uma latitude muito alta, mas estamos em pleno verão e, apesar de não estar tão quente quanto na Inglaterra, os ventos do sul, que nos conduzem para aquelas regiões que eu desejo tanto alcançar, trazem um sopro de calor renovado que eu já não esperava encontrar.

Até agora nenhum acidente sério aconteceu que deva ser mencionado. Uma ou duas tormentas e o surgimento de uma fenda no casco são acidentes que navegadores experientes mal se lembrariam de registrar. Ficarei muito contente se nada pior nos acontecer durante nossa viagem.

Adeus, minha querida Margaret. Esteja certa de que, para o meu próprio bem e para o seu, não me exporei a nenhum perigo. Serei calmo, perseverante e prudente.

O sucesso, porém, deverá coroar meus esforços. Por que não? Desde que parti, tracei uma rota segura sobre os caminhos do mar, e as próprias estrelas serão testemunhas de meu triunfo. Por que não hei de vencer as forças selvagens? O que poderá deter a firme determinação de um homem?

Meu coração me guia assim. Mas tenho de me despedir. Que o céu a abençoe, minha amada irmã!

Seu afetuoso irmão,

Robert Walton

CARTA 4

À Sra. Saville, Inglaterra

5 de agosto de 17...

Nós enfrentamos um acidente tão estranho que preciso registrá-lo, embora talvez você me veja antes mesmo que esta carta chegue às suas mãos.

Na segunda-feira passada, 31 de julho, estávamos quase cercados pelo gelo que bloqueava totalmente o navio, mal havia espaço suficiente para flutuar. Nossa situação era perigosa, especialmente porque também havia um extenso e forte nevoeiro. Diante disso, lançamos âncora, na esperança de que o tempo melhorasse.

Por volta das duas horas, a neblina se dissipou e avistamos, estendendo-se em todas as direções, vastas e irregulares planícies de gelo, que pareciam não ter fim. Alguns dos meus companheiros se assustaram, e eu mesmo fiquei mais atento aos acontecimentos. De repente, um estranho espetáculo chamou a nossa atenção, desviando a apreensão do momento. Percebemos um trenó puxado por cães, que rebocava uma carreta baixa, seguindo rumo ao norte, a uma distância de meia milha. Uma criatura que tinha aspecto humano, mas de estatura gigantesca, estava sentada no trenó guiando os animais. Com nossas lunetas observamos a trajetória do viajante, que se afastava rapidamente, até que ele sumiu de vista na superfície desigual do gelo.

Essa aparição nos deixou estupefatos. Afinal, estávamos, como acreditávamos, a muitas centenas de milhas de terra firme, mas o viajante parecia ignorar isso. Por causa de tanto gelo, era impossível seguir seu rastro.

Cerca de duas horas depois, ouvimos o estrondo do mar sob o gelo e, antes que anoitecesse, a espessa camada se rompeu, liberando o navio. Contudo, permanecemos ancorados até o amanhecer, temendo chocar, no escuro, contra aquelas placas soltas que flutuam após o rompimento do gelo. Aproveitei para descansar algumas horas.

Assim que amanheceu, subi ao convés e encontrei todos os marinheiros ocupados em um dos bordos do navio, aparentemente falando com alguém que estava no mar. Na realidade, era um trenó, tal como o que havíamos visto antes, e que tinha flutuado em nossa direção durante a noite, sobre um grande fragmento de gelo. Apenas um cão sobreviveu, mas havia um ser humano, a quem os marinheiros estavam estimulando a subir no navio. Ele não nos pareceu, tal como o outro viajante, um habitante selvagem de alguma ilha desconhecida, mas sim um europeu. Quando apareci no convés, o mestre disse:

— Este é o nosso capitão. Ele não permitirá que o senhor morra no mar.

Ao me ver, o estranho se dirigiu a mim em inglês, se bem que com sotaque estrangeiro:

— Antes que eu entre em seu navio, poderia fazer a gentileza de me informar qual é o seu destino?

Você pode imaginar meu espanto ao ouvir uma pergunta dessas, feita por um homem à beira da morte e para quem eu supunha que o meu navio fosse uma dádiva mais valiosa do que todos os tesouros da terra. Respondi, contudo, que estávamos numa viagem de exploração, rumo ao Polo Norte.

Ele pareceu satisfeito com a resposta e concordou em subir a bordo. Deus do céu! Margaret, se você visse o estado do homem, que ainda impunha condições para ser salvo, sua surpresa não teria limites. Seus membros estavam quase congelados, o corpo terrivelmente enfraquecido pela fadiga e pelo sofrimento. Nunca tinha visto alguém em tão lastimável estado. Tentamos carregá-lo para minha cabine, mas desmaiou assim que foi retirado do ar livre. Por isso, o levamos de volta ao convés e conseguimos reanimá-lo, fazendo algumas fricções de aguardente em seu corpo e forçando-o a engolir um pouco da bebida. Assim que voltou a si, nós o enrolamos em cobertores e o colocamos perto da chaminé do fogão, na cozinha. Aos poucos, ele se recuperou e tomou um pouco de sopa, que o revigorou sensivelmente.

Passados dois dias, ele ainda não tinha condições de falar. Cheguei a temer que seus sofrimentos tivessem afetado a sua mente. Depois que chegou a um melhor estágio de recuperação, o levei para minha cabine e passei a cuidar dele na medida do possível.

Criatura alguma jamais havia me despertado tanto interesse: seus olhos tinham uma expressão de fúria e de loucura, mas havia momentos em que, diante de qualquer favor ou do mais simples serviço prestado a ele, o seu semblante se iluminava todo e expressava doçura que nunca vi igual. Mas geralmente parecia melancólico e desalentado. Às vezes, rangia os dentes, como se acometido de fortes dores.

Quando meu hóspede deu uma melhorada, tive dificuldade em manter afastados os homens de bordo, que queriam fazer-lhe perguntas a toda hora. Procurei evitar ao máximo que o perturbassem, uma vez que ele precisava de repouso. A certa altura, porém, o imediato perguntou-lhe por que havia se aventurado no gelo com um veículo tão estranho.

Com o semblante de profunda tristeza, ele respondeu:

— Para procurar alguém que fugiu de mim.

— E o homem que você perseguia viajava da mesma forma?

— Sim.

— Então, imagino que o tenhamos visto, pois um dia antes daquele em que o recolhemos, avistamos um trenó arrastado por cães através do gelo, com um homem na boleia.

Essa informação despertou interesse e força ao estranho, que se levantou com dificuldade e fez uma série de perguntas sobre a rota que o demônio, como o chamava, tinha seguido.

Pouco mais tarde, voltamos a conversar a sós.

— É natural que eu tenha despertado a sua curiosidade bem como a dos tripulantes, mas você é muito discreto em não me fazer perguntas — disse o homem.

— Realmente, seria desumano e inconveniente incomodá-lo com minha curiosidade.

— Mas devo a minha vida a você, pois me salvou de uma situação estranha e perigosa.

Logo depois, ele perguntou se eu achava que o rompimento do gelo teria destruído o outro trenó. Respondi que tinha dúvidas do que aconteceu de verdade, uma vez que o gelo só começou a romper-se por volta da meia-noite e o viajante poderia ter chegado a um lugar seguro antes dessa hora.

Desde então, o estranho ficou mais animado. Insistiu em ficar no convés, a fim de observar tudo em volta. Mas consegui convencê-lo a ficar na cabine, pois não estava em condições de suportar a intempérie. Prometi a ele que o avisaria caso fosse avistado qualquer trenó ou coisa parecida.

Eis o meu diário em relação ao estranho acontecimento até o presente. O estado de saúde do estrangeiro melhorou bem, mas ele é muito calado e fica inquieto quando alguém, exceto eu, entra na cabine. Todavia, suas maneiras gentis e afáveis conquistaram os marinheiros, embora tenham pouco contato com ele. Da minha parte, começo a estimá-lo como um irmão. A sua tristeza profunda e constante me comove e desperta compaixão. Algo me diz que ele, em dias mais felizes, deve ter sido uma criatura cheia de nobreza, que ainda emana da sua personalidade atraente e amável.

Comentei em uma de minhas cartas, minha querida Margaret, que não encontraria um único amigo na imensidão do oceano; eis que o destino me apresenta um homem que, antes que o infortúnio se abatesse sobre seu espírito, eu gostaria de tê-lo como irmão.

Continuarei a escrever sobre o estranho, contando, de tempos em tempos, as novas experiências.

13 de agosto de 17...

A cada dia, cresce a minha estima e admiração pelo meu hóspede. Só lamento e sinto pena ao vê-lo tão aniquilado pela miséria. Ele é afável e culto. Ao falar, embora cada palavra seja meditada, sua linguagem é clara e eloquente.

Agora que sua saúde foi restabelecida, fica horas no convés, à espreita do trenó que fora visto antes do seu. Embora infeliz, ele se interessa muito pelos projetos alheios. Tenho conversado abertamente com ele sobre meus planos. Ele considerou favoráveis meus argumentos e analisou detalhadamente cada uma das medidas que adotei para obter um resultado com êxito. A sua simpatia e receptividade me motivaram a falar com ele francamente e manifestar o prazer com que eu sacrificaria minha fortuna, esperança e a própria existência para alcançar a expansão da minha empresa. A vida ou morte de um homem seriam um preço ínfimo a pagar pelo conhecimento que eu buscava e pela vitória sobre as forças da natureza hostis à espécie humana. À medida que eu falava, notei uma tristeza incontida se apossando de meu amigo. Percebi que ele, com as mãos diante dos olhos, procurava encobrir sua emoção; e minha voz embargou-se quando notei que as lágrimas escorriam pelo rosto, enquanto um profundo suspiro escapou do seu peito. Fiz uma pausa e por fim ele falou, com voz entrecortada:

— Oh, homem infeliz! Você compartilha da minha loucura? Você também bebeu da bebida embriagadora? Seja sensato e me ouça! Conheça a minha história, e afastará as suas ilusões!

Você pode imaginar como essas palavras aguçaram a minha curiosidade e, ao mesmo tempo, me deixaram preocupado com o homem, pois o seu impulso emocional afetou as suas faculdades, já debilitadas. Por isso, o convenci a descansar por algumas horas após uma conversa tranquila e alheia às circunstâncias, a fim de que o estranho recuperasse sua compostura.

O comportamento do homem se transformou assim que dominou os seus sentimentos. Ele parecia se condenar por se deixar levar pela paixão. Passado o desespero, ele quis voltar a conversar sobre meus planos e saber como foi a minha infância. Fiz um breve relato da minha história, o suficiente para despertar várias reflexões. Contei a ele sobre o meu desejo de encontrar um amigo, alguém que tivesse os mesmos interesses e afinidade espiritual. Disse, também, que acreditava que ninguém poderia ser realmente feliz enquanto não encontrasse essa amizade.

— Eu concordo com você — afirmou.

— Somos criaturas brutas, apenas semiacabadas quando nos falta alguém mais sábio, melhor do que nós mesmos, para nos ajudar no aperfeiçoamento da própria natureza, débil e falha. Eu tive um verdadeiro amigo, a mais nobre das criaturas humanas, e sei, portanto, o valor de uma amizade. Você tem esperança, o mundo à sua frente, e não entra em desespero. Perdi tudo, não tenho como recomeçar a vida.

Após esse desabafo, seu semblante expressou serenidade e resignação, o que me deixou comovido. Em seguida, se retirou pacífico e silencioso.

O que surpreende é ver esse homem, mesmo desalentado, demonstrar profundo sentimento e respeito à natureza. O céu estrelado, o mar e demais belezas naturais, tudo parece tocar e elevar a sua alma. Um homem assim tem dupla existência, ou melhor, por mais que sofra e esteja oprimido por decepções, ele se recolhe em si mesmo e desenvolve uma auréola na qual não penetram a dor ou a revolta.

Você deve rir ao constatar o meu fascínio por esse desconhecido. Não o faria se o conhecesse. Você tem aprendido por meio dos livros, tem se enclausurado em seu pequeno mundo e se sente entediada. Justamente por isso que poderia apreciar os méritos desse homem extraordinário. Tenho procurado descobrir que segredo, que poder oculto ele detém, capaz de elevá-lo tão acima de qualquer pessoa que conheci até hoje. Será, talvez, um discernimento intuitivo e infalível, uma inusitada faculdade de raciocínio, ou mesmo um poder de percepção que transcende o conhecimento do comum dos homens? Além disso, seu poder de comunicação e a entonação de sua voz impressionam profundamente.

19 de agosto de 17...

Ontem, o estranho me revelou o seguinte:

— Como pode perceber, capitão Walton, sofri numerosas desgraças. Havia decidido que a lembrança desses males morreria comigo, mas você me cativou a ponto de mudar de ideia. Igualmente como fiz no passado, você busca conhecimento e sabedoria. Espero que a satisfação de sua busca não venha a tornar-se uma serpente que inocule veneno em você, como aconteceu comigo. Duvido que o simples relato de meus infortúnios possa ser útil a você, mas, ao vê-lo seguindo o mesmo rumo e expondo-se aos mesmos perigos, creio que possa tirar algum proveito moral da minha história. Acredito, inclusive, que isso sirva para orientá-lo em caso de êxito ou para consolá-lo se fracassar.

Capitão Walton, prepare-se, então, para ouvir o relato de acontecimentos que normalmente poderiam ser considerados fantásticos. Caso estivéssemos em outro ambiente, como o que em outras épocas fazia parte do nosso dia a dia, eu temeria sua descrença. Porém, muitas coisas parecem possíveis nestas regiões misteriosas, coisas que poderiam provocar riso naqueles que resistem às forças mutáveis e irrefutáveis da natureza. Asseguro a você que minha história guarda, em sua própria essência, provas incontestáveis da sua verdade.

Imagine, Margaret, como fiquei agitado e atraído pela história do meu hóspede. Ao mesmo tempo que queria poupá-lo de reviver o seu sofrimento, também desejava ouvir a sua história, movido pela curiosidade e pela compaixão à sua dor. Na realidade, queria poder amenizar os sentimentos de mágoa e decepção que tanto o atormentavam.

— Obrigado por sua solidariedade, mas de nada pode me ajudar. Meu destino está quase cumprido. Espero apenas um acontecimento e, então, poderei descansar em paz — afirmou.

Ao demonstrar a minha intenção de interrompê-lo, fez um gesto como se pedisse calma e rapidamente prosseguiu:

— Compreendo o que você está sentindo, mas está enganado, meu amigo, se me permite tratá-lo assim. Nada poderá alterar o meu destino. Ouça a minha história e se convencerá disso.

Depois, avisou que começaria a sua narrativa no dia seguinte, quando eu tivesse tempo livre para ouvir. Mais uma vez, lhe agradeci muitíssimo. A partir daí, resolvi registrar, todas as noites, as suas próprias palavras relatadas durante o dia, procurando ser extremamente fiel. Se estiver muito ocupado, pelo menos tomarei notas.

Este manuscrito deverá propiciar a você grande prazer. Quanto a mim, que conheço o personagem e que ouço a história de sua própria boca, imagino com que interesse e orgulho o lerei no futuro! Neste momento, ao começar minha tarefa, ressoa em meus ouvidos sua voz sonora e vejo seus olhos brilhantes me envolvendo com toda a sua doçura melancólica. Reconheço a sua mão delgada, gesticulando com entusiasmo, enquanto o seu semblante revela o íntimo da sua alma. Estranha e angustiante deve ser a história da tormenta que desabou sobre a vida desse homem, levando-o ao naufrágio. Acompanhe essa história tão envolvente!

I

Eu sou natural de Genebra e minha família é uma das mais ilustres da república suíça. Durante muito tempo, meus ancestrais foram conselheiros e altos servidores do Estado. Meu pai exerceu várias funções públicas, conquistando grande reputação e respeito graças à sua integridade e dedicação à causa social. Assim, passou a sua juventude ocupado com os negócios ligados à administração do seu país. Em consequência do seu empenho, diversas circunstâncias impediram que ele se casasse cedo, vindo somente a contrair matrimônio bem mais velho e tornando-se pai de família.

Como várias situações ligadas ao seu casamento demonstram o seu caráter, vou descrever algumas. Um de seus amigos mais íntimos era um comerciante rico que caiu na miséria por causa de sucessivos infortúnios. Esse homem, chamado Beaufort e de temperamento orgulhoso e altivo, não suportava viver na pobreza e no esquecimento no mesmo país onde, anteriormente, era conhecido por sua posição e riqueza.

Depois de honrosamente ter liquidado suas dívidas, mudou-se com sua filha para a cidade de Lucerna, onde passou a viver isolado e na miséria. Meu pai tinha uma grande estima por Beaufort, por isso sentiu profundamente a partida do amigo em circunstância tão deplorável. Ademais, nunca se conformou com o seu orgulho e conduta inflexível que não condizia com a afeição que os unia.

Como era de se esperar, meu pai passou a procurá-lo com a esperança de encorajá-lo a recomeçar a vida, dando a ele apoio moral e financeiro.

No entanto, a obstinação de Beaufort o levou a adotar medidas eficazes para não ser encontrado. Somente passados dez meses é que meu pai descobriu onde ele morava, em uma modesta casa situada numa rua perto do rio Reuss. Eufórico com a descoberta do seu paradeiro, logo foi visitar o amigo. Ao chegar lá, porém, deparou-se com miséria e desespero. Da sua bancarrota, restou a Beaufort apenas uma pequena soma de dinheiro, que ele foi usando para o seu sustento e da filha. Durante todo esse tempo, o amigo ficou à espera de conseguir um emprego respeitável numa empresa comercial.

Sem ocupação e com as dificuldades aumentando, seus pesares se agravaram. Após esse período de inação, ele adoeceu. Ao fim de três meses, não tinha mais força para sair da cama.

Apesar da escassa economia e outras limitações, a filha o tratou com a maior dedicação. Caroline Beaufort não se entregou ao desespero e foi à luta. Dotada de grande força de caráter e coragem, encarou a adversidade, começando a fazer pequenos trabalhos, um artesanato de palha. De um modo ou de outro, ela conseguia ganhar algum dinheiro para prover, ainda que precariamente, a subsistência de ambos.

Vários meses transcorreram nessas dificuldades sem que o pai melhorasse, e ela passava a maior parte do tempo cuidando dele. Ao fim do décimo mês, o pai morria em seus braços. O golpe abateu-a duramente, deixando-a prostrada diante do ataúde paterno, chorando amargamente.

Essa foi a situação que meu pai encontrou ao entrar na modesta casa. Mas, para a moça, ele foi um espírito protetor enviado dos céus. Depois que enterrou o amigo, tomou-a a seus cuidados e trouxe-a para Genebra, deixando-a sob a guarda de parentes. Dois anos depois, Caroline tornou-se sua esposa.

A grande diferença de idade entre meus pais serviu para uni-los ainda mais. A relação amorosa entre os dois era tranquila. O senso de justiça, característica do seu caráter, exigia que ele respeitasse e fosse sincero com a pessoa amada. Exatamente o que ele, no passado, não teve da parte da mulher que amava, pois ela havia sido indigna da sua afeição. Ele só descobriu isso tardiamente.

Do confronto entre o amor frustrado do passado e a virtude do presente, nasceu um intenso sentimento de gratidão, base da adoração que passou a substituir o arroubo de paixão ocorrido na sua juventude. Além dos dons de Caroline, que alimentavam esse novo amor, meu pai procurava recompensá-la, de todas formas, pelos sofrimentos que a vida havia imposto a ela.

Ele fazia de tudo para deixá-la feliz, tratando-a com carinho, como um jardineiro cuida de uma flor exótica. A saúde dela e sua tranquilidade de espírito tinham, entretanto, sido abaladas pelas provações passadas. Assim, durante os dois anos que precederam o casamento, meu pai foi, pouco a pouco, convencendo-a se desobrigar de suas funções públicas. Com isso, eles puderam, logo após a união, buscar o ameno clima da Itália a fim de que a mudança de ambiente e os atrativos de uma excursão restaurassem as forças e a vitalidade da jovem. Da Itália, foram até a Alemanha e a França. Eu, o primogênito, nasci em Nápoles e, ainda criança, fiz várias viagens com meus pais. Durante anos permaneci como filho único.

A ternura das carícias de minha mãe e o sorriso de prazer benevolente de meu pai, ao cuidarem de mim, são minhas primeiras lembranças. Eu era o encanto, o ídolo e, mais do que isso, o filho, a indefesa e inocente criatura que o céu havia concedido a eles, para que educassem para o bem, e cujo destino futuro estava em suas mãos para a felicidade ou para a desgraça enquanto cumpriam seus deveres para comigo.

Graças a essa consciência de verdadeiros pais, aliada ao amor de ambos, pude receber lições de paciência, de bondade e de firmeza de caráter, o que deixava os meus dias tranquilos e felizes. Por muito tempo representei para eles o principal e único cuidado. Minha mãe também desejava ter uma filha.

Quando eu tinha uns cinco anos de idade, durante uma excursão pela Itália, passamos uma semana às margens do lago de Como. O altruísmo dos dois os levava, regularmente, a visitar as cabanas dos pobres a fim de dar às famílias algum alimento, uma palavra, um consolo. Para minha mãe, isso era mais que um dever. Socorrer os aflitos era uma forma de agradecimento pelo conforto que agora dispunha e pela distância que a separava do tempo de penúria vivido em Lucerna.

Num desses passeios, meus pais foram atraídos pelo aspecto desolador de um casebre no recanto de um vale, à frente do qual um grupo de crianças vestidas com trapos indicava miséria extrema. Um dia, quando meu pai havia viajado sozinho a Milão, minha mãe e eu fomos visitar o casebre. Lá encontramos um camponês e sua mulher, em estado de penúria, distribuindo uma minguada refeição entre cinco crianças famintas. Uma delas atraiu particularmente a atenção de minha mãe. Ela parecia pertencer a uma família diferente.

Quatro crianças tinham olhos escuros e aspecto vulgar. A quinta, porém, era delicada e de pele bem clara. Seus cabelos reluziam como ouro, parecia até que havia uma coroa na cabeça em contraste com suas vestes miseráveis. A sua testa era ampla e bem moldada; os olhos eram, azuis e límpidos, enquanto os lábios e as feições exprimiam tanta doçura e sensibilidade, que parecia uma criatura enviada do céu.

A pobre camponesa, ao perceber a admiração de minha mãe por aquela criança tão linda, apressou-se em contar sua história. A menina não era sua filha, mas de um nobre de Milão. A mãe era alemã e morreu ao dar à luz. A criança foi, então, confiada a esse casal de camponeses para que a criassem. Naquela época, eles viviam um pouco melhor. Fazia pouco tempo que tinham se casado e tido o primeiro filho.

O pai da menina era um desses italianos educados na tradição dos antigos escravos ávidos de honra, um entre tantos devotados de corpo e alma à libertação da pátria. Certamente, ele foi vítima de seu ideal, embora não se sabe ao certo se tinha morrido ou se definhava em algum calabouço nos confins da Áustria. Seus bens foram confiscados.

Órfã de mãe e pai, a menina continuava morando, com seus pais de criação, naquele ambiente miserável, onde florescia como uma rosa entre raminhos silvestres.

Ao voltar para casa vindo de Milão, meu pai encontrou brincando comigo, na entrada de nossa vila, uma criança que mais parecia uma pequenina fada dos bosques a iluminar todo o ambiente. Depois de esclarecida sua presença, minha mãe, com o assentimento de meu pai, convenceu o casal de camponeses a conceder a guarda da menina.

Eles estimavam a criança como sua própria filha. A presença dela era uma bênção na vida deles, mas concordaram que seria injusto mantê-la num ambiente pobre e inculto, quando a providência divina abria para ela um novo e seguro horizonte. O padre da aldeia, que também foi consultado, abençoou a adoção. Assim, Elizabeth Lavenza passou a fazer parte de minha família. Para mim, mais do que irmã, a companheira adorada de todos os momentos.

Todo mundo amava Elizabeth! A quase reverente devoção que todos dispensavam a ela era para mim um motivo de orgulho. Na véspera do dia que ingressou em nosso lar, minha mãe anunciou em tom de brincadeira:

— Tenho um presente para o meu Victor. Vou dar a você amanhã.

No dia seguinte, quando ela me apresentou Elizabeth, eu interpretei literalmente suas palavras. Passei a olhar Elizabeth como se fossem exclusivamente uma coisa minha, que eu teria de amar e proteger minuto a minuto. Os elogios e agrados dirigidos a ela eram como se fosse para mim também. Familiarmente, a gente se tratava por primo e prima. Nenhuma palavra tinha a força para expressar nossos sentimentos. Elizabeth deveria ser somente minha até a morte!

II

Nós fomos criados juntos. Nossa diferença de idade não chegava a um ano. Entre nós não havia desunião ou disputa, ou seja, a nossa relação era de harmonia. Eventuais diferenças nos aproximavam ainda mais. Elizabeth era de natureza calma e reservada, ao passo que eu, com muito ardor e sempre ávido por satisfazer minha curiosidade, era um poço de ansiedade de saber, conhecer e compreender o porquê das coisas.

Enquanto ela era contemplativa; eu, analítico. Ela admirava as criações e eu buscava as origens. Para mim, o mundo era um instigante segredo a desvendar. A insatisfação, o incansável interesse pelas leis ocultas da natureza, o entusiasmo pela percepção de uma partícula dos seus numerosos mistérios, tudo isso constituía as primeiras expressões do meu íntimo, até onde me lembro.

Depois do nascimento do segundo filho, sete anos mais novo do que eu, meus pais deixaram de viajar, fixando-se em seu país de origem. Eles eram donos de uma vila em Genebra e uma casa de campo em Belrive, na margem oriental do lago, distante da cidade cerca de quatro quilômetros.

Costumávamos ficar a maior parte do tempo na casa de campo, onde vivíamos tranquilamente. Por temperamento, eu preferia conviver com poucas pessoas, com as quais pudesse dividir mais intimamente o meu afeto. Por isso, eu era indiferente à maioria de meus colegas de escola, exceto com um deles, Henry Clerval, filho de um comerciante em Genebra. Tínhamos grande ligação!

Era um jovem de singular talento e muito criativo. Tinha o gosto da aventura e de trabalhos desafiantes. Apreciava livros de cavalaria e romances. Compôs poemas heroicos e fez várias incursões literárias no reino dos contos de fantasias e das aventuras de cavalaria.

Sempre estimulava a turma para representar pequenas peças e participar de festas à fantasia, cujos personagens eram inspirados nos heróis de Roncesvalles, da Távola Redonda do rei Artur e todos os paladinos que traçaram com sangue os seus caminhos pela redenção do Santo Sepulcro.

Duvido que alguém tenha tido infância mais feliz do que a minha, sob os permanentes cuidados e carinho de meus pais. Além de bondosos e tolerantes, eles sentiam prazer em participar de tudo que desfrutávamos. O convívio com outras famílias me permitia avaliar o quanto era feliz, nutrindo um profundo amor filial.

Há momentos em que minha índole me levava a ímpetos temperamentais e paixões impulsivas, mas sempre na ânsia interior de aprender e conhecer mais. Claro que não tudo, indiscriminadamente. Por exemplo, o mecanismo dos idiomas, os códigos governamentais, a política e a diplomacia nunca exerceram qualquer atração sobre mim. Eram os segredos dos céus e da terra que me interessavam, tais como a substância das coisas, o âmago da natureza ou os mistérios da alma. Na realidade, minhas indagações eram sempre dirigidas para as origens e segredos metafísicos.

Clerval, contudo, preferia ocupar-se do aspecto moral das coisas. A dinâmica do teatro da vida, as ações dos heróis, as virtudes e os pecados dos homens eram os seus temas prediletos. Almejava tornar-se um daqueles que deixaram nome na história, como arrojados ou ditosos benfeitores da humanidade.

A alma de Elizabeth era uma réstia de luz em nosso lar. Tudo nela tinha a presença do espírito do amor. Todos nós desfrutávamos da sua irradiante simpatia, sorriso aberto, voz melodiosa e da doçura de seus olhos. Quando ficava nervoso nos estudos ou grosseiro, ela me desarmava com a sua própria candura. E Clerval? Seria possível passar a mais leve sombra do mal por seu espírito? Ele também não poderia conciliar sua paixão pela aventura com os seus sentimentos humanitários, seu afeto, sua ternura, caso não houvessem pairado sobre ele os fluxos benfazejos do nosso anjo dourado, induzindo-o a dirigir suas ambições para a prática do bem.

Sinto muito prazer em revolver essas lembranças de um tempo em que a desgraça ainda não havia me estigmatizado, transformando uma ampla e altruística visão da vida em sombrias e egoísticas reflexões. Além disso, ao voltar a minha infância, sigo o roteiro dos acontecimentos que me conduziram, lamentavelmente, à minha posterior história de miséria. Na verdade, quando busco as origens da minha obsessão, que veio depois a comandar o meu destino, descubro que ela brotou, como um rio na montanha, de um fio de água antigo e quase esquecido, que se foi avolumando pouco a pouco, até converter-se na torrente que arrastou em seu curso todas as minhas esperanças e alegrias.

As ciências naturais foram a bússola de minha vida. Desejo, portanto, expor os fatos que me conduziram à predileção por aquelas ciências. Eu tinha uns treze anos quando um dia saímos todos para um passeio às termas próximas de Thonon. O mau tempo imprevisto nos obrigou a permanecer um dia inteiro na hospedaria, onde encontrei por acaso um volume das obras de Cornélio Agripa.

Abri o livro sem muito interesse, mas, à medida que avançava na leitura, a teoria que o escritor tentou demonstrar e os fatos maravilhosos relatados acabaram por transformar a minha apatia em entusiasmo. Uma nova luz parecia raiar em minha mente e, transbordando alegria, fui correndo contar a meu pai a descoberta.

Meu pai deu apenas uma olhada pelo título do livro e afirmou:

— Ah! Cornélio Agripa! Meu querido Victor, não perca tempo com isso. Não tem valor.

Em vez de tal observação, seria preferível que ele tivesse me explicado que os princípios de Agripa estavam superados e que havia sido criado um moderno sistema científico, mais bem fundamentado que a doutrina antiga, visto que os conceitos desta eram utópicos, ao passo que os da moderna eram reais e práticos. Se tivesse agido assim, certamente teria ficado satisfeito e deixado Agripa de lado. Além disso, teria me fixado com mais empenho nos meus antigos estudos. Outra coisa, o olhar superficial que meu pai lançou ao livro não me convenceu, em absoluto, de que ele conhecesse o conteúdo. Por isso, ignorei sua opinião e continuei a ler com maior interesse. É possível até que minhas ideias tenham ganhado impulso a ponto de me levarem à derrota.

Ao voltarmos para casa, tratei de obter as obras completas desse autor e, depois, as de Paracelso e Alberto Magno. Não somente li, como estudei com prazer as fantasias inconsequentes desses escritores. Para mim, eram verdadeiros tesouros que julgava ter e que poucos deveriam conhecer.

Na verdade, sempre desejei fervorosamente penetrar nos segredos da natureza. A despeito das notáveis descobertas dos filósofos modernos, as suas conclusões nunca me deixavam contente e satisfeito.

Conta-se que Sir Isaac Newton confessou, certa vez, que se sentia como uma criança a apanhar conchinhas nas praias do imenso e inexplorado oceano da verdade. Meus questionamentos pueris me levaram ao mesmo plano dos seus seguidores, em cada ramo da filosofia natural, com os quais eu estava familiarizado.

O simples camponês fazia uso prático daquilo que tinha ao seu redor e estava familiarizado. O filósofo mais erudito sabia pouco mais. Ele havia descoberto parcialmente a face da natureza, mas a essência permanecia um mistério. De que adianta dissecar, analisar e dar nomes se não se chega à profundidade e clareza das causas? Essas, em seus graus secundários e terciários, continuavam totalmente desconhecidas.

Eu havia me deparado com obstáculos que pareciam impedir que os seres humanos entrassem na cidadela da natureza. Entretanto, em apoio à minha briga com Isaac Newton, aqui estavam livros e homens que haviam ido mais a fundo e sabiam mais. Aceitei irrestritamente suas assertivas e me tornei seu discípulo. Pode parecer estranho que, em pleno século XVIII, coubesse uma atitude dessas, mas o importante era cumprir o currículo normal da educação ministrada nas escolas de Genebra. Em grande parte, fui autodidata nos meus estudos favoritos.

Meu pai não era cientista. Assim, tive de lutar contra a cegueira de uma criança apenas com a sede desenfreada de conhecimento. Sob a orientação de meus novos mestres, me debrucei à descoberta da pedra filosofal e do elixir da longa vida. Este último foi o meu objetivo principal. A riqueza era uma finalidade secundária, mas quanta glória haveria de coroar a descoberta que permitisse banir a doença do organismo humano, tornando o homem invulnerável a todas as mortes, salvo a provocada pela violência!

Meus sonhos, porém, iam mais longe. A evocação de espíritos ou demônios, o exorcismo e a ressurreição de fantasmas eram promessas generosamente feitas pelos meus favoritos, que eu procurava tornar realidade. Não importava que minhas bruxarias fracassassem, pois eu sempre atribuía o insucesso à minha inexperiência e engano, e não a uma falha na capacidade de meus instrutores.

Por um bom período, vivi nesse emaranhado de sistemas arcaicos, misturando, inadvertidamente, mil teorias contraditórias e caindo num atoleiro de conhecimentos conflitantes, até que um acidente veio mudar novamente o curso de minhas ideias.

Eu tinha por volta de quinze anos, e havíamos ido para nossa casa de campo em Belrive, quando enfrentamos uma tempestade das mais violentas e terríveis. Vinda de trás das montanhas do Jura, a borrasca explodiu de repente, com toda a fúria, em todos os quadrantes.

Enquanto durou o espetáculo da natureza enfurecida, permaneci a contemplá-lo com um misto de curiosidade e prazer. Como estivesse à porta, vi, de súbito, uma enorme língua de fogo expelida do antigo e belo carvalho que se erguia a cerca de vinte metros da nossa casa. Estranhamente, tão logo se desvaneceu aquela luz ofuscante, a árvore sumiu, não restando dela mais do que um cepo abatido. Na manhã seguinte, ao nos aproximarmos para verificar o ocorrido, encontramos o carvalho esfacelado de maneira singular. O raio não o partiu, mas o reduziu inteiramente a tiras de madeira. Ninguém jamais havia visto algo tão completamente destruído.

Antes desse episódio, eu ainda não havia experimentado as mais elementares leis da eletricidade. Por acaso, estava em nossa companhia um homem de grande saber no campo da ciência natural, que, a propósito da catástrofe, começou a explicar uma teoria que havia criado sobre o tema da eletricidade e do galvanismo, fenômenos novos e surpreendentes para mim.

A sua explicação balançou as teorias de Cornélio Agripa, Alberto Magno e Paracelso, os senhores de minha imaginação, me desestimulando a prosseguir nos estudos que até então me empolgavam.

Passei a ter novas dúvidas. Parecia que nada seria ou jamais poderia ser conhecido. De repente, tudo aquilo que estudei por tanto tempo e me dediquei a entender era desprezível.

Por um desses caprichos da mente, aos quais somos talvez mais sujeitos na adolescência, abandonei de pronto minhas ocupações recentes. Abandonei a história natural e de toda a sua gênese, como se fossem criaturas disformes e abortivas, e passei a nutrir o máximo desdém por essa ciência que jamais me permitiria ter acesso ao verdadeiro conhecimento.

Nesse estado de espírito, me entreguei à matemática e aos ramos de estudo a ela relacionados, por estar apoiada sobre sólidos fundamentos, sendo assim digna de toda a consideração. Estranha e complexa a natureza da alma, que tão somente por meio de débeis fios nos liga ao êxito ou ao fracasso!

Hoje acredito que essa mudança de inclinação e vontade teria sido a derradeira tentativa do meu anjo da guarda para me preservar da tormenta prestes a desencadear-se sobre mim. A serenidade que se seguiu ao abandono dos meus antigos e tumultuados estudos foi como um prenúncio de sua vitória. Eu aprendi, então, que o mal estaria na continuação deles, e a felicidade, no seu desprezo.

Entretanto, foi em vão o tremendo esforço do espírito do bem. A ele se opunha a força inelutável do destino, cujas leis imutáveis haviam decretado minha destruição total.

III

Assim que completei meus dezessete anos, meus pais me disseram que eu deveria ingressar na Universidade de Ingolstadt. Até então, havia frequentado as escolas de Genebra. Conforme meu pai, para ter um estudo completo, era preciso que eu me relacionasse com outras pessoas de costumes diferentes dos de meu país de origem. Minha partida foi marcada para um futuro próximo, mas, antes que chegasse o dia, ocorreu o primeiro infortúnio de minha vida. Na realidade, um presságio de minha futura derrota.

Elizabeth havia contraído escarlatina, uma enfermidade contagiosa. Minha mãe entregou-se totalmente ao seu cuidado. A princípio ainda atendeu aos nossos pedidos e argumentos, alertando-o sobre os riscos de se expor em demasia. Mas, ao perceber que a gravidade da doença ameaçava a vida de sua predileta, redobrou o seu atendimento e dedicação. Elizabeth foi salva, mas as consequências da imprudência recaíram sobre minha mãe. Ao terceiro dia, ela adoeceu. Sua febre foi acompanhada dos sintomas mais alarmantes, levando os médicos a prognosticar o pior. Ainda assim, manteve a coragem e bondade, que marcaram a sua vida, no leito de morte. Ela juntou as minhas mãos com as de Elizabeth e, praticamente, se despediu, dizendo:

— Meus filhos, minhas esperanças de felicidade eram assistir um dia a união de vocês. E essa esperança será agora o consolo de seu pai. Elizabeth, meu amor, cabe a você tomar meu lugar junto a meus filhos menores. Feliz e amada como tenho sido, me entristeço ao ser tirada da companhia de todos vocês. Mas esse sentimento não me parece digno. Vou me esforçar para enfrentar com resignação a morte, na esperança de encontrá-los em outro mundo.

Como era seu desejo, ela morreu calma e serena. Seu semblante transmitia ternura e afeto. Difícil, nem vale a pena, descrever nossos sentimentos em relação ao rompimento desses laços de amor. No rosto, havia desespero. Em volta, o vazio.

Ainda que o tempo não pare, continua penoso aceitar que o ser que nos acompanhava dia a dia e cuja existência parecia parte de nossa própria vida, tenha partido para sempre; que a doçura de olhos bem-amados tenha acabado e que nunca mais soará aos nossos ouvidos essa voz familiar, perene mensagem de afeto e carinho... A essas reflexões dos primeiros dias a passagem do tempo vem juntar a dureza da realidade, e só então nos damos conta da verdadeira dor e da amargura.

A quem, todavia, não terá essa mão implacável arrebatado alguma vez um ente querido? Por que descrever essa tristeza que todos nós já sentimos ou sentiremos um dia? Eis que chega, afinal, o tempo em que a dor se transforma em vício e é preciso coragem e força para se livrar dele. Minha mãe estava morta, o nosso ente mais querido, mas havia deveres a cumprir.

Chega uma hora em que é preciso retomar o curso da vida, aprender a reconhecer que somos afortunados enquanto ainda temos alguém por perto e seguir em frente.

Minha partida para Ingolstadt, adiada por esses acontecimentos, voltava agora a ser cogitada. Consegui convencer meu pai a protelar o prazo por algumas semanas, pois me pareceu desrespeito deixar tão cedo o recolhimento do lar enlutado para cair no burburinho da vida. Partir era outra etapa de tristeza que teria de enfrentar. Não estava disposto a largar os que amava, especialmente Elizabeth, que tanto já havia sofrido.

Ela, no entanto, tentava esconder a própria dor, esforçando-se por consolar todos nós. Encarava a situação com firmeza e assumia suas obrigações com o maior zelo, devotando-se àqueles que se habituou a tratar por tio e primos. Jamais a vi tão encantadora como nesta fase, envolvendo a todos com seu sorriso e ocultando o próprio sofrimento para que esquecêssemos o nosso.

Chegou o dia da partida! Clerval passou conosco minha última noite em casa. Ele insistiu que seu pai o deixasse me acompanhar e se tornasse meu colega nos estudos. Esbarrou, porém, na obstinada recusa do comerciante, que só via com indiferença as aspirações do filho. Assim sendo, ficou frustrado por não alcançar uma educação liberal. Henry pouco falou, mas de suas poucas palavras, e pelo lampejo de seus olhos, percebi que estava decidido a não se render à rotina e à vulgaridade do comércio.

Ficamos acordados até tarde, procurando retardar ao máximo o momento de dizer adeus. Dormimos pouco, cada um em seu quarto. De madrugada, quando desci para tomar a carruagem que já me esperava, estavam todos ali. Meu pai para me abençoar, Clerval para me apertar a mão, Elizabeth para reforçar seus pedidos de que lhe escrevesse com frequência e fazer as últimas recomendações, tão ao jeito feminino, ao amigo e companheiro de brincadeiras e de tantas horas tranquilas e despreocupadas. Finalmente, entrei na carruagem e mergulhei em reflexões melancólicas. Eu, que sempre vivi cercado de gente, agora estava só.

Na universidade, devia conquistar novos amigos e ser meu próprio protetor, sendo preciso vencer minha natural aversão a caras novas, que nasceu da reclusão e da tranquilidade do ambiente doméstico em que sempre havia vivido. Amava meus irmãos, Elizabeth e Clerval, que eram meus velhos rostos familiares. Sentia dificuldade em me adaptar à companhia de estranhos.

Aos poucos, esses pensamentos iam cedendo lugar ao ânimo e à esperança, ante a perspectiva de adquirir o sonhado conhecimento e de desempenhar, no convívio social, minha função entre meus semelhantes. Não havia, portanto, o que temer e do que me arrepender.

A viagem foi longa e cansativa! Fiquei aliviado ao vislumbrar ao longe o branco campanário da cidade. Assim que cheguei, fui conduzido a meu alojamento para descansar e passar a noite.

Na manhã seguinte, entreguei as minhas cartas de apresentação e conheci alguns dos professores. O acaso, ou talvez o anjo destruidor que parece querer assegurar seu poder sobre os meus atos desde o momento em que, relutante, deixei a casa paterna, me levou, primeiramente, ao Sr. Krempe, professor de história natural.

Ele me pareceu um homem um tanto brusco, mas profundo conhecedor da matéria que lecionava. De cara, fez várias perguntas para avaliar o meu aprendizado nos diferentes ramos científicos da história natural. Respondi a ele sem maiores cuidados e, até certo ponto, com desdém, citando os meus alquimistas como os principais autores que havia estudado.

O professor me encarou e perguntou:

— Então, você gastou seu tempo estudando essas tolices?

Como confirmei, ele continuou:

— Cada minuto, cada instante que dedicou a tais livros, foi totalmente desperdiçado. Sobrecarregou a memória com sistemas e uma nomenclatura inúteis. Santo Deus! Em que fim do mundo você viveu, onde não encontrou ninguém hábil para esclarecer que essas velhas fantasias absorvidas estão absolutamente superadas? Confesso que não esperava ainda encontrar, nesta era de luz e ciência, um discípulo de Alberto Magno e Paracelso. Meu jovem, você deve reformular totalmente os seus estudos.

Depois disso, ele se afastou e anotou uma lista de vários livros sobre a matéria, que eu deveria adquirir. Ao se despedir, avisou que, no início da próxima semana, pretendia começar a série de aulas sobre história natural em suas relações gerais. E adiantou que o Sr. Waldman seria o professor de química, que daria aulas em dias alternados com os de suas lições.

Voltei ao meu quarto sem me sentir decepcionado. Afinal, eu mesmo havia renegado aqueles autores que o professor condenou. Confesso que não tinha a menor intenção de reiniciar tais estudos, sob qualquer forma que fosse.

O professor Krempe, um homenzinho atarracado, de voz áspera e rosto repulsivo, não me predispôs favoravelmente às suas pesquisas. Fiz uma retrospectiva das minhas conclusões desde os primeiros tempos. Quando mais novo, não me satisfizeram os resultados prometidos pelos modernos professores de ciência natural. Numa confusão de ideias, devido à minha pouca idade e falta de orientação, eu tinha voltado sobre os passos do meu conhecimento e trocado as descobertas dos recentes pesquisadores pelas utopias dos alquimistas marginalizados.

Além disso, passei a menosprezar as aplicações práticas da moderna ciência natural. Agora, o panorama era outro. A preocupação do pesquisador parecia limitar-se ao aniquilamento daquelas fantasias em que antes se baseava meu interesse científico. Ingloriamente, fui orientado a trocar sonhos mirabolantes por realidades acanhadas.

Assim foram os meus primeiros dias de residência em Ingolstadt, fazendo tais reflexões e procurando, principalmente, me familiarizar com o local e com as principais personalidades do meu novo ambiente estudantil.

Ao começar a segunda semana, me lembrei da escala de aulas que havia dito o mestre Krempe. Desejei que os ensinamentos do professor Waldman, que eu ainda não conhecia, pois estivera fora da cidade, pudessem ser mais atrativos que ouvir o palavreado do outro professor.

Cheguei um pouco antes do professor Waldman entrar na sala de aula, levado mais por curiosidade do que por interesse. Para minha surpresa, este professor era bem diferente de seu colega. Aparentava uns cinquenta anos de idade e tinha um aspecto benevolente. Uns poucos fios de cabelo branco cobriam suas têmporas. Era baixo, mas com postura ereta. A sua voz era a mais doce e suave que já tinha ouvido da parte de um homem.

W. CHEVALIER

Começou a aula recapitulando a história da química e dos vários aperfeiçoamentos que foram sendo feitos por homens de diversas épocas, enfatizando o nome dos mais notáveis. Deu uma explicação geral sobre o atual estágio da ciência, ensinando muitos de seus termos elementares.

Depois de fazer alguns experimentos preparatórios, concluiu, enaltecendo a química moderna, com este discurso que jamais esquecerei:

— Os antigos mestres desta ciência prometeram o impossível e nada realizaram. Os modernos prometem muito pouco. Eles sabem que os metais não podem ser transmutados e que o elixir da longa vida é uma quimera. Mas esses filósofos, cujas mãos parecem feitas apenas para remexer nas coisas corrosivas e os olhos para se debruçar sobre o microscópio, na verdade realizam milagres. Eles penetram no recôndito da natureza e revelam como ela opera em suas funções mais secretas. Eles sobem aos céus. Eles descobriram o processo de circulação do sangue e a natureza do ar que respiramos. Adquiriram novos e quase ilimitados poderes. E podem comandar o trovão nos céus, reproduzir nos laboratórios os terremotos e perscrutar o mundo invisível.

Logo pensei: seriam essas palavras uma dissertação do professor ou um oráculo prenunciando minha destruição? Em verdade, à medida que ele falava, senti como se minha alma estivesse lutando com um inimigo. Uma a uma, foram tocadas as peças que formam o mecanismo do meu ser. Imediatamente minha mente foi totalmente tomada por um pensamento, uma concepção, um propósito.

E assim bradou a alma de Victor Frankenstein:

— Por mais que se tenha feito, muito mais eu alcançarei. Desbravarei novos caminhos, explorarei forças desconhecidas e revelarei ao mundo os mistérios mais profundos da criação.

Naquela noite não consegui pregar o olho. Meu íntimo estava em estado de insurreição e torvelinho. Era preciso restabelecer a ordem, mas me faltavam forças para tanto. Só ao romper da madrugada veio o sono, de puro cansaço.

Ao despertar, meus pensamentos passados eram como um sonho remoto. Permaneceu viva apenas a decisão de retomar os meus antigos estudos e me dedicar à ciência para a qual julgava possuir talento natural.

No mesmo dia, fui visitar o professor Waldman. Suas maneiras, na intimidade, eram ainda mais atraentes do que em público, pois a austeridade que ostentava em aula era, na sua própria casa, substituída por maior afabilidade e gentileza.

Contei a ele mais ou menos o mesmo que havia dito a seu colega sobre a minha iniciação. Ele me ouviu com atenção e sorriu ao ouvir os nomes de Cornélio Agripa e Paracelso, embora sem o desdém que havia demonstrado o mestre Krempe.

Assim que terminei, ele adiantou:

— Os filósofos modernos devem muito a esses homens, que forneceram a maior parte das bases do seu conhecimento. Eles nos facilitaram a tarefa de dar nomes novos e ordenar em classificações correlatas os fatos para cuja descoberta concorreram em grande parte. Mesmo quando erroneamente dirigidos, os esforços dos homens de gênio sempre contribuem para beneficiar a humanidade.

Assim que ouvi suas ponderadas assertivas, confessei que sua aula serviu para me libertar de preconceitos contra os químicos modernos.

Ao me dirigir ao mestre, procurei me expressar com modéstia e deferência como um humilde discípulo, sem esconder o entusiasmo pelos trabalhos que pensava realizar. Aproveitei e pedi a ele sugestões de livros que deveria adquirir.

O professor Waldman acrescentou:

— Fico feliz por ter conquistado um discípulo. E, se sua aplicação for igual à sua capacidade, não tenho dúvidas quanto ao seu êxito. A química é o ramo da ciência natural em que se alcançaram e ainda se podem obter os maiores progressos. É por isso que me interessei particularmente por ela, sem, contudo, desprezar outros ramos da ciência. Ninguém seria um bom químico se concentrasse sua atenção apenas nesse setor do conhecimento humano. Se o seu desejo é realmente tornar-se um homem de ciência, e não somente um experimentador medíocre, eu o aconselharia a dedicar-se a todos os ramos da filosofia, incluindo a matemática.

Em seguida, ele me conduziu ao seu laboratório, explicou o emprego de diversos aparelhos e me instruiu quanto a tudo o que deveria adquirir. Além disso, colocou à minha disposição o seu próprio material e me deu a lista de livros que eu havia pedido. E, finalmente, nos despedimos.

Assim terminou aquele dia memorável que marcará meu futuro!

IV

A partir daquele dia, passei a me dedicar quase que exclusivamente à ciência natural, especialmente à química. Lia com afinco as obras dos modernos pesquisadores. Assistia a todas as aulas e cultivava as relações dos mestres de ciência da universidade. Em relação ao professor Krempe, apesar da sua fisionomia e modos repulsivos, compreendi que ele tinha bom senso e passava valiosas informações.

Quanto ao professor Waldman, o considero um verdadeiro amigo. A sua gentileza nada tinha de dogmatismo e suas lições eram dadas em tom de franqueza e bom humor, que afastava qualquer ideia de pedantismo. De mil maneiras, ele me indicou o caminho do conhecimento, facilitando a compreensão e clareza das minhas indagações mais confusas.

A princípio, a minha aplicação foi sem regularidade e incerta. Mas ganhou força à medida que eu avançava e logo tornou-se tão absorvente que a estrela matutina muitas vezes me surpreendeu, fazendo experiências no meu laboratório. Diante de tanta persistência, é compreensível que eu progredisse rápido. Minha dedicação assustava os colegas, e meu esforço chamava atenção dos professores. O professor Krempe, mais de uma vez, me perguntou, com um sorriso desconfiado, como ia passando meu amigo Cornélio Agripa. Quanto a Waldman, expressava a sua satisfação pelo meu progresso.

Nesses dois anos que se passaram, em que permaneci empenhado em alcançar determinadas descobertas, não fui uma única vez a Genebra. Só quem passou por essas experiências pode avaliar os atrativos que a ciência oferece e seu poder de absorção. Em estudos de outra natureza, chegamos até um determinado limite onde nada mais há a aprender. Mas na pesquisa científica os horizontes são ilimitados.

A mente de capacidade moderada, quando há poder de concentração, deve forçosamente atingir um grau satisfatório de eficiência na matéria a que se dedica. Assim foi que, ao fim desses dois anos, eu tinha descoberto coisas relacionadas à melhoria de certos instrumentos químicos, o que me proporcionou grande estima e admiração na universidade. Ao concluir que estava familiarizado com a teoria e a prática da ciência natural, a ponto de julgar que a assimilação das lições de qualquer dos mestres de Ingolstadt não me oferecia maiores perspectivas de progresso, estava cogitando em voltar à minha cidade e aos meus amigos, quando ocorreu um incidente que me levou a prolongar minha permanência.

Um dos fenômenos que atraía especialmente minha atenção era a estrutura do corpo humano e, também, de qualquer ser dotado de vida. Muitas vezes perguntava a mim mesmo se o princípio vital não teria a sobrevivência em estado latente. Pergunta arrojada, sem dúvida, que sempre foi considerada um mistério.

Não obstante, quantas vezes chegamos bem perto da solução de um problema e desistimos de alcançá-la, simplesmente por fraqueza ou negligência? Ao refletir sobre essas premissas, achei que a fisiologia era um ramo da ciência natural que exigia maior atenção de minha parte, para complementar o que já havia assimilado, e decidi estudar com mais empenho essa especialidade.

Se me faltassem entusiasmo e obstinação, esse novo intento seria penoso e quase intolerável, visto que, para examinarmos as causas da vida, devemos começar pela morte. Os estudos de anatomia que fiz foram insuficientes para que eu me realizasse. Cumpria, também, analisar os processos de deterioração e a corrupção natural do corpo humano.

O meu pai me educou a acautelar minha mente contra o horror ao sobrenatural. Não me lembro de ter sofrido qualquer impressão mais forte ao ouvir um relato supersticioso ou de ter receado a aparição de um espírito.

As trevas não exerciam qualquer efeito em minha imaginação. Um cemitério não significava mais do que um depósito de corpos privados de vida que, de repositório de força e beleza, haviam passado a pasto dos vermes.

Agora fui induzido a examinar a causa e a evolução dessa destruição, tendo, para tanto, de passar dias e noites em tumbas e casas mortuárias. Minha atenção fixou-se especialmente nos detalhes de deterioração mais suscetíveis de ferir a delicadeza do sentimento humano. Via de perto como a forma humana se degradava e se corrompia gradativamente. Assistia à podridão da morte se espargindo sobre a face florida da vida. E via essa coisa maravilhosa que é um olho, ou um cérebro, tornar-se a fonte de nutrição de um verme.

À medida que analisava cada fase de transição da vida para a morte e da morte para a vida, em meio a essas trevas, senti uma luz brotar em mim. Uma luz tão brilhante que me descortinava um panorama deslumbrante e, ao mesmo tempo, tão singela que me surpreendia o fato de, entre tantos homens sábios que haviam trabalhado para obter respostas às suas indagações, estar reservada somente a mim a revelação de um segredo tão fantástico.

Convém deixar claro que não estou registrando a visão de um louco. Com certeza não é mais real que o sol brilhe nos céus do que é a expressão da pura verdade tudo quanto afirmo. Ainda que se admitisse um milagre, todas as fases dessa descoberta continuariam sendo irrefutáveis e evidentes. Verdadeiramente, após dias e noites de persistente esforço e cansaço, consegui descobrir a causa principal da geração e da vida. E fui mais além, descobri como animar a matéria sem vida.

O espanto que experimentei a princípio logo cedeu lugar ao contentamento e ao êxtase. Realmente, era muito gratificante, após tanto empenho, chegar ao ponto máximo de minha busca. Essa revelação era tão avassaladora, que todos os passos que a ela progressivamente me conduziram foram apagados, e contemplei somente o resultado. Finalmente, estava ao meu alcance aquilo que havia sido o objeto de estudos e o anseio dos mais sábios dos homens desde a criação do mundo.

É natural, meu amigo, que fique ansioso e espere que eu revele esse segredo, mas lamento desapontá-lo. Terei de guardá-lo comigo. No decorrer da minha história, entenderá a razão de minha discrição. Outra coisa, também não permitirei que a empolgação e imprudência, estados vividos por mim, o conduzam à sua própria miséria.

Aprenda, se não pelos meus preceitos, pelo menos por meu exemplo, o quão é perigoso o emprego indiscriminado da ciência, e quanto é mais feliz o homem para quem o mundo não vai além do seu ambiente cotidiano, do que aquele que aspira tornar-se maior do que a natureza pode oferecer ao ser humano.

Assim que constatei ter em minhas mãos um poder tão assombroso, hesitei por longo tempo como empregá-lo. Embora eu tivesse a capacidade de dar vida à matéria, era preciso montar uma estrutura para recebê-la, com todo o seu complexo de fibras, músculos e veias, exigindo um trabalho por demais árduo e penoso. Inicialmente, vacilei entre a tentativa de criar um ser igual a mim ou uma organização mais simples.

Minha imaginação, porém, estava por demais exaltada diante do primeiro êxito, o que me motivou a apostar na possibilidade de dar vida a um animal tão complexo e maravilhoso como o homem.

Eu tinha a fórmula, faltava a matéria-prima. Onde e como obtê-la? Sabia que iria enfrentar numerosos obstáculos que poderiam me levar a realizar uma obra imperfeita. Todavia, face ao incessante progresso da ciência e da mecânica, aos aperfeiçoamentos que surgem dia a dia, eu teria, pelo menos, a possibilidade de assentar os alicerces para um êxito futuro. A impraticabilidade da empresa estava, todavia, fora de minhas cogitações. Tais eram as condições em que comecei a criação de um ser humano.

Como a complexidade dos órgãos constituía um empecilho ao rápido desenvolvimento do meu empreendimento, resolvi, contrariando minha primeira intenção, construir um ser de estatura gigantesca. Parti da ideia de que, trabalhando em escala mais ampla, seria mais fácil manipular as partes para chegar ao todo, tal como ocorre ao cartógrafo ao elaborar um mapa. Assim, visualizei uma criatura com cerca de dois metros e meio de altura e, proporcionalmente, vigorosa.

Assim que tomei essa decisão, passei alguns meses coletando e preparando meus materiais para, então, começar a obra. É difícil definir o misto de sentimentos que me impulsionavam para a frente, no primeiro arrebatamento do êxito. Eu seria o primeiro a romper os laços entre a vida e a morte, irradiando uma nova luz nas trevas do mundo. Seria o criador de uma nova espécie — seres felizes, puros, que deveriam sua existência a mim. Indo mais longe, desde que eu tivesse a faculdade de dar vida à matéria, talvez, com o passar do tempo, conseguisse (embora, agora, esteja certo do contrário) restabelecer a vida nos casos em que a morte, no consenso geral, relegasse o corpo à decomposição. Ressurreição! Sim, isso seria nada menos que o poder de ressurreição.

Devido à reclusão, me privando do sol, meu rosto ficou pálido e meu corpo sem vigor. Diversas vezes, debruçado sobre a certeza, eu errava, mas logo retomava o trabalho no ponto em que enxerguei o erro.

Quem será capaz de conceber os horrores dessa tarefa oculta, quando eu atolava e esmiuçava na umidade dos sepulcros, ou esquartejava o animal vivo para aproveitar o sopro de vida na recomposição da minha criatura? Hoje, estremeço só de lembrar disso tudo, mas, na ocasião, um impulso irresistível e frenético me induzia a prosseguir. Eu parecia ter perdido a alma e tinha chegado ao ponto de estar desprovido de qualquer sensação. O foco era a minha obra.

Coletava ossos dos necrotérios e profanava, com os dedos, os recônditos do corpo humano. Numa câmara solitária, ou antes, numa cela, na parte superior da casa, separada por uma galeria e uma escada de todos os outros aposentos, eu montei o meu laboratório da vida humana. O necrotério e o matadouro eram minhas fontes usuais de suprimento. Algumas vezes, minha própria natureza repugnava esse tipo de atividade.

Os meses de verão passaram, enquanto eu continuava entregue inteiramente à minha tarefa. A estação foi muito bela e próspera, fazia tempo que os campos agrícolas proporcionavam tão abundante colheita, até mesmo as vinhas, safra mais viçosa. Mas eu não tinha olhos para a natureza. Em meio ao meu alheamento total, esqueci até os amigos, tão distantes, e que a muito tempo não encontrava.

Tinha consciência que meu silêncio os inquietava e as palavras de meu pai não saíam da minha cabeça:

“Sei que, enquanto você estiver satisfeito com sua própria pessoa, pensará em nós com afeto, e teremos com regularidade notícias suas. Mas a interrupção de sua correspondência será indício de que você estará faltando também ao cumprimento de outros deveres.”

Consigo avaliar quais seriam os atuais sentimentos de meu pai, mas minha criatura era para mim um dever que se sobrepunha a tudo. Propositalmente, ia esquecendo os laços familiares, os sentimentos afetivos, até que meu objetivo final fosse alcançado. Concluí que meu pai estaria sendo injusto se atribuísse meu descaso a vício ou defeito, mas agora não duvido de que ele estivesse certo em me censurar pela minha ausência.

Mente calma, livre de paixões perturbadoras, é a condição do ser humano em seu estado normal. Não pode a busca do saber ser levada à conta de exceção a essa regra. Se o estudo, por qualquer forma, tende a debilitar nossas afeições, nosso gosto pelos prazeres simples, trata-se então de uma atividade ilícita, que não se ajusta ao espírito humano. Se essa norma fosse sempre observada, se todo homem estabelecesse um limite entre seus misteres e sua vida afetiva, a Grécia não teria sido escravizada, César teria poupado sua pátria, a América teria sido colonizada sem maiores conflitos, e os impérios dos astecas e dos incas não teriam sido aniquilados.

No entanto, estou aqui pregando moral, justamente na parte mais relevante de minha história, esquecido do respeito que devo ao seu interesse. Não havia reprimenda nas cartas de meu pai. Ele apenas estranhava meu silêncio e fazia perguntas, mais detalhadas que de costume, sobre minhas ocupações. Durante meus trabalhos, haviam passado o inverno, a primavera e o verão sem que eu tivesse o mesmo prazer de antes na contemplação das flores e do verde vicejante.

Naquele ano, as folhas murcharam e caíram antes que meu trabalho chegasse ao fim, mas eu já podia fazer uma avaliação concreta dos resultados alcançados. Meu entusiasmo, porém, era refreado pela ansiedade. Em vez do êxtase de um artista ao ver sua obra adquirir forma e vida, eu sentia a angústia de um indivíduo condenado a um trabalho escravo, de um obscuro operário das minas entregue às trevas das entranhas da terra. Todas as noites, uma febre intermitente me oprimia, e me tornei nervoso ao extremo. O menor ruído, o esvoaçar de um pássaro, uma lufada de vento, uma folha que caísse me sobressaltava. Caminhava às ocultas, como um foragido.

Brevemente, terminaria minhas tarefas. Procurei alívio prometendo a mim mesmo voltar aos exercícios físicos, ao frescor das manhãs e aproveitar os prazeres simples que a natureza oferece aos que estão em paz consigo mesmo.

V

Numa noite sinistra de novembro, terminei a minha obra. Com uma ansiedade que quase chegava à agonia, recolhi os instrumentos ao meu redor e me preparei para o ponto culminante do meu experimento, que seria infundir uma centelha de vida àquela coisa inanimada que jazia diante dos meus olhos. A chuva tamborilava nas vidraças. Finalmente, o prodígio!

À luz bruxuleante da vela quase extinta, os olhos amarelos da criatura se abriram. Ela respirou! Sim, respirou com esforço, e um movimento convulso agitou os seus ombros.

Quem poderia descrever o quadro de minhas emoções diante de tal desgraça? Que pintor talentoso poderia esboçar o retrato do ser que, a duras penas e com tantos cuidados, se esforçou para produzir essa obra? Os membros do ser, apesar das dimensões incomuns, eram proporcionais. E eu me esmerei em dotá-lo de belas feições. Belas?! Que surpresa medonha! Oh, castigo divino! A sua pele amarela mal encobria os músculos e artérias da parte inferior do corpo. Os cabelos eram de um negro luzidio e como que empastados. Os seus dentes eram de um branco imaculado. E, em contraste com esses detalhes, completavam a expressão horrenda dois olhos aquosos, parecendo diluídos nas grandes órbitas em que se engastavam, a pele apergaminhada e os lábios retos e de um roxo enegrecido.

Mais mutáveis que os acidentes da vida são os da própria natureza humana. Eu trabalhei, incansavelmente, durante dois anos para infundir vida a um corpo inanimado. Para tanto sacrifiquei o repouso e atentei contra a minha saúde. Agora, depois de pronta, minha escultura viva não tinha a beleza que eu tanto idealizei. Eu tinha diante dos olhos um ser que me enchia de terror e repulsa. Incapaz de suportar aquela visão apavorante, saí correndo para o meu quarto, onde fiquei, por longo tempo, a andar de um lado para outro, lutando para esquecer aquela criação horrível. Por fim, o cansaço venceu o meu tumulto interior. Mesmo vestido, me deitei na cama e acabei por adormecer. O sono não me aliviou. Ao contrário, tive pesadelos terríveis, envolvendo a Elizabeth.

Eu sonhei que via Elizabeth passeando, vaporosa, pelas ruas de Ingolstadt. Encantado e surpreso, eu a abracei, mas assim que a beijei, seus lábios ficaram lívidos com a cor da morte; suas feições se contraíram e, numa transmutação, apertei contra mim o cadáver de minha mãe. Uma mortalha cobria o seu esqueleto e vi os vermes da sepultura subindo pelas dobras do pano.

Acordei em sobressalto e tomado de horror. Gotas de suor gelado cobriam a minha testa; meus dentes e meus membros batiam como se eu estivesse tendo convulsão. Com a fraca luz do luar, que entrava pelas venezianas, vi, diante de mim, o rosto do monstro miserável que eu havia criado. Ele entreabrira o cortinado da cama, e seus olhos, se é que se pudessem chamar de olhos, estavam fixos em mim. As suas mandíbulas se abriram e ele murmurou alguns sons inarticulados, enquanto um sorriso grosseiro e tenebroso enrugou as suas faces. Pode ser que ele tenha falado, mas eu não ouvi. Ele esticou o braço e com uma das mãos parecia querer me pegar, mas consegui escapar e corri pela escada abaixo. Refugiei-me no pátio e ali permaneci o resto da noite, andando de um lado para outro, em grande agitação, ouvido atento, captando e temendo cada som que pudesse anunciar a aproximação do cadáver demoníaco ao qual eu tinha dado a vida.

Impossível existir alguém que conseguisse suportar o horror do seu semblante. Uma múmia saída do sarcófago não causaria tão horripilante impressão. Quando o contemplei, antes de inocular nele o sopro vital, já era feio. Mas agora, com os nervos e músculos capazes de movimento, converteu-se em algo que nem mesmo no inferno dantesco se poderia conceber.

Que noite terrível! O pulso batia tão rapidamente que dava para sentir a palpitação de cada artéria. Estive a ponto de desmaiar, de puro esgotamento e fraqueza. Senti o gosto amargo da decepção. Repentinamente, sonhos acalentados por tanto tempo se transformaram numa realidade infernal.

O dia amanheceu, sombrio e úmido. E descortinei ante meus olhos insones e doloridos a igreja de Ingolstadt e seu campanário branco, com o relógio marcando seis horas. O porteiro abriu os portões do pátio onde eu havia me refugiado, e corri para as ruas, ansioso por me livrar do monstro, mas temeroso de encontrá-lo a cada esquina. Sem coragem para regressar à minha casa, andei a passos rápidos debaixo de uma chuva que caía de um céu negro e hostil, procurando me distanciar do monstro o mais que podia.

Perdi a noção do tempo que fiquei andando assim, visando a me libertar do peso em minha mente. Passei por várias ruas sem qualquer ideia de onde estava ou do que fazia. Com o coração acelerado, continuava caminhando como um desvairado, sem me atrever a olhar em torno:

"Tal como alguém que, por deserta estrada,
vai caminhando tangido pelo medo.
Tendo, uma vez, olhado em torno,
não mais volve a cabeça e segue adiante,
pois sabe que a sombra do demônio
segue os seus passos no vagar constante."

Assim, vagando a esmo, cheguei afinal diante da hospedaria onde habitualmente faziam ponto as diligências e carruagens. Parei, sem mesmo saber por que, e por alguns instantes observei um carro que vinha em minha direção do outro extremo da rua. Era uma diligência suíça. O carro parou exatamente onde eu estava. Para minha surpresa, me deparei com Henry Clerval, que, assim que me viu, desceu pela portinhola.

— Meu caro Frankenstein — exclamou —, mas que alegria em ver você! Que sorte encontrá-lo aqui justamente no momento em que chego!

Um anjo que tivesse descido do céu naquele instante não teria me dado maior satisfação. Diante dele, vieram as lembranças de meu pai, de Elizabeth e de várias cenas familiares tão felizes. Atirei-me a seus braços como um náufrago se agarra ao escolho. Depois de muitos meses, senti um minuto de calma e serena alegria. No estado emocional em que vivia, saudei o meu amigo com palavras confusas, numa efusão em que se misturavam medo e alegria. Por um momento, cheguei a temer que ele me julgasse bêbado.

Juntos, seguimos o rumo da universidade. Clerval continuou falando, durante algum tempo, sobre nossos amigos comuns e sobre sua sorte em poder vir para Ingolstadt.

— Você pode imaginar, meu caro Victor — disse — , que sufoco foi persuadir meu pai de que todo o conhecimento não se restringe à arte da contabilidade. E creio não o ter convencido totalmente, pois sua resposta às minhas súplicas era a mesma do mestre-escola holandês do vigário de Wakefield. "Tenho uma renda de dez mil florins anuais sem saber grego nem latim." Mas a afeição paterna venceu, afinal, sua resistência à cultura, e ele me permitiu empreender esta viagem de reconhecimento.

— Fico imensamente contente por você, Clerval. Agora, me diga como deixou meu pai, meus irmãos e Elizabeth?

— Estão todos bem e felizes, apenas apreensivos pela falta de notícias suas. A propósito, eu mesmo quero dar um sermão a você em nome deles. Mas, Victor Frankenstein — continuou, depois de uma parada brusca, para me examinar da cabeça aos pés —, só agora noto que você parece estar muito doente, de tão magro e pálido. A impressão que dá é que você passou várias noites sem dormir. O que se passa com você?

— Você tem razão! Eu tenho andado tão ocupado ultimamente, que não me sobra tempo para um repouso adequado. Mas espero, e desejo ardentemente, que essas atividades tenham terminado e que eu volte a ser novamente livre.

Eu continuava muito trêmulo. Não suportava sequer pensar nas ocorrências da noite anterior e muito menos fazer alusões a elas. Caminhamos em ritmo acelerado e logo chegamos à universidade. Só então tive um repente, o que me provocou arrepios. Temi que a criatura que eu havia deixado em meu quarto ainda poderia estar lá, viva, fazendo não sei o quê. Contudo, maior que o meu terror em ver aquele monstro era o de que Clerval também o visse. Pedi, então, que me aguardasse uns instantes ao pé da escada, e subi correndo para o meu quarto. Minha mão já estava na maçaneta da porta antes que eu me recobrasse. Esperei um pouco e um arrepio frio tomou conta de mim. Abri bruscamente a porta, como fazem as crianças quando temem encontrar um fantasma do outro lado, mas não apareceu nada. Eu entrei apavorado, mas o apartamento estava vazio. O meu hediondo hóspede também não estava no meu quarto. Dei graças aos céus e, quando me certifiquei de que meu inimigo havia fugido, bati palmas de contentamento e desci às pressas ao encontro de Clerval.

Em seguida, subimos e logo o criado trouxe o nosso café da manhã. Eu não cabia em mim de tanta alegria pela presença do amigo e por estar livre do intruso. Todavia, estava muito nervoso: sentia formigamento no corpo todo e o batimento do coração disparado. Não conseguia permanecer no mesmo lugar um só instante, saltava sobre as cadeiras, batia palmas e ria alto, como uma criança em início de férias. Clerval, a princípio, naturalmente atribuiu minha estranha empolgação à alegria de sua chegada. Ao me observar com mais atenção, percebeu o meu olhar alucinado, que não conseguia explicar. Somado a isso, o meu riso nervoso, desenfreado e esquisito deixou o meu amigo mais alarmado.

— Victor, meu amigo — gritou —, que se passa, pelo amor de Deus? Pare de rir dessa maneira! Você está muito mal! Como se explica isso?

— Não me pergunte! — gritei, desvairado, cobrindo os olhos com as mãos, pois naquele instante pensei ter visto o temido espectro deslizar para dentro da sala. E temi que ele dissesse:

— Oh! Salve-me! Salve-me, Henry!

Na minha cabeça, o monstro me agarrava, lutei furiosamente contra o fantasma e caí ao chão, desfalecido.

Pobre Henry Clerval! O que poderia ter pensado? Quais deveriam ter sido seus sentimentos? Um encontro do qual eu só podia esperar alegria, tão estranhamente convertido em amargura! Não testemunhei a ele meu pesar, pois estava semimorto, e somente recobrei os sentidos depois de longo tempo.

Esse foi o começo de uma crise nervosa que me deixou preso na cama por vários meses. Durante esse período, Clerval foi o meu único enfermeiro. Posteriormente, soube que, temeroso pela avançada idade de meu pai e de sua incapacidade e risco para uma longa viagem, e, igualmente, o quanto minha enfermidade afetaria Elizabeth, ele decidiu poupar a todos, ocultando a gravidade do meu estado. Meu amigo acreditava que eu não poderia ter melhor enfermeiro que ele próprio e, na esperança de minha recuperação, estava certo de ter procedido como devia.

Na verdade, eu estava muito doente e, certamente, tão somente o desvelo e a dedicação do meu amigo poderiam me ajudar a recuperar a saúde. O vulto do monstro me perseguia constantemente em delírios. Sem dúvida, as palavras que pronunciava surpreendiam Henry. A princípio, ele acreditou que fossem divagações decorrentes da minha imaginação perturbada, mas o recorrente assunto acabou o convencendo de que meu distúrbio realmente tinha sua origem em algum acontecimento inusitado e terrível. Aos poucos, mesmo com frequentes recaídas que preocupavam meu amigo, consegui me refazer. Lembro-me da primeira vez que fui capaz, conscientemente, de distinguir objetos. Que sensação boa tive ao perceber que as folhas tinham caído e que os brotos renasciam das árvores que me sombreavam a janela. Era a primavera chegando, e sua pujança contribuiu para apressar minha convalescença. Voltei a sentir alegria no peito e passei a confiar que, brevemente, me tornaria tão animado quanto antigamente.

Diante dessa evidente melhora, Victor agradeceu, dizendo:

— Meu querido Clerval, como você foi bondoso e paciente comigo! Todo esse inverno, em vez de se dedicar aos estudos com que tanto sonhou, você esteve agarrado à minha cabeceira de enfermo. Jamais poderei pagar a você pelo bem que fez a mim. Sinto o mais profundo remorso pela decepção e trabalho que causei a você, mas sei que poderá me perdoar.

Ele deu uma sonora gargalhada.

— Como recompensa, basta que não se perturbe e se restabeleça totalmente o quanto antes. E, já que está tão agradecido, permite que fale sobre determinado assunto?

Estremeci. De que se tratava? Seria algo que nem eu mesmo gostaria de recordar?

— Acalme-se! — disse Clerval, que percebeu minha palidez repentina. Não insistirei no assunto, se o perturba, mas seu pai e Elizabeth ficariam muito contentes se recebessem uma carta escrita com sua própria letra. Eles ignoram o tratamento pelo qual você passou e devem estar apreensivos com o seu silêncio.

— Isso é tudo, Henry? — retruquei, aliviado.

— Como pode você supor que meus pensamentos não estejam totalmente voltados para eles?

— Se essa é sua disposição, com certeza gostará de ler esta carta que está aqui há alguns dias à sua espera. Creio que é de sua prima.

VI

Meu amigo Clerval, então, me entregou a tal carta. Era mesmo da minha querida Elizabeth:

Meu caríssimo primo,

Sei que você tem andado mal, muito mal, e mesmo as cartas de Henry não são suficientes para me tranquilizar. Talvez você esteja com dificuldade para escrever, mas preciso de uma palavra sua, querido Victor, para acalmar nossas apreensões.

Assim que chega o correio, corro ansiosa na esperança de receber suas notícias. O meu tio bem que gostaria de viajar para Ingolstadt. Sempre protelo essa viagem, para não expor o seu pai ao risco de tão longa jornada, assim como lamento não ser possível eu mesma realizá-la!

Imagino que a tarefa de cuidar de você na sua doença foi dada a alguma velha mercenária, que jamais poderia conhecer os seus desejos, muito menos atendê-los com o zelo e afeição de sua prima. Felizmente, tudo isso acabou. Clerval escreve que você está melhorando. Espero que você possa o quanto antes confirmar essa notícia, com sua própria letra. Fique bom e volte para nós. Você encontrará o mesmo lar alegre e feliz que aqui deixou, os mesmos amigos que tanto o estimam.

O seu pai está com boa saúde. Ele somente pede para vê-lo e ter a certeza de que você está bem. Você terá orgulho ao ver os progressos do nosso Ernest! Ele já está com dezesseis anos e cheio de energias. Sua aspiração é ser um autêntico suíço e entrar para o serviço militar no estrangeiro, mas não podemos nos separar até que seu irmão mais velho volte para junto de nós.

Quanto a meu tio, não lhe agrada a ideia de uma carreira militar num país distante, mas a verdade é que Ernest jamais teve a capacidade de aplicação que tem o nosso Victor. Para ele, o estudo é uma prisão. Passa o tempo ao ar livre, subindo os morros ou remando no lago. Receio que se torne ocioso, a menos que cedamos a seus desejos, permitindo que ele ingresse na profissão que escolheu. Poucas mudanças, exceto o crescimento dos meninos, ocorreram desde que você partiu. Tal como o lago azul e as montanhas cobertas de neve, que não mudam nunca, nosso lar e nossos corações parecem regidos pelas mesmas leis imutáveis.

Minhas atividades rotineiras tomam todo o meu tempo e me distraem. Sou recompensada por conviver com pessoas gentis e felizes. Desde que você partiu, somente uma coisa mudou em nossa casa. Você se lembra em que ocasião Justine Moritz entrou em nossa família? Provavelmente, não. Por isso, vou resumir a sua história. A Sra. Moritz, sua mãe, era viúva com quatro filhos, dos quais Justine era a terceira criança. A menina era a favorita de seu pai, enquanto a mãe não a suportava. Assim sendo, depois da morte do Sr. Moritz, a mãe passou a tratá-la muito mal. Minha tia, ao reconhecer essa diferença, convenceu sua mãe a deixá-la vir morar conosco. Na época, Justine tinha doze anos.

Nossas instituições republicanas nos legam costumes mais simples do que os que prevalecem nas monarquias vizinhas. Consequentemente, há menos distinção entre as classes sociais. E as menos favorecidas, não sendo nem tão pobres ou desprezadas, também podem ter um nível de vida razoável. Uma empregada em Genebra não é a mesma coisa que na França ou na Inglaterra. Justine, assim, passou a desempenhar em nossa família funções de criada, sem que isso implicasse condição de ignorância e sacrifício da sua dignidade.

Você gostava muito de Justine. Certa vez, você comentou que um olhar dela era o bastante para dissipar os seus eventuais momentos de mau humor da mesma forma que Ariosto em relação à beleza de Angélica, tão alegre e franco era o seu coração. Minha tia tinha muito apreço e apego por Justine, o que a levou a oferecer à menina educação superior àquela que inicialmente pretendia. Esse benefício foi plenamente recompensado. Justine era a criaturinha mais grata do mundo, e saltava aos olhos o quanto ela adorava sua protetora. Apesar do seu temperamento alegre e despreocupado, às vezes imprudente, ela sempre estava atenta a cada gesto de minha tia. Ela a considerava modelo de tudo o que é bom e procurava imitá-la, no falar e nas atitudes.

Quando minha querida tia morreu, todos estavam demasiadamente ocupados com a própria dor para dar atenção à pobre Justine, que cuidou dela com o maior carinho durante sua enfermidade. Justine sofreu muito com a perda, mas teve de passar por outras provações.

Um após outro, seus irmãos e a irmã faleceram. A mãe perdeu os filhos, à exceção da filha desprezada. Essa tragédia familiar provocou uma perturbação na mulher, que passou a ver a morte dos seus favoritos como um castigo divino. Ela era católica e, provavelmente, o seu confessor endossou a conclusão que ela concebeu. Poucos meses depois que você partiu para Ingolstadt, a mãe de Justine, arrependida, decidiu chamá-la de volta para casa. Pobre menina! Ela chorou ao deixar a nossa casa e todos nós. A morte de minha tia também a abalou muito e a transformou. A tristeza deu maior comedimento e suavidade às suas maneiras, antes um tanto alvoroçadas. Por outro lado, a volta à casa materna não contribuiu para que recuperasse a alegria, a vivacidade. Os sentimentos de arrependimento de sua mãe eram instáveis. Uma hora pedia perdão à filha; em outro momento, ela a culpava pela morte dos irmãos. Esse estado de inconformismo e de remorso acabou por afetar a saúde da Sra. Moritz. Ela morreu no princípio do inverno passado. Agora repousa em paz.

Justine regressou à nossa casa, e eu continuo a amá-la com ternura. Ela é muito inteligente, habilidosa, gentil e de uma beleza extraordinária. Seus modos, como disse, fazem lembrar minha tia.

Vou contar também um pouco sobre o nosso caçula William. Como gostaria que você o visse! Está muito crescido para sua idade. Ele é um encanto, parece sorrir com seus doces olhos azuis. Tem cílios escuros e cabelo encaracolado. E para completar, tem duas covinhas, uma em cada lado das faces rosadas, que ficam mais evidentes quando sorri. Já teve uma ou duas namoradinhas, mas Louisa Biron, uma linda boneca de cinco anos, é sua favorita.

Agora, querido Victor, ouso fazer fofocas sobre o nosso bom povo de Genebra. A bela Srta. Mansfield está sendo muito felicitada pela proximidade do seu casamento com o jovem inglês John Melbourne, um ilustre cavalheiro. Sua irmã Manon, muito feia, casou-se com M. Duvillard, o rico banqueiro, no outono passado. O seu colega de escola Louis Manoir sofreu vários infortúnios desde a saída de Clerval de Genebra, mas já se recuperou e está em vias de se casar com uma bela francesa, a Srta. Tavernier. É viúva e bem mais velha que Manoir, mas é admirada e querida por todos.

Querido primo, me animei e senti bem melhor à medida que fui escrevendo, mas, agora, que estou concluindo a carta, volto a ficar ansiosa. Por favor, escreva, querido Victor! Uma linha, uma palavra só, será uma bênção para nós. Milhões de agradecimentos a Henry Clerval pela sua bondade e pelas numerosas cartas. Adeus, meu primo. Se cuide! Eu imploro, escreva!

Elizabeth Lavenza

Genebra, 18 de março de 17...

— Minha doce e querida Elizabeth! — exclamei, ao ler a sua carta. E imediatamente resolvi escrever para aliviá-los da ansiedade.

Escrevi! Esse pequeno esforço me cansou muito, mas minha convalescença havia começado e prosseguia regularmente. Passada uma quinzena, já estava em condições de deixar o quarto.

Durante a recuperação, uma das minhas primeiras obrigações foi apresentar Clerval aos professores da universidade. Ao fazer isso, esses contatos revolviam as cicatrizes mal fechadas que trazia na alma e intensificavam a aversão que havia sentido por tudo o que se relacionasse com a ciência natural, a começar pela própria denominação, desde o fracasso do meu empreendimento científico.

A simples visão de um aparelho de química era o suficiente para que eu revivesse a agonia dos meus sintomas nervosos. Assim que Henry percebeu o risco de eu ter outro abalo emocional, providenciou para que toda a aparelhagem fosse retirada da minha frente. Também me fez mudar de apartamento, pois notou que eu tomara ojeriza pelas dependências que antes foram meu laboratório. Mas todos esses cuidados de Clerval foram neutralizados quando visitamos os professores. Waldman infligiu torturas ao elogiar, com benevolência e entusiasmo, os progressos que eu alcancei na ciência. Ele também percebeu o desagrado que o tema me causava; mas, sem adivinhar a causa real, atribuiu minha reação a sentimentos de modéstia e mudou de assunto, para me deixar à vontade. O que eu poderia fazer? Ele queria me incentivar, mas me atormentava. Era como se colocasse diante de mim, um a um, os instrumentos que viriam a ser os da minha própria morte, lenta e cruel. Não ousava, contudo, demonstrar a irritação que suas palavras me provocavam.

Clerval, com sua inata percepção dos sentimentos alheios, contribuiu para desviar o assunto, alegando sua ignorância total, e assim a conversa evoluiu para temas variados. Intimamente, agradeci de coração ao meu amigo, que, embora tenha ficado surpreso, não procurou arrancar-me o segredo. apesar do meu afeto por ele, relutava em revelar sobre o meu experimento, pois temia reavivar na memória o fatal acontecimento que tanta perturbação me havia causado.

O professor Krempe, porém, não teve a mesma percepção e, por causa da minha extrema sensibilidade, seus rudes elogios me causaram maior dano que a benevolente aprovação do Sr. Waldman.

— Que sujeito dos diabos! — proclamou.

— Senhor Clerval, asseguro que ele nos passou a perna. Pasme, se quiser, mas é a verdade. Um moço que, não faz muitos anos, acreditava em Cornélio Agripa com a mesma fé que tinha no Evangelho, está agora pontificando na universidade. E se ele não for contido, todos nós acabaremos engavetados.

E continuou interpretando, a seu modo, o sofrimento expresso em meu semblante:

— O Sr. Frankenstein é de uma modéstia a toda prova. Os jovens deviam ter vergonha e moderar sua autoconfiança, como a mim aconteceu na minha juventude. Mas isso infelizmente dura pouco.

O professor Krempe começava a fazer seu autoelogio, o que pelo menos serviu para mudar o rumo da conversa. Clerval jamais partilharia do meu gosto pela ciência natural. Suas inclinações, dirigidas para a literatura, divergiam totalmente das minhas. Ele veio para a universidade com a finalidade de aprofundar-se em línguas orientais, favorecendo o caminho para o plano de vida idealizado. Voltando os olhos para o Oriente, buscava descortinar os horizontes propícios a uma carreira brilhante. As línguas persa, árabe e sânscrito despertaram o seu interesse e eu resolvi acompanhá-lo nesses estudos, na esperança de dissipar minhas íntimas preocupações.

Face às circunstâncias, a ociosidade seria prejudicial porque me levaria à introspecção. De modo que o roteiro dos orientalistas me pareceu um agradável convite, especialmente, por me tornar discípulo do meu amigo. Não pretendia, como ele, adquirir conhecimento crítico dos seus escritos, nem usufruir qualquer proveito prático. Procurava apenas distração, sem pretender ir além de compreender o significado.

O meu esforço de aprendizagem foi compensado, pois descobri nos orientais um toque ameno de melancolia, uma poesia de aceitação tão singela quanto profunda, como também um grau de sabedoria e uma exaltação de alegria que jamais experimentei no convívio com autores ocidentais. Por meio de suas páginas, a vida parece um jardim florido dourado de sol. Que diferença da poesia épica e heroica da Grécia e de Roma!

E assim passei o verão estudando, e meu retorno a Genebra foi marcado para o fim do outono. O inverno e a neve chegaram. Devido a vários acidentes, as estradas ficaram intransitáveis e minha viagem foi protelada para a primavera seguinte. Apesar da ansiedade em rever minha cidade e meus entes queridos, esse adiamento resultou também da minha resistência em deixar Clerval num lugar estranho, antes que ele se ambientasse e fizesse amizades. Não houve, porém, transtornos de inverno, e o atraso com que chegou a primavera foi compensado pela exuberância com que passou a reinar a bela estação, com sua corte de flores e pássaros e seus tapetes de relva, ao som da orquestra dos regatos e cascatas.

Chegou o mês de maio! Todos os dias, eu esperava a carta que ia fixar a data de minha partida, até que, certa manhã, Henry me propôs um passeio a pé pelas cercanias de Ingolstadt, a fim de que eu pudesse me despedir do lugar que me abrigou por tanto tempo.

Durante quinze dias fizemos vários passeios. E há bastante tempo que a minha saúde e meu ânimo haviam sido restaurados. O ar puro, as belezas naturais e a conversação amena do meu amigo contribuíram para que eu ficasse melhor ainda.

Antes, o estudo havia me isolado do convívio com as pessoas e me tornado antissocial, mas Clerval despertou os melhores sentimentos de meu coração. Voltei a ser um homem feliz, sem mágoa, a amar a natureza e admirar o sorriso das crianças. Os velhos pensamentos que me atormentavam deixaram de existir.

Henry rejubilava-se com minha alegria e não media esforços para torná-la perene. Os recursos da sua mente eram, na ocasião, espantosos. Sua palestra era rica e colorida, e muitas vezes ele buscava inspiração nos escritores árabes e persas para improvisar contos sutis, pródigos de imaginação. Outras vezes, repetia meus poemas favoritos ou me levava a debates, onde se destacava com habilidade e eloquência.

Retornamos à universidade num domingo à tarde. Os camponeses dançavam empolgados e felizes. Esse clima de alegria me contagiava e me deixava, igualmente, bem-humorado e de bem com a vida.

VII

Ao voltarmos para a minha hospedagem, na chegada encontrei a seguinte carta de meu pai:

Meu querido Victor,

Provavelmente você está impaciente aguardando uma carta com a data de sua volta, e a princípio fiquei tentado a escrever apenas algumas linhas, mencionando o dia em que devo estar à sua espera. Mas refleti que isso seria uma crueldade. Qual não seria sua surpresa, meu filho, ao encontrar, em vez da recepção alegre e feliz que espera, não mais do que lágrimas e infortúnio? Na verdade, Victor, não sei como revelar a nossa desgraça.

Tenho certeza de que a sua ausência não o tornou insensível às nossas alegrias e tristezas, por isso me dói muito ter que infligir sofrimento ao meu filho que ficou tanto tempo fora. Desejo prepará-lo para a dolorosa notícia, mas, neste justo momento, já vejo seus olhos percorrendo a página em busca das palavras fatais. William está morto. Aquela criança meiga e alegre, cujo sorriso aquecia meu coração envelhecido, já não existe. Victor, ele foi assassinado! Não vou tentar consolá-lo, vou simplesmente relatar o acontecimento.

No dia sete de maio, quinta-feira passada, eu, minha sobrinha e seus dois irmãos fomos passear em Plainpalais. A tarde estava tranquila, e prolongamos nosso passeio além do costume. Já estava anoitecendo quando pensamos em voltar, então descobrimos que William e Ernest, que tinham ido na frente, haviam desaparecido de nossas vistas. Diante disso, resolvemos sentar e esperar que voltassem. Depois de algum tempo chegou Ernest, perguntando se tínhamos visto seu irmão. Contou que estava brincando com ele e, em certo momento, William correu para se esconder. Ele foi à sua procura, em vão. Ainda assim, ficou longo tempo esperando que ele aparecesse.

Alarmados, todos saímos a procurá-lo até o cair da noite, quando Elizabeth conjecturou que William poderia ter voltado para casa. Lá também não o encontramos. Voltamos então, eu e Ernest, com tochas, eu já bastante apreensivo pelo sumiço do meu doce menino e por estar exposto ao tempo em plena noite. Como era de se esperar, Elizabeth também estava muito aflita. Somente por volta das cinco da madrugada descobri meu filho que, na véspera, eu o vi correndo, travesso, cheio de viço, estirado na relva, lívido e imóvel. Em seu pescoço, as marcas da mão assassina.

Levamos o pequeno corpo para casa, e a angústia em meu semblante revelou a tragédia a Elizabeth. Tentei impedir de ela ver o corpo, mas foi impossível. Assim que entrou no quarto onde ele jazia, examinou rapidamente o pescoço do menino e, unindo as mãos, exclamou: Meu Deus! Eu matei meu querido menino!

Imediatamente desmaiou, e demorou a voltar a si. Ao recobrar os sentidos, não fazia mais que chorar e soluçar convulsivamente. Com palavras entrecortadas, ela contou que naquela mesma tarde William havia insistido para que o deixasse usar uma valiosa miniatura que era de sua mãe. Esse talismã desapareceu e foi, sem dúvida, o que impeliu o assassino a cometer o crime. Não encontramos o menor vestígio do criminoso, apesar de nossos incansáveis esforços. Infelizmente, meu amado William não me será restituído. Venha logo, Victor. Somente você pode consolar Elizabeth. Ela chora o tempo todo e se culpa pela morte do menino. Seu estado é de cortar o coração. Bendigo, pelo menos, que sua mãe não esteja viva para partilhar desta desgraça. Venha, Victor, não com pensamentos de revolta e vingança contra o assassino, mas com sentimentos que ajudem a curar as nossas feridas. Volte a esta casa enlutada, meu filho e meu amigo, trazendo em seu coração afeto para com os que o amam, e não ódio contra os inimigos.

Seu afetuoso e aflito pai
Alphonse Frankenstein

Genebra, 12 de maio de 17...

Clerval, que observava minhas reações à medida que eu lia a carta, surpreendeu-se ao ver transformar-se em desespero a expressão de alegria que a princípio eu demonstrei ao receber notícias. Atirei a carta na mesa e cobri o rosto com as mãos. Ao perceber que eu chorava, Henry perguntou:

— Meu caro Frankenstein, por que se sente novamente infeliz? O que aconteceu, afinal?

Apontei a carta, permitindo que ele também a lesse, e fiquei andando pelo quarto superagitado. Clerval também chorou copiosamente ao ler a narrativa.

— Não há palavras para sua desgraça, meu amigo — disse. — Que pretende fazer?

— Partir imediatamente para Genebra. Venha comigo, Henry, para alugar os cavalos.

Durante nossa caminhada, Clerval esforçava-se por dizer algumas palavras de consolo. Podia apenas expressar sua solidariedade.

— Pobre William! — balbuciou. — Como é possível um inocente morrer tão cruelmente nas mãos de um assassino? Resta-nos o consolo de que agora descansa para sempre e não mais conhecerá a maldade do mundo. O martírio é dos que sobrevivem.

Assim falava Clerval, enquanto percorríamos as ruas, apressados. Gravei suas palavras na mente e mais tarde as recordei em solidão. Logo que chegou o cabriolé, me despedi do meu amigo e parti.

Que viagem triste e melancólica! Primeiramente, tinha muita pressa em chegar, pois ansiava confortar minha família e amigos que sofriam, porém, ao me aproximar de minha terra, me detive. Mal podia suportar os sentimentos que me invadiam a alma. Passei por cenários familiares à minha juventude, lugares que há seis anos não via. Nesse intervalo, muita coisa poderia ter mudado, além da mudança súbita e fatal que havia acabado de acontecer. Uma sensação de medo tomou conta de mim, e eu não ousava prosseguir ante a iminência de outros males que poderiam estar à minha espera.

Resolvi ficar dois dias em Lausanne até que aliviasse aquele doloroso estado de espírito. Contemplei tristemente as águas plácidas do lago. Em volta tudo estava tranquilo: as montanhas nevadas, os palácios da natureza não tinham mudado. Aos poucos, recuperei a calma e retomei o caminho de Genebra.

A estrada corria ao longo do lago, que se estreitou à medida que eu chegava perto de minha cidade natal. Vislumbrei a silhueta negra do Jura e o cume brilhante do Monte Branco. Chorei como uma criança. Queridas montanhas! Meu belo lago! O céu e o lago são azuis e plácidos. Assim recebem o filho pródigo, coberto da poeira dos caminhos e carregado de dor e de amarguras? Essa quietude seria um prognóstico de paz ou de zombaria pela minha infelicidade?

Meu amigo, temo incomodá-lo com estas divagações, mas confesso que senti relativa felicidade e tive momentos prazerosos naquele curto intervalo. Estava de volta à minha terra muito amada. Quem, senão um de seus filhos, pode entender a alegria que senti em rever seus rios, suas montanhas e seu formoso lago?

Entretanto, à medida que me aproximava de casa, porém, o pesar e o medo voltavam a me dominar. A noite chegou! Assim que seu manto negro encobriu as montanhas, também me senti mais sombrio. A paisagem escura era um prenúncio do mal e uma predestinação da minha desgraça, me condenando a ser o mais infeliz dos homens. A diferença entre a realidade que se seguiu e o que eu profetizava estava em que eu não concebera senão uma parte insignificante da angústia que estava destinado a sofrer.

Cheguei aos arredores de Genebra em meio a uma densa escuridão. As portas da cidade já estavam fechadas, por isso fui obrigado a pernoitar em Secheron, uma aldeia a dois quilômetros e meio da cidade. Como não conseguia descansar, resolvi ir até o local onde William havia sido assassinado. Impedido de passar pela cidade, tive, então, de atravessar o lago num barco para chegar a Plainpalais. Durante a curta viagem vi caírem raios sobre o topo do Monte Branco, descrevendo no espaço belas figuras. A tempestade parecia se aproximar, mesmo assim subi uma pequena colina para observar o espetáculo. Logo senti os primeiros grossos pingos de chuva, que, repentinamente, aumentaram a intensidade.

Tratei de sair logo dali e fui andando em meio à tempestade e aos trovões que ribombavam sobre minha cabeça. O seu eco vinha do Salêve, do Jura e dos Alpes da Savóia. Relâmpagos seguidos ofuscavam a minha vista, iluminando o lago, que parecia um vasto lençol de fogo. Como é frequente na Suíça, a tempestade surgia simultaneamente em várias partes do céu. Seu ponto máximo de violência fixava-se exatamente sobre o norte da cidade, acima da parte do lago que fica entre o promontório de Belrive e a vila de Copet. Outra tempestade clareava o Jura com débeis relâmpagos e outra ainda envolvia o Môle, montanha em agulha, a leste do lago.

O temporal era tão belo quanto terrível! Eu continuei andando a esmo, mas com passos apressados. O espetáculo celeste me sacudiu. Bati palmas, exclamando em voz alta:

— William, meu irmãozinho querido! Meu anjo, este é o seu funeral, seu cântico fúnebre!

Ao dizer essas palavras, percebi na obscuridade uma figura que se esgueirava por trás de umas árvores próximas de mim. Estarrecido, olhei fixamente e me certifiquei do pior. Um relâmpago iluminou o vulto e reconheci aquelas formas. Com sua estatura gigantesca, ali estava, em toda a sua hediondez, o próprio monstro, o demônio a quem eu havia dado a vida. O que fazia ali a criatura? Seria ele — estremeci só de pensar — o assassino de meu irmão? Nem bem a ideia me passou pela cabeça e logo me convenci de que era verdade. Meus dentes rangiam e, cambaleante, tive de me encostar numa árvore.

O vulto passou rapidamente por mim e sumiu nas sombras. O extermínio daquele menino, tal como aconteceu, não podia ter sido obra de um ser humano. Não tinha dúvidas: ele era o assassino! Convicto disso, pensei em perseguir o demônio, mas percebi que era inútil quando, à luz de um outro relâmpago, o distingui escalando as rochas, na subida quase perpendicular do Monte Salêve, formação que limita Plainpalais no lado sul. Imediatamente, alcançou o topo e desapareceu.

Permaneci imóvel. As trovoadas cessaram, mas as chuvas continuavam no cenário envolto em trevas impenetráveis. Todos aqueles acontecimentos que me decepcionaram e estavam quase esquecidos, voltaram a rondar a minha mente. As diversas etapas da evolução do meu trabalho de criação, os primeiros movimentos da obra que havia criado com minhas próprias mãos, seu aparecimento junto a meu leito, sua partida. Quase dois anos haviam transcorrido desde a noite em que havia recebido o sopro de vida. Será que esse foi o seu primeiro crime? Estou perdido! Eu soltei no mundo um monstro horripilante, capaz de espalhar a carnificina e a desgraça por onde passe, tal como aconteceu a meu irmão.

O sofrimento nesta noite, passada ao frio e ao relento, é indescritível. Mas não senti a tempestade.

Meus sentidos estavam absortos em cenas de maldade e desespero. O pior é que o ser que eu havia criado demonstrava possuir vontade própria e capacidade de conduzi-la no sentido do mal e da destruição. Primava também por dirigir sua ferocidade contra o seu próprio criador, destruindo o que fosse caro a ele, como acabou de ocorrer.

Assim que amanheceu, fui à cidade. As portas estavam abertas, e corri para chegar em casa. Pensei em revelar logo o que sabia sobre o criminoso e determinar que todos saíssem ao encalço. Mas me contive ante a ideia de que antes seria necessário revelar toda a história desde o começo.

Eu deveria explicar de que maneira um monstro gigantesco, que eu havia criado, dotado de vida, tinha sido reencontrado por mim, na escuridão da noite, escalando os precipícios de uma montanha escarpada. Havia ainda a circunstância dos delírios febris que me acometeram desde a ocasião em que o monstro desapareceu, o que daria ao meu relato, por si mesmo incrível, um sinal de loucura. Admito que eu mesmo teria considerado uma história dessas como produto de uma imaginação doentia de qualquer um que a contasse. Além disso, mesmo que me dessem crédito e iniciassem a caçada, a estranha natureza do animal frustraria toda e qualquer perseguição. Portanto, achei melhor permanecer em silêncio.

Exatamente às cinco horas da manhã entrei na casa de meu pai. Pedi aos criados que não acordassem ninguém e fui para a biblioteca, a fim de esperar que se levantassem.

Há seis anos que, nessa mesma casa, havia abraçado meu pai pela última vez, antes de partir para Ingolstadt. Ainda me restava meu velho e querido pai! Fiquei admirando o retrato de minha mãe sobre a lareira. Era um quadro a óleo, encomendado por meu pai, baseado em tema real, e representava Caroline Beaufort em desespero, ajoelhada junto ao caixão de seu pai morto. Suas roupas eram rústicas, e as faces pálidas tinham tal aspecto de dignidade e beleza, que poderiam inspirar mais encanto do que piedade. Sob o retrato havia uma miniatura de William e meus olhos se encheram de lágrimas ao contemplar a doce imagem de meu irmãozinho. Estava assim absorto, quando entrou Ernest. Ele me ouviu chegar e apressou-se em vir me saudar, expressando sentimentos de alegria e de pesar.

— Até que enfim, querido Victor — disse.

— Pena que não pôde ter vindo há algum tempo, quando ainda éramos alegres e felizes. Você vem até nós para partilhar de um infortúnio que não se pode remediar. Mas sua presença fará reviver nosso pai, mergulhado em sua desgraça. Além disso, acredito que sua presença e palavras poderão demover Elizabeth do martírio de uma culpa que não cabe a ela. Pobre William! Era nossa adoração e nosso orgulho!

Como era de se esperar, meu irmão derramou lágrimas de profunda tristeza. Que sensação de agonia passou pelo meu corpo! Antes, eu havia apenas imaginado o que seriam a desolação e a infelicidade em meu lar, agora as sentia na pele. Procurei, de alguma forma, acalmar Ernest. Fiz a ele perguntas minuciosas sobre meu pai e Elizabeth.

— Elizabeth é quem mais precisa de consolo, pois se sente responsável pela morte de Willian e está extremamente infeliz — disse Ernest.

E acrescentou:

— Mas desde que o assassino foi descoberto...

— O assassino descoberto? Santo Deus! O que você está dizendo? Quem teria coragem de persegui-lo? Não, não é possível. Eu também o vi. Andava à solta essa noite. Seria o mesmo que tentar alcançar o vento ou tentar deter uma torrente com uma palha.

— Não sei o que você quer dizer — disse Ernest, espantado.

— A descoberta que fizemos só serviu para intensificar a nossa desgraça. A princípio ninguém quis acreditar. E mesmo agora Elizabeth resiste a aceitar o envolvimento da Justine, apesar de todas as evidências. Na realidade, como é concebível que Justine Moritz, que era tão amável, bondosa e afeiçoada a todos nós, fosse capaz de cometer um crime tão horrível?

— Justine Moritz?! Pobre, pobre menina! Ela é a acusada? Impossível, todos estão completamente errados! Por certo ninguém acredita, não é mesmo, Ernest?

— Sim, no início, ninguém acreditou, mas surgiram tantas circunstâncias que nos obrigam a aceitar essa possibilidade. Inclusive, seu próprio comportamento tem sido tão estranho e confuso que parece não haver a menor dúvida. Justine será julgada hoje e você poderá ficar a par de tudo.

Antes disso, meu irmão fez um relato sobre a manhã em que foi descoberto o assassinato do pequeno William. Ele disse que nesse dia Justine adoeceu, ficando acamada por vários dias. Durante esse tempo, uma das criadas, examinando por acaso a roupa que Justine usava na noite em que ocorreu o crime, descobriu em seu bolso a fotografia de minha mãe, considerada como o objeto do crime. Imediatamente, a criada mostrou o pequeno retrato a um dos outros criados, que, sem dizer uma palavra a ninguém da família, procurou um magistrado. E, após o depoimento dos empregados, Justine foi presa. Ao ser acusada do fato, a pobre moça confirmou a suspeita em grande parte por sua extrema confusão de atitudes.

Claro que o estranho relato não abalou a minha fé, e repliquei com veemência:

— Isso é loucura! Vocês estão todos enganados! Eu conheço o assassino. Justine, a pobre e boa Justine, é inocente!

Bem nessa hora, meu pai entrou. Apesar do evidente sofrimento em seu rosto, ele se esforçou para me receber com alegria. E depois da nossa troca de saudação triste, teríamos conversado sobre qualquer outro assunto se não fosse pela intromissão de Ernest, que exclamou:

— Meu Deus, papai! Victor diz que sabe quem é o assassino de William.

— Infelizmente, nós também sabemos — retrucou meu pai.

E disse mais:

— Na verdade, preferiria ignorar para sempre que alguém a quem eu tanto estimava fosse capaz de tamanha ingratidão e perversidade.

— Meu querido pai, você está enganado. Justine é inocente!

— Se assim for, Deus me livre de que ela pague pelo que não fez. Ela será julgada hoje, e espero, sinceramente, que fique provada sua inocência.

Essas palavras me acalmaram. Eu estava absolutamente convencido de que Justine, tanto como qualquer outro ser humano, nada tinha a ver com esse crime. Por isso, jamais temia de que houvesse provas circunstanciais suficientes para condená-la. Porém, não poderia anunciar a minha história publicamente, sob pena de passar por louco.

Elizabeth logo veio se juntar a nós. O tempo realçou ainda mais a sua beleza e sensibilidade, desde a última vez que a vi. Havia a mesma candura, franqueza e vivacidade. Ela me acolheu com muito carinho.

— Oh, querido primo, quanta esperança você me traz com sua chegada! Você há de encontrar um jeito de livrar nossa pobre e inocente Justine. Ninguém jamais terá segurança nem garantia de liberdade se ela for condenada como criminosa. Confio na inocência dela tanto quanto na minha. Seria cruel demais, além de perdermos o menino, nos arrebatarem também essa pobre moça, a quem amo sinceramente. Se ela for condenada, perderei a alegria para sempre. Mas confio em Deus de que ela não será, e logo a teremos de volta ao nosso convívio.

— Ela é inocente, Elizabeth — afirmei —, e isso será provado. Pode continuar acreditando que Justine será absolvida.

— Como você é gentil e generoso! Na verdade, me entristece saber que todo mundo tenha acreditado em sua culpa. E essa convicção dos outros, que eu sei que não tem sentido, me deixou desesperançada.

Elizabeth caiu em prantos.

— Minha querida sobrinha — intercedeu meu pai —, enxugue suas lágrimas. Se, como você acredita, ela for inocente, confie na justiça e no esforço que farei para livrá-la de uma condenação injusta.

VIII

As horas seguintes foram marcadas por uma profunda angústia, pois apenas às onze horas deveria começar o julgamento. Meu pai e todos os membros da família estavam intimados a comparecer como testemunhas, e eu os acompanhei ao tribunal. Durante tudo aquilo, que não passou de um revoltante arremedo de justiça, sofri enorme tortura. Afinal, estava em vias de decisão se o resultado de minha curiosidade e das minhas malditas experiências seria a causa da morte de dois dos meus semelhantes; um deles, uma criança na plenitude de sua inocência e alegria; a outra, que corria o risco de ser assassinada de forma bem mais cruel e injusta, vítima de uma calúnia que poderia dar ao crime o caráter de verdadeira monstruosidade. E a mim, somente a mim, caberia a culpa de levar à sepultura a jovem pura e bondosa que era Justine, com todas as qualidades e direitos para levar uma vida feliz.

De nada adiantaria seguir o impulso de me confessar publicamente culpado do crime atribuído a Justine, pois isso em nada contribuiria para inocentá-la, uma vez que estava ausente na ocasião do crime. Assim sendo, minha confissão seria considerada como imaginação de um louco.

Justine se apresentou com aspecto calmo. Estava de luto, mas a beleza de seu semblante permanecia inalterada. Ela não tremia e demonstrava estar confiante que sua inocência viria a ser provada, embora qualquer vestígio de piedade que sua beleza pudesse inspirar estivesse a ponto de apagar-se diante da monstruosidade do crime que atribuíam a ela. Mas uma tranquilidade era evidentemente forçada e, tal como sua confusão tinha sido antes considerada um indício de culpa, ela agora procurava aparentar coragem. Ao entrar no tribunal, olhou em volta e logo descobriu onde estávamos sentados. Uma lágrima pareceu anuviar seus olhos assim que nos viu, mas logo se dominou, com um olhar de conformada afeição, que parecia atestar sua inocência. Teve início o julgamento e, depois que o promotor fez a acusação, um oficial de justiça procedeu à chamada de diversas testemunhas. Fatos estranhos conspiravam contra ela, todos capazes de convencer qualquer um que não tivesse, como eu, a certeza de que era inocente.

Ela havia ficado fora toda a noite em que se deu o crime e, pela manhã, tinha sido vista por uma mulher do mercado, próximo do local em que depois foi encontrada a criança assassinada. A mulher perguntou a ela o que fazia ali, mas Justine parecia perturbada e respondeu com palavras confusas e ininteligíveis. Regressou para casa por volta das oito horas e, ao perguntarem a ela onde havia passado a noite, respondeu que tinha andado aflita à procura da criança e procurado saber se alguém tinha ouvido qualquer coisa a seu respeito.

Ao mostrarem a ela o corpo, teve uma forte crise emocional, ficando acamada por vários dias. Foi então apresentada a fotografia que a criada tinha encontrado em seu bolso, e quando Elizabeth, com voz sumida, confirmou ser a mesma que, uma hora antes de perdida a criança, ela lhe colocara ao pescoço, um murmúrio de horror e indignação percorreu entre os que assistiam. Justine foi intimada a se defender. Conforme prosseguia o julgamento seu rosto se alterava alternando-se as expressões de surpresa, horror e angústia. Por vezes ela tentava conter as lágrimas, mas, quando pediram que ela se defendesse, concentrou as forças e falou em tom audível, se bem que indeciso:

— Deus sabe que sou inocente — disse.

— Duvido que meus protestos me absolvam. Posso dar uma explicação simples e clara dos fatos que foram apresentados contra mim, e espero que a conduta que sempre tive seja levada em conta pelos meus juízes, nos casos em que qualquer circunstância pareça duvidosa ou suspeita.

Justine explicou que, com permissão de Elizabeth, passou a tarde em que aconteceu o crime na casa de uma tia, em Chêne, aldeia situada a pouco mais de quatro quilômetros de Genebra. Ao pegar o caminho de volta das nove horas, encontrou um homem que havia perguntado a ela se sabia algo a respeito de uma criança que estava perdida. Ao saber de que se tratava de William, ficou transtornada e passou várias horas à procura da criança. Nesse período, as portas de Genebra foram fechadas, obrigando-a a permanecer várias horas da noite num celeiro próximo a um chalé, sem que os donos acordassem, embora eles a conhecessem. Ela passou quase a noite toda em vigília. De madrugada, tendo, ao que pensava, adormecido por alguns instantes, foi despertada por passadas que a perturbaram. Abandonou, então, o refúgio para voltar a procurar por meu irmão. Se ela esteve perto do local onde jazia o corpo, foi por acaso. O fato de ela ter ficado assustada ao ser interpelada pela mulher do mercado nada tinha de surpreendente, pois havia passado a noite em claro e estava perturbada pelo desaparecimento de William. A respeito do retrato em miniatura, não sabia o que dizer.

O depoimento continuou:

— Eu sei o quanto esse detalhe pesa contra mim, mas não tenho como explicá-lo. Posso apenas fazer conjecturas sobre a probabilidade de o retrato ter sido colocado em meu bolso. Realmente, fico desorientada e abismada com a maneira como tudo aconteceu. Eu acredito que não tenho nenhum inimigo na terra. E, certamente, ninguém seria tão cruel a ponto de me acusar por pura perversidade. Teria sido o assassino que colocou a joia no meu bolso? Desconheço qualquer oportunidade que ele tivesse para fazer isso. Ou, se teve, por que teria roubado a joia para tão rápido se desfazer dela?

— Entrego minha causa à justiça, mas não tenho esperanças. Peço permissão para que algumas testemunhas sejam ouvidas a respeito de meu caráter e, se o testemunho delas não afastar minha suposta culpa, devo ser condenada, embora empenhe a salvação de minha alma por minha inocência.

Das várias testemunhas que foram chamadas, que a conheciam há muitos anos e poderiam prestar boas informações a seu respeito, umas, pelo medo, e outras, pela abominação do crime de que a supunham culpada, nenhuma teve coragem de se apresentar. Foi então que Elizabeth, ao sentir que o último recurso, da excelência do caráter e da boa conduta de Justine, estava sendo ignorado, resolveu interceder e, embora em estado de profunda dor, pediu permissão para se dirigir ao tribunal.

— Eu sou — disse — prima da criança que foi assassinada, ou melhor, sua irmã, pois fui educada e vivi com seus pais muito antes de seu nascimento. Pode parecer impróprio eu me apresentar nesta ocasião, mas, ao ver uma criatura prestes a ser condenada e morrer pela covardia de seus pretensos amigos, não posso deixar de dizer o que sei a respeito dela. Conheço muito bem a acusada. Moramos na mesma casa, uma ocasião durante cinco anos e outra por quase dois. Durante todo esse tempo, ela me pareceu a mais amável e benevolente das criaturas humanas. Ela cuidou da minha tia, a Senhora Frankenstein, em sua última doença, com o maior carinho. Depois dessa total dedicação à minha tia, assistiu sua própria mãe durante uma enfermidade penosa com tal desvelo que despertou a admiração de todos os que a conheciam. A partir de então, Justine voltou a morar na casa de meu tio, onde era estimada por toda a família. Ela era afetuosamente apegada a essa criança que morreu, tratando-a como uma verdadeira mãe. De minha parte, não hesito em confirmar que, apesar de todas as provas apresentadas contra ela, estou plenamente convencida da sua inocência. Não acredito que razão alguma poderia levá-la a essa atitude. Quanto a essa ninharia em que se baseia a prova principal, se Justine a tivesse desejado, eu a teria dado de bom grado, tal a estima e apreço que tenho por ela.

O murmúrio de aprovação que se seguiu ao apelo simples e forte de Elizabeth foi antes provocado pela nobreza de sua interferência do que por qualquer movimento a favor da pobre Justine, contra a qual a indignação pública aumentava. Ela mesma chorou enquanto Elizabeth falava, mas nada replicou. Minha própria agitação e angústia foram intensas durante todo o julgamento. Eu, que bem a conhecia, tinha certeza da sua inocência. Pretenderia o demônio que tinha — nem por um minuto duvidara — matado meu irmão levar Justine à morte e à ignomínia? O horror de minha situação era insuportável e, quando se tornou evidente que o coro popular e o semblante dos juízes já haviam condenado minha infeliz vítima, corri agoniado para fora do tribunal. Mas a acusada tinha sua própria consciência que a amparava, enquanto as garras do remorso torturavam o meu peito. Por isso, a minha tortura era pior que a dela.

Passei uma noite terrível e fiquei com lábios e garganta ressequidos. Logo de manhã, me dirigi ao tribunal. Não ousei indagar sobre a questão; o próprio oficial de justiça antecipou-se à minha pergunta. A votação já tinha sido encerrada. Justine foi condenada por unanimidade.

Apesar de esperar por isso, impossível descrever a sensação de horror que se apossou de mim. Eu deveria ser a própria imagem do desespero quando me informaram que Justine havia assumido a culpa.

— Tal prova — observou a pessoa a quem me dirigi — era praticamente desnecessária num caso tão flagrante. Mas duvido disso, porque nenhum de nossos juízes se sente à vontade para condenar um criminoso baseado apenas em provas circunstanciais, por mais decisivas que sejam.

Voltei rapidamente para casa, e Elizabeth, muito ansiosa, me perguntou sobre o resultado. E respondi:

— Minha prima, decidiram pelo que você mais temia. É próprio dos juízes preferir fazer sofrer dez inocentes a deixar escapar um só culpado. Mas Justine confessou.

Como era de se esperar, essa sentença foi um golpe terrível para Elizabeth, que tanto confiava na inocência da jovem.

— Ai de mim! — exclamou.

— Como poderei tornar a crer na bondade humana? Como poderia imaginar que pudesse haver fingimento e traição por trás dos sorrisos de inocência de Justine, a quem eu amava como uma irmã? Seus olhos eram o espelho da bondade, todavia ela cometeu o crime.

Pouco depois soubemos que a vítima havia expressado o desejo de ver minha prima. Meu pai foi contra que ela fosse, mas deixou que minha prima tomasse a própria decisão.

— Eu vou! — afirmou Elizabeth. — Mesmo que ela seja culpada. E você, Victor, vai me acompanhar, pois não tenho condições de ir sozinha.

Embora a simples ideia dessa visita me causasse um mal-estar imenso, jamais poderia recusar esse pedido.

Ao entrarmos na cela sombria, vimos Justine em um canto sentada em cima de um monte de palhas. Suas mãos estavam algemadas e descansava a cabeça nos joelhos. Assim que nos viu, se levantou e, ao ficarmos a sós com ela, atirou-se aos pés de Elizabeth chorando convulsivamente. Minha prima caiu em prantos.

— Oh! Justine! — exclamou.

— Como você pôde arrebatar o meu maior encanto? Confiava tanto em sua inocência, que nada pode me tornar mais infeliz do que sou agora...

— Também você, Elizabeth, acredita que eu possa ser tão cruel? Você também se junta a meus inimigos para me destruir, para me condenar como assassina?

Os constantes soluços sufocaram a sua voz.

— Levante-se, minha pobre criança! — pediu Elizabeth. — Por que se ajoelha se é inocente? Não sou sua inimiga. Sempre acreditei na sua inocência, apesar de todas as provas, até que ouvi, da sua própria boca, se declarar culpada. Pelo que você diz, essa informação é falsa, e esteja certa querida Justine, que coisa alguma poderia abalar minha confiança em você, exceto sua confissão.

— Confessei uma mentira. Confessei para ser absolvida. Mas agora essa falsidade me pesa mais no coração do que todos meus outros pecados. Oh, Deus dos céus, me perdoe! Depois de minha condenação, meu confessor me assediou e me ameaçou de tal forma que quase cheguei a pensar que eu era mesmo o monstro que ele me considerava. Ele me ameaçou de excomunhão e com o fogo eterno do inferno se eu continuasse resistindo. Eu me senti no mais absoluto desamparo. Todos me olhavam como se eu fosse a última das criminosas. Que poderia fazer? Então jurei em falso, confessei o que não fiz e agora me sinto verdadeiramente perdida e miserável.

Justine fez uma pausa e, com a voz embargada, prosseguiu:

— Elizabeth, fiquei chocada ao pensar que você fosse capaz de acreditar que sua Justine, a quem amava, pudesse cometer um crime tão hediondo. Querido William! Não tardará que o encontre lá no céu, e isso me serve de consolo.

— Oh! Justine! Peço que me perdoe por, em algum momento, ter desconfiado de você. Mas por que confessou? Não se lamente, minha querida. Vou proclamar e provar sua inocência. Com minhas lágrimas e súplicas hei de sensibilizar os corações de pedra de seus inimigos. Você não morrerá! Você, minha companheira e minha irmã, morrer no cadafalso?! Isso não! Não! Eu nunca poderia sobreviver a esse horrível infortúnio.

Justine sacudiu tristemente a cabeça.

— Eu não tenho medo de morrer. Deus está comigo e me dá coragem para que possa suportar o pior. Deixo um mundo triste e cruel. E será um consolo saber que você pensará em mim como a vítima inocente de uma condenação injusta. E poderá aprender comigo a aceitar com resignação a vontade divina.

Durante esse diálogo, eu me afastei para um canto da cela, onde pudesse esconder a angústia que me devorava. Desespero? Infortúnio? Desgraça? Quem ousava falar nisso? A pobre vítima que ali estava, e que no dia seguinte devia transpor a fronteira que separa a vida da morte, não sentia como eu o significado dessas palavras.

Tentei me acalmar, mas não conseguia parar de rilhar e bater os dentes, emitindo um gemido que vinha das minhas entranhas. Justine estremeceu. Somente nessa hora é que ela percebeu quem eu era e se aproximou, dizendo:

— Caro senhor, é muita bondade sua vir me visitar. Espero que não acredite que eu seja culpada.

Não pude me expressar. Elizabeth falou por mim:

— Ele está mais convicto do que eu de sua inocência, pois não acreditou mesmo quando ouviu dizer que você havia confessado o crime.

— Obrigada de coração. Nestes derradeiros momentos, sinto a maior gratidão para com os que pensam em mim com bondade. Como é bom o afeto das pessoas para com uma desgraçada como eu! Isso me dá um profundo alívio, e me sinto capaz de morrer em paz, agora que sei que alguém acredita em minha inocência.

Dessa forma, a infeliz vítima se confortava e, ao mesmo tempo, consolava os outros. Conseguiu, de fato, a resignação que desejava. Enquanto eu, o verdadeiro assassino, sentia no íntimo o verme que consumia toda a minha esperança e consolo. Elizabeth também chorava e sofria, perdida em sua dor, como uma nuvem que passa, encobrindo por momentos a lua sem empanar o brilho.

Eu carregava comigo o fogo do inferno, sem nada poder fazer para extingui-lo. Ficamos algumas horas com Justine, e foi profundamente doloroso para Elizabeth se separar da jovem.

— Se pudesse, morreria com você. De que serve viver neste mundo tão miserável? — observou.

Como foi comovente sentir o ar de alegria que Justine assumiu, tentando reprimir as lágrimas. Ela se abraçou a Elizabeth e murmurou, com voz embargada:

— Adeus, doce e querida Elizabeth, adeus, minha única e verdadeira amiga! Que os céus a abençoem e protejam. Que esta seja a última desgraça que venha a sofrer! Viva, seja feliz e torne os outros felizes.

No dia seguinte Justine morreu. De nada valeram os apelos desesperados de Elizabeth, tentando induzir os juízes a reconhecer que estavam errados. Meus protestos também foram inúteis, e a confissão que pretendia fazer a ela morreu nos meus lábios ante o raciocínio duro e insensível desses homens e a cega convicção de seus argumentos. Eu poderia ser qualificado de louco, e isso não revogaria a sentença de Justine. Ela morreu no cadafalso, como assassina!

Da minha desgraça, passei a contemplar o profundo e mudo pesar de Elizabeth, também por minha culpa. E a dor de meu pai. E a desolação daquele lar, antes tão tranquilo e feliz. Todo esse sofrimento era obra de minhas mãos, três vezes malditas! Chorem, infelizes, mas não serão estas suas últimas lágrimas! Uma vez mais o pranto virá dos seus olhos e o som de suas lamentações voltará a ser ouvido!

É Frankenstein — o filho, o irmão, o amigo, que daria a última gota de sangue pela felicidade de vocês e para, em vez da dor, ver brilhar a alegria em suas faces —, é Frankenstein quem os manda! Chorem! Vertam lágrimas sem conta! Feliz seria ele se assim se abrandasse o destino inexorável e se a destruição cessasse!

Assim minha alma profética se expressou. Enquanto isso, atormentado pelo remorso, horror e desespero, vi aqueles que eu amava chorar sobre os túmulos de William e Justine, as primeiras vítimas de minhas artes diabólicas.

IX

Nada é mais doloroso para o ser humano do que a lassidão, o trágico marasmo, que sobrevêm à rápida sequência de fatos e sentimentos tumultuosos, como a paisagem desoladora da floresta após a passagem destruidora da tormenta. Justine morreu, e eu estava vivo. O sangue continuava a correr livremente em minhas veias, e nada poderia remover o sofrimento e o remorso que me oprimiam, a apertar o meu coração.

Perdi totalmente o sono. Vaguei como um espírito maligno, pois fui o causador de maldades indescritíveis, convencido, ainda, de que mais, muito mais, estava por vir. Mesmo assim, trazia bondade e amor em meu coração. Comecei a vida com as melhores intenções, aspirando pelo momento de colocá-las em prática e me tornar útil ao próximo. Agora, tudo caiu por terra. Em vez da paz de consciência que me permitisse olhar com serenidade para o passado e alimentar novas esperanças, sofro com o peso do remorso. Renego o que fiz e estou mergulhado num sentimento de culpa que me arrasta a um inferno difícil de ser descrito e compreendido por alguém.

Esse estado de espírito afetou minha saúde, ainda não recobrada totalmente desde o primeiro choque. Eu fugia das pessoas e tinha aversão a toda situação que trouxesse alegria. A solidão era meu único consolo. Mergulhei na mais sombria, profunda e mortal solidão.

Meu pai sofria ao perceber a mudança de meus hábitos e conduta, esforçando-se por me estimular a ter coragem de reagir ante a desventura.

Ele sempre me dizia:

— Victor, você pensa que eu também não sofro? Ninguém pode querer mais a um filho do que eu a seu irmão, mas não é nosso dever evitar mal maior aos que sobrevivem, poupando-os de nossas frequentes demonstrações de dor? Pois você também tem esse dever para consigo mesmo. O sofrimento excessivo impede o desempenho das obrigações do dia a dia, incapacitando o homem e o afastando das oportunidades de crescimento e das boas coisas que a vida sempre nos oferece.

Apesar de o conselho ser bom, era impraticável no meu caso. Claro que gostaria de tentar ocultar minha angústia e consolar os amigos, não fosse a sombra do remorso e do terror do que estava por vir a me acompanhar passo a passo. Nada mais podia responder a meu pai senão lançar a ele um olhar de desolação e procurar me afastar da sua vista.

Nessa época fomos para a nossa casa de Belrive. A mudança para lá me fez bem porque me sentia mais livre. A vida em Genebra havia ficado penosa para mim por causa da restrição, uma vez que as suas portas eram fechadas regularmente às dez horas, o que me impedia de permanecer junto ao lago após essa hora. O lago era sempre meu. Muitas vezes, após a família se recolher, eu pegava o barco e passava horas sobre as águas.

Outras vezes, a velas soltas, me deixava levar pelo vento ou, então, remava até o meio do lago e largava o barco ao sabor da corrente, enquanto eu ficava deitado, com as mãos cruzadas na nuca, olhando o céu, entregue às minhas miseráveis reflexões. Normalmente, em meio à solidão, quando havia paz e eu o único ser a vagar naquele cenário tão aprazível, à exceção de um ou outro morcego, ou as rãs, cujo coaxar só se ouvia perto das margens, eu era tentado a mergulhar no lago silencioso e deixar que as águas me afogassem e levassem embora o meu infortúnio para sempre.

Entretanto, me continha ao pensar em Elizabeth, tão sofrida e corajosa, a quem eu amava e cuja existência estava ligada à minha, desde que minha mãe, em seu leito de morte, havia entrelaçado as nossas mãos. A lembrança de meu pai e do meu irmão me trazia à realidade da minha fraqueza momentânea, ao pensar em deixá-los e, talvez, os expondo aos malefícios do demônio que eu havia atraído contra eles.

Infelizmente, eu pressentia que tudo não estava terminado e que o monstro voltaria a atacar com sua maldade e fúria.

Na verdade, haveria sempre motivos para temores enquanto algum ser que eu amasse estivesse vivo. Minha obsessão por esse demônio é difícil de ser descrita. Quando pensava nele, me enchia de rancor, meus olhos se inflamavam e eu era tomado pelo ímpeto de acabar com a vida que dei a ele. Meu desejo de vingança rompia todas as barreiras da moderação ante a evidência de sua maldade e de seus crimes. Se pudesse, eu subiria ao mais elevado pico dos Andes para atirá-lo ao sopé. Nessa pavorosa expectativa, eu ansiava por reencontrá-lo em meu caminho e fazê-lo pagar pela morte de William e Justine.

A nossa casa era a casa do luto. A saúde de meu pai foi abalada pelos últimos acontecimentos. Elizabeth andava triste e desanimada, sem motivação alguma para os afazeres do cotidiano. Aquela criatura feliz e despreocupada que, na adolescência, percorria comigo as margens do lago e sonhava com nosso futuro, não existe mais.

— Quando penso, querido primo — dizia —, na morte miserável de Justine Moritz, não vejo mais o mundo e suas obras sob a mesma luz de outrora. Antes, eu considerava o relato das maldades e injustiças que lia nos livros, ou de que ouvia falar, como coisas de tempos bem remotos ou males imaginários. No entanto, agora que a desgraça nos atingiu, os homens me parecem monstros sedentos de sangue, sempre prontos a matar uns aos outros. Contudo, sei que sou injusta. Todos acreditavam que aquela pobre menina fosse culpada e, se ela tivesse cometido o crime pelo qual sofreu, sem dúvida seria a mais desprezível das criaturas humanas. Que maior crueldade poderia haver do que, pela simples cobiça de uma joia, alguém assassinar o filho do seu benfeitor e amigo, uma criança que parecia amar como se fosse fruto de suas entranhas? Abomino a ideia de qualquer ser humano tirar a vida a um semelhante, mas certamente consideraria uma tal criatura indigna do convívio da sociedade, e sei que esta é também sua opinião. Ah, Victor, pobre de mim! Onde o falso tanto se pode assemelhar ao verdadeiro, que segurança de felicidade pode haver neste mundo? Sinto como se estivesse caminhando à beira de um precipício, perseguida por uma multidão que tenta me atirar ao abismo. William e Justine foram assassinados, e o criminoso escapou. Talvez ande livre pelo mundo afora e até imponha respeito. Contudo, ainda que eu fosse condenada a pagar no cadafalso por semelhante crime, eu não trocaria meu lugar pelo desse desgraçado.

Mal ela sabia o real motivo da agonia que me causava ao ouvir seu desabafo. Eu, sim, pelo menos de direito, era o verdadeiro criminoso. Ao perceber a angústia em meu rosto, Elizabeth pegou, carinhosamente, na minha mão e prosseguiu:

— Meu querido amigo, você precisa se acalmar. Deus sabe o quanto tudo isso me afetou, mas não estou tão mortificada quanto você. Há uma expressão de desespero e, eventualmente, de vingança em seu rosto que me assusta. Caro Victor, abandone esses pensamentos. Em vez de revolta, procure os amigos que o rodeiam e que concentram em você todas as suas esperanças. Será que perdemos o dom de torná-lo feliz? Desde que amamos, enquanto somos fiéis uns aos outros e podemos colher as bênçãos desta terra de paz e beleza, que também é sua, por que permitir que algo venha a quebrar nossa tranquilidade?

E por que — refletia — não poderiam estas palavras, daquela a quem eu prezava acima de tudo, expulsar o demônio emboscado em meu leito? No momento em que falava, me aproximei dela, como tocado por um súbito terror de que nesse mesmo instante o monstro estivesse prestes a tirá-la de mim.

Intimamente, nem a ternura, a amizade e as belezas do céu e da terra poderiam redimir minha dor. Até mesmo as manifestações de amor aliviavam meu sofrimento. Eu estava envolto numa nuvem impenetrável a qualquer influência benéfica. Minha imagem era a do gamo ferido que se arrasta nas pernas trôpegas até um lugar afastado no cerrado da mata, para estender a vista até o arco que lançou a seta mortífera e assim morrer.

Às vezes, eu conseguia conter o tumulto de emoções que me avassalava. Mas, por outras, era compelido a procurar no esforço físico, na mudança repentina de ambiente, a fuga da minha confusão interior.

Num desses acessos, saí repentinamente de minha casa e fui até os vales alpinos, que ficavam próximos, procurando, na exuberância da natureza e na imensidão daqueles cenários, abafar minhas tristezas e aflições. Nessas andanças, costumava ir ao vale de Chamonix, que, quando jovem, visitava com frequência. Seis anos se passaram desde então. Eu mudei, estava um caco, mas nada mudou naquelas cenas selvagens.

A primeira parte da jornada fiz a cavalo. Mais adiante, já no sopé dos montes, aluguei uma mula, animal mais resistente e afeito a caminhos acidentados. O clima estava bom. Estávamos em meados de agosto, quase dois meses após a morte de Justine, aquela época de maldita memória no calendário das minhas agruras. À medida que mergulhava ainda mais fundo na ravina do Arve, sentia diminuir o peso das atribulações em meu espírito. As imensas montanhas e precipícios que pendiam, de um e outro lado, acima de minha cabeça, o fragor do rio serpenteando entre as rochas e o despencar das sucessivas cascatas que formava, tudo em meu redor soava como uma voz superior, que me fez parar de temer e de me amesquinhar, identificado naquela paisagem majestosa, em que cada movimento, cada fluxo, parecia comandado por fios manobrados pelo todo poderoso, criador de toda aquela magnitude. Quanto mais eu subia, o vale assumia um aspecto mais magnífico e surpreendente. Aqui e ali despontavam castelos em ruínas engastados nas montanhas de pinheiros. À sombra das grandes árvores que montavam guarda ao impetuoso Arve, entreviam-se choupanas, dando um toque singular ao cenário belíssimo. Mais adiante, os picos nevados dos Alpes eram como sentinelas majestosas, de um outro mundo, habitado por outros seres e outras raças.

Passei pela ponte de Pélissier, onde a ravina, formada pelo rio, se abriu diante de mim, e comecei a subir a montanha. Logo depois, entrei no vale de Chamonix. Este vale é mais maravilhoso e sublime, mas não tão pitoresco como o de Servox, por onde acabei de passar. As montanhas altas e nevadas delineiam seus limites, e os sinais de vida humana, como ruínas e plantios, não mais surpreendem a vista. Imensas geleiras margeiam o caminho que lhe dá acesso. Eu ouvi o estrondo da avalanche caindo e vi a nuvem que levantou durante a sua passagem.

Diante de mim, estava o Monte Branco, o supremo. O altivo, agressivo, majestoso Monte Branco, pontificando entre as agulhas, com sua cúpula dominando, sobranceiro, o vale. Aqui uma curva inesperada do caminho, ali um acidente natural logo reconhecido, tudo fazia parte da lembrança dos dias passados e associados à alegria e inocência da infância. O próprio sussurro do vento era como vozes da natureza me induzindo à vida e pedindo para não chorar mais. De novo, a inquietude, a inconstância da natureza humana! O deslumbramento logo se desvanecia e eis-me de novo acorrentado à tristeza e aos meus presságios, subjugado a meu inferno interior!

Na ânsia de esquecer os meus medos e fugir de mim mesmo, esporeei o meu animal e prossegui até a exaustão. Por fim, desci e me joguei na grama, abatido pelo pânico e desalento. Ainda assim, consegui chegar à aldeia de Chamonix, tomado de extrema fadiga, física e mental. Procurei alojamento e, por breve espaço de tempo, fiquei à janela olhando os pálidos relâmpagos que brincavam rodeando a crista do Monte Branco e ouvindo o cascatear impetuoso do Arve, abrindo seu caminho entre as montanhas. O espetáculo e os sons exerceram sobre meus sentidos o efeito de uma cantiga de ninar. Ao colocar a cabeça no travesseiro, o sono chegou e afastou os meus pensamentos.

Fiquei durante o dia seguinte vagando pelo vale. Parei perto das cabeceiras do Arveiron, que se formam de uma geleira, a qual vai vagarosamente deslizando como uma serpente desde o topo das colinas até desenvolver no vale uma barreira. Os flancos abruptos das montanhas alteavam-se à minha frente.

A muralha compacta da geleira erguia-se no alto, com alguns velhos e desfolhados pinheiros espalhados em torno. O solene silêncio desse salão nobre da natureza era, ocasionalmente, interrompido pela queda de um vasto fragmento, pelo estrondo da avalanche ou pelo ecoar dos formidáveis blocos de gelo, de quebrada em quebrada, estilhaçando-se em miríades de partículas, como joguetes. Após extasiar-me, durante o dia todo, com a magnificência do espetáculo, recolhi-me para o repouso noturno.

Meio sonolento ainda, revia diante de mim todas as formas gigantescas que contemplara. O cume altaneiro coberto de neve, os bosques de pinheiros, as formações geladas, como gigantescas estalagmites, e a ravina, selvática e misteriosa, formavam um círculo em torno de mim, como a me envolver numa mensagem de paz. Para onde fugira tudo, quando despertei pela manhã? Com o sono, fora-se tudo quanto me inspirara a alma, e a teimosa melancolia voltava a perturbar meus pensamentos.

Estava chovendo, e uma densa cortina de névoa subia do chão até encobrir o cume das montanhas, ocultando o que era uma festa aos meus olhos. Mas decidi penetrar o denso véu e ir procurar em seu refúgio a face amiga dos montes. Que me importavam a chuva e a tormenta? Trouxeram-me a mula à porta, e decidi galgar o topo do Montanvert e vasculhar os segredos da gigantesca geleira, sempre a deslocar-se. Conhecendo bem o caminho, resolvi ir sem guia, também para que a presença de outrem não viesse a perturbar minha contemplação do majestoso panorama. A subida é abrupta, mas a trilha é aberta em degraus curtos e contínuos, que tornam possível vencer a perpendicularidade da montanha. A cena é assustadoramente desolada. Em mil lugares podem ser percebidos os traços da avalanche hibernal, nos pontos em que as árvores juncam o solo, esfaceladas e dispersas, muitas delas totalmente destruídas, outras encurvadas, amparando-se contra a saliência das rochas, ou caídas atravessadas sobre as árvores irmãs.

À medida que se vai subindo, o caminho é cortado de ravinas de neve, por onde rolam continuamente os pedregulhos. Uma dessas ravinas é particularmente perigosa, pois o mais leve som, mesmo de uma voz em tom mais forte, é capaz de produzir compressão de ar suficiente para desencadear a destruição sobre a cabeça do desprevenido. Os pinheiros não são altos nem luxuriantes, mas sombrios, e emprestam ao cenário um ar severo. Olhei para baixo na direção do vale. Lençóis de neblina subiam dos rios que corriam através da baixada, encrespando-se como densas coroas em volta das montanhas opostas, cujos cumes perfuravam as nuvens, enquanto a chuva jorrava do céu acinzentado, aumentando a impressão melancólica que o ambiente exercia sobre mim. Por que há de o homem vangloriar-se de sensibilidades mais amplas do que as que revelam o instinto dos animais? Se nossos impulsos se restringissem à fome, à sede e ao desejo, poderíamos ser quase livres. Somos, porém, impelidos por todos os ventos que sopram, e basta uma palavra ao acaso, um perfume, uma cena, para provocar-nos as mais diversas e inesperadas evocações.

Dormimos.
Eis que um sonho nos envenena o sono.
Despertamos.
Um pensamento errante contamina o dia.
Sentimos, imaginamos, refletimos, rimos, choramos,
Abraçamo-nos à dor, ou libertamo-nos das penas,
Vário é o caminho, mas para a alegria ou a tristeza,
É sempre franco,
O amanhã jamais igualará o ontem;
Nada, exceto o mutável, pode perdurar!

Entardecia quando cheguei ao final da escalada. Durante algum tempo estive sentado no rochedo em que domina o mar de gelo. O nevoeiro cobria as alturas em que me encontrava e as montanhas circundantes. Não tardou para que uma brisa dissipasse as nuvens, e então desci pela geleira. A superfície é bastante desigual, ora enrugando-se como ondas de mar agitado, ora abrindo-se em fendas profundas. A montanha fronteiriça é um penhasco abrupto e desnudo. Do lado onde eu agora estava, Montanvert ficava em posição diametralmente oposta, a uma légua de distância. Acima dela se alteava o Monte Branco, colossal e desafiador.

Fiquei no recesso de uma rocha, extasiado ante a cena deslumbrante. A vasta corrente de gelo seguia até onde a vista alcançava, torcendo-se entre as montanhas, cujos cumes pareciam saudar em continência. Os cumes gelados ofereciam aspectos variados, refulgindo à luz do sol ou sombreados pelas densas cúpulas de nuvens. Obedecendo a um impulso do meu coração, até há pouco triste e agora possuído de intensa alegria, bradei para o vazio:

— Ó espíritos errantes, que acaso por aqui andais vagando e em vosso leito não encontrais repouso, permita-me esta pouca felicidade, ou levai-me convosco, por mão amiga, para além das alegrias da vida!

Mal acabara de dizê-lo, vi, subitamente, a figura de um homem, a alguma distância, avançando em minha direção com velocidade sobre-humana. Ele saltava, com a maior agilidade, sobre as fissuras do gelo, entre as quais eu próprio tinha de caminhar com o maior cuidado. Sua estatura, à medida que se aproximava, parecia exceder o normal. Senti-me perturbado. Uma névoa passou-me pelos olhos, e fui acometido de vertigem, mas não tardou que o sopro gelado das montanhas me refizesse. Tão logo a forma chegou à distância de ser distinguida, percebi — oh! visão odiosa e aterradora! — que era a aberração humana que eu criara. Impelido pela cólera e o horror, dispus-me, assim que estivesse ao meu alcance, a empenhar-me em luta mortal com ele. O demônio aproximou-se, ofegante. Havia em sua expressão um misto de amargura, malignidade e desdém, que o tornava ainda mais hediondo à contemplação humana. Não me detive, porém, a observá-lo. A surpresa tinha-me, a princípio, embargado a fala, e quando a recobrei foi para derramar sobre ele a torrente de meu ódio e repulsa.

— Maldito! — exclamei — Como ousa aproximar-se de mim? Não teme a vingança do meu braço sobre essa cabeça diabólica? Vá-se, verme asqueroso! Ou, antes, fique, para que eu possa espezinhá-lo, fazendo-o voltar ao pó de onde o tirei. Embora não possa, pondo fim à sua existência maligna, fazer voltar à vida aqueles que você assassinou com suas artes demoníacas!

— Esperava por esta recepção — retrucou-me o demônio. — O destino dos desgraçados é ser odiado por todos. Mas por que devo ser odiado, eu, que sou mais miserável que todos os viventes? Entretanto você, meu criador, detesta e abomina a sua criatura, a quem está ligado por laços que só a aniquilação de um de nós pode dissolver. Sua intenção é matar-me. Como se atreve a brincar assim com a vida? Cumpra o seu dever para comigo, e cumprirei o meu para com você e toda a humanidade. Vou lhe expor minhas condições. Se concordar com elas, deixarei em paz os homens. Caso contrário, continuarei a saciar a sede da morte, até que ela se farte do sangue dos amigos que lhe restam.

— Monstro repelente! Para você, não existe inferno capaz de castigar, como merece, os crimes que cometeu! Também eu, cão maldito, me condeno por tê-lo criado! Mas chegou a hora de extinguir, com minhas próprias mãos, a centelha de vida que lhe dei!

Cego pelo furor, saltei sobre ele com todo o ímpeto de que pode um ser armar-se contra a existência de outro.

Mas ele escapou-me com a maior facilidade e disse:

— Contenha-se! Suplico-lhe que me ouça, antes de pretender descarregar todo o seu ódio contra mim. Não basta o que tenho sofrido, e você ainda procura aumentar-me a desgraça? A vida, embora não tenha sido para mim mais do que um calvário, é meu único bem, e eu a defenderei. Lembre-se de que me fez mais poderoso do que você mesmo. Sou bem mais alto, meus músculos são mais rijos. Mas não me deixarei levar pela tentação de um confronto com você. Sou sua criatura e saberei manter minha condição de obediência e docilidade para com meu senhor natural, desde que também desempenhe seu papel e resgate sua dívida comigo. Parece esquecer, Frankenstein, que me deve a mesma igualdade de tratamento que dispensa a seus semelhantes, e que tenho direito à sua clemência e mesmo ao seu afeto. Lembre-se de que é meu criador. Quanto a mim, em vez de um novo Adão, sou o anjo caído que você priva do direito à alegria, sem que me caiba culpa. De todas as benesses de que tenho conhecimento, eu sou sempre irrevogavelmente excluído. No entanto, eu era bom e compreensivo. Foi a desgraça que me converteu em demônio. Devolva-me a felicidade e voltarei a ser virtuoso.

— Desapareça! Não lhe darei ouvidos. Somos definitivamente inimigos e não pode haver qualquer entendimento entre nós. Vá-se, ou vamos nos enfrentar até que um de nós pereça!

— Que posso fazer para abrandá-lo? Não haverá súplica capaz de modificar sua atitude para com sua criatura que lhe implora bondade e compaixão? Creia-me, Frankenstein, eu era bondoso. Trazia amor e humanidade dentro da alma, antes que viesse a ficar só, miseravelmente só, como agora. Se você, que é meu criador, me renega, que posso esperar de seus semelhantes, que nada me devem? Deles só tenho recebido o escárnio e a repulsa. As montanhas desertas e as geleiras pouco acessíveis são meu refúgio. Venho vagando por aqui há muitos dias. As cavernas de gelo, que somente eu não temo, são a minha morada, a única que o homem não me recusa. Aqui, sob esses céus sombrios, a natureza não me é tão hostil quanto os seus semelhantes, Frankenstein. Se a multidão soubesse da minha existência nestes lugares, faria o que você pretende fazer, armando-se para destruir-me. Não é natural que odeie os que me combatem? Não quero, pois, transigir com meus inimigos. Se sou um desgraçado, eles vão acompanhar-me em minha desgraça. Todavia, está em seu poder compensar-me e, em troca, livrar os homens de um mal cuja intensidade e alastramento dependem unicamente de você e que, muito mais do que apenas a você e sua família, pode estender-se a milhares de outros. Que sua compaixão seja tocada e lance sua misericórdia sobre mim! É preciso que ouça minha história. Depois poderá escolher entre abandonar-me ou compadecer-se de mim. Mas ouça-me, Frankenstein. Os culpados, por mais sanguinários que sejam, têm, pelas leis humanas, direito à defesa antes de ser condenados. Acusa-me de assassinato. Entretanto, você não se dispõe, em sã consciência, a exterminar sua própria criatura? Oh! A bela e louvável justiça dos homens! Contudo, não lhe peço que me poupe. Após ouvir-me, poderá, se quiser ou puder, aniquilar a obra que saiu de suas mãos.

— E, por cúmulo — disse — você ainda se atreve a invocar-me acontecimentos tenebrosos de que fui o miserável autor! Maldito seja o dia, cão danado, em que o fiz ver a luz pela primeira vez! Malditas sejam minhas mãos que lhe deram forma! Por sua causa conheci a desgraça além do inexprimível, deixando-me até sem poderes para considerar se sou ou não justo com você. Suma! Livre-me de sua presença asquerosa!

— Tal como o quer, assim o deixo, meu criador — disse ele, tentando colocar ante meus olhos suas mãos odientas, que afastei com violência. — Eis como posso afastar de si uma visão que o transtorna. Entretanto, em nada lhe prejudicará ouvir minha história, o que lhe peço e imploro, em nome do que já tive de bom e deixei de ter. É uma longa e estranha história, e a temperatura deste lugar não é conveniente à sua compleição. Venha à cabana na montanha. O sol ainda vai alto e, antes que se esconda atrás das neves, você terá ouvido meu relato e terá condições de decidir. Depende de você proporcionar-me o convívio dos homens e deixar-me levar uma vida inofensiva ou tornar-me o flagelo de seus iguais, o autor da ruína de meu próprio criador.

Sem dúvida, não eram de todo isentas de discernimento as suas palavras. Assim, deixei que me conduzisse através do gelo. Tinha o coração oprimido e não lhe respondi, mas, enquanto o seguia, ponderava no que me dissera e decidi-me, quando menos, a ouvir sua narrativa, compelido em parte pela curiosidade e em parte por um sentimento de compaixão provocado pelo seu tom suplicante. Até então eu o tinha na conta do assassino de meu irmão e estava agora na contingência de esperar por uma confirmação ou desmentido. Atravessamos o gelo, portanto, e galgamos o rochedo oposto. O ar era frio e a chuva recomeçara a cair. Entramos na choupana que era o seu abrigo — o demônio com ar exultante, eu apreensivo e deprimido. Sentei-me junto ao fogo que ele acendera e fiquei atento à sua história.

XI

Somente com muita dificuldade me lembro dos primeiros tempos da minha existência. Todos os acontecimentos daquele período estão encobertos pela névoa do tempo, e parecem-me confusos e indistintos. Estranha multiplicidade de sensações apossara-se de mim. Eu via, sentia, percebia odores e ouvia ao mesmo tempo. De fato, passou-se longo intervalo até que eu aprendesse a distinguir e dirigir as diversas funções dos meus sentidos. Recordo-me de que qualquer luz mais forte me perturbava, exercendo um penoso efeito sobre meus nervos e obrigando-me a fechar os olhos. Então era a escuridão que me desnorteava. Luz e escuridão eram manifestações sensoriais mal definidas para mim. Antes, corpos negros e opacos me cercavam, impenetráveis tanto à vista quanto ao meu tato. Mas não tardei em verificar que uma mudança se processava, e já podia locomover-me, vagar livremente, sem obstáculos intransponíveis.

“Lembro-me de ter tomado o rumo da floresta, perto de Ingolstadt. Mas a luz do sol, tanto quanto o calor, me oprimia, e assim busquei refúgio na sombra, deitando-me junto a um riacho, exausto da caminhada. A certa altura senti fome e sede. Isso despertou-me do estado de torpor. Comi algumas frutas, que descobri dependuradas nas árvores ou esparsas pelo chão, e saciei a sede no riacho. Então adormeci.

"Estava escuro quando despertei. Senti frio, e a solidão em que me encontrava deixou-me assustado. Já tinha tido a sensação do frio quando ainda no seu apartamento, de modo que, antes de deixá-lo, cobri-me com algumas roupas, mas não eram suficientes para resguardar-me do orvalho da noite. Então comecei a ter consciência de que era um pobre indivíduo, desamparado e miserável. Nada sabia, nem sequer distinguir as coisas. No entanto, já conhecia a dor. Sentei-me, então, e chorei.

"Logo vi surgir nos céus uma luz suave e furtiva, que me deu uma sensação de prazer. Ergui-me e contemplei, perplexo, uma forma radiante que parecia emergir dentre as árvores. A luz movia-se lentamente, mas iluminava-me o caminho, o bastante para que eu pudesse sair de novo à cata de frutos. Ainda sentia frio quando, debaixo de umas árvores, encontrei um manto amplo, com que me cobri e sentei-me no chão. Não havia qualquer ideia distinta em minha mente. Era tudo muito confuso. Via a luz, sentia fome, sede, e as trevas. Havia um mundo de sons em meus ouvidos, e meu olfato absorvia cheiros em profusão. O único objeto que podia distinguir com nitidez era a lua brilhante, que eu contemplava, fascinado.

"Vários dias e noites se sucederam, as coisas que me cercavam pareciam menos distantes, e comecei a diferenciar minhas sensações. Já podia ver nitidamente a límpida torrente que me supria do que beber e as árvores que me davam sombra. Foi um deslumbramento quando descobri que o som agradável que, com frequência, me encantava o ouvido, procedia do gorjeio de pequeninos seres que a todo momento cruzavam o espaço e muitas vezes me interceptavam a luz dos olhos. As formas foram se tornando tangíveis, e passei a ter noção dos limites do manto de luz que se estendia sobre mim. Por vezes era levado a tentar imitar o cântico das aves, mas não o conseguia. Outras vezes tinha o desejo de exprimir minhas sensações à minha própria maneira, mas de minha garganta não saíam mais do que sons fanhosos e desarticulados que me amedrontavam e faziam-me silenciar.

"A lua desertara da noite e novamente surgira, em minguante, enquanto eu ainda permanecia na floresta. Por esse tempo, eu fazia progressos quanto aos meus sentidos, e minha mente ia acumulando dia a dia conceitos novos. Meus olhos acostumaram-se à luz e à percepção dos objetos em suas formas reais. Eu distinguia entre inseto e planta e, gradualmente, entre as diversas plantas. Verifiquei que o pardal apenas emitia notas ásperas, ao passo que o canto do melro e do tordo era suave e mavioso.

"Um dia, castigado pelo frio, descobri uma fogueira abandonada por uns mendigos que por ali passaram e cheguei a saltar de alegria ao sentir o calor que me proporcionava. Nessa euforia, meti as mãos nas brasas vivas, mas logo as retirei com um grito de dor.

"Talvez fosse meu primeiro contato com a dor física. Mas foi-me difícil atinar por que uma só causa pudesse produzir efeitos tão diferentes. Examinei a matéria de que se compunha a fogueira e, para minha surpresa e satisfação, vi que era madeira, lenha. Dispus-me a colher alguns galhos, mas estavam úmidos e não ardiam. Isso me entristeceu e sentei-me a observar aquela coisa curiosa, que se movia sem interrupção, ora encolhendo-se, ora alongando-se, aquela coisa que expelia luz e calor, que fazia bem e aquecia, mas fazia mal e feria se tocada com as mãos. A lenha úmida que eu colocara perto secou ao calor e logo inflamou-se. Refleti sobre o fato e, tocando os vários galhos, descobri a causa, ocupando-me em colher maior quantidade de lenha para que pudesse secar, ficando assim com um abundante suprimento para a fogueira. Ao cair da noite, chegando com ela o sono, tive medo de que o fogo se extinguisse. Cobri-o cautelosamente de lenha seca e folhas, colocando-lhe por cima alguns galhos úmidos. Estendi o manto no solo, deitei-me sobre ele e adormeci.

"Era dia claro quando acordei, e meu primeiro cuidado foi ver a fogueira. Remexi-a com um graveto — tinha-me valido a primeira lição! — e uma brisa suave soprou despertando a chama. Assimilei que também o vento tinha função, e improvisei um abano de ramos que avivou as brasas quando estavam a ponto de extinguir-se. Ao anoitecer novamente, verifiquei que o fogo também poderia ter utilidade para a minha alimentação. De fato, notei que alguns restos de comida que os vagabundos haviam deixado tinham sido assados, e eram melhores do que as frutas que eu catava das árvores. Experimentei, portanto, preparar meu alimento da mesma forma, colocando-o sobre as brasas vivas. Nova descoberta: com essa operação, as frutas frescas se estragavam, mas as nozes e raízes melhoravam.

A comida, porém, escasseava, e por vezes eu passava o dia inteiro procurando bolotas para aplacar-me a fome. Constatando isso, resolvi abandonar o local onde até então habitara, a fim de encontrar outro onde minhas necessidades pudessem ser satisfeitas mais facilmente. Ao partir, doía-me perder o fogo que eu obtivera por acaso e não sabia como reproduzir. Por várias horas concentrei-me nessa dificuldade, mas fui obrigado a desistir de todas as tentativas de resolvê-la e, envolvendo-me em meu manto, rompi caminho através do bosque, na direção do poente. Passei três dias nessas andanças, até que descobri campo aberto. Uma grande nevasca ocorrera na noite anterior, e os campos estavam cobertos de uma brancura uniforme. Seu aspecto era desanimador, e eu sentia os pés gélidos por aquela substância fria e pegajosa que juncava o solo.

"Era metade da manhã e eu ansiava por comida e agasalho. De repente, percebi uma choupana numa elevação de terreno, e que sem dúvida fora construída para abrigo de algum pastor. A visão era novidade para mim e examinei a estrutura com grande curiosidade. Encontrando aberta a porta, entrei. Um homem idoso estava sentado ali, ao pé do fogo, no qual preparava sua refeição matinal. Ouvindo barulho, voltou a cabeça e, percebendo-me, soltou um grito, ao mesmo tempo que, abandonando a cabana, partia campo afora em desabalada carreira, numa velocidade de que, pelo seu aspecto débil, não parecia ser capaz. As formas do homem — dado que até o momento eu ainda não tinha podido distinguir o que fosse um ser humano — surpreenderam-me, e não consegui compreender por que tinha fugido. Mas fiquei encantado com a aparência da choupana. Ali não podiam penetrar a chuva e a neve; o chão era seco, e ela me parecia um retiro delicioso. Devorei avidamente os restos da comida do pastor, que consistia em pão, queijo e leite. Havia também uma garrafa de vinho, mas não gostei do seu sabor. Então, vencido pela fadiga, estirei-me numas palhas e caí no sono.

"Quando despertei, o sol estava a pino e, atraído pelo calor e pelo brilho do solo esbranquiçado, decidi recomeçar minha viagem. Coloquei o que ainda sobrara da refeição do camponês num alforje que encontrei e prossegui pelos campos, andando várias horas, até que, ao pôr do sol, cheguei a uma aldeia. Achei maravilhoso o seu aspecto. As choupanas, as outras pequenas casas de melhor aparência, e as mansões majestosas, tudo era motivo para minha admiração. As hortaliças nos quintais, o leite e o queijo que eu via colocado nas janelas de algumas casas modestas voltaram a despertar meu apetite. Entrei numa das vivendas, porém, mal colocara os pés na soleira da porta, as crianças puseram-se a gritar e uma mulher desmaiou. A aldeia toda ficou em polvorosa. Muitas pessoas fugiram, outras investiram contra mim, até que, ferido pelas pedras e toda sorte de objetos que me arremessavam, fugi para o campo aberto e, cheio de medo, busquei refúgio numa cabana acachapada, totalmente desguarnecida e de aspecto que me pareceu miserável em comparação às residências que vira na aldeia.

"O casebre era contínuo a uma casa de aparência agradável, limpa, se bem que, depois de minha recente experiência, ganha a tão duras penas, não me atrevesse a entrar nela. Meu refúgio era construído de madeira, mas tão baixo que somente com muita dificuldade eu podia locomover-me ali dentro. O chão era de terra batida, mas seco e, embora o vento penetrasse por inúmeras frestas, constituiu para mim um ótimo abrigo contra a chuva e a neve.

"Nesse retiro, deitei-me, feliz, mais por me sentir protegido contra a barbaridade humana do que contra a inclemência do tempo.

"Logo que raiou a manhã, esgueirei-me da cabana para ver a casa campestre anexa e descobrir se me seria possível permanecer no abrigo que encontrara. Ele limitava com os fundos da casa e era ladeado por uma pocilga e um tanque de água clara. Havia somente uma abertura, a portinhola por onde eu entrara, e logo tapei todas as frestas com pedras e pedaços de madeira para que não fosse descoberto, mas de modo que não me dificultassem a saída. A pouca luz do ambiente me bastava.

"Forrei o chão com palha fresca e, tendo assim disposto minha morada, saí furtivamente, pois vira à distância a figura de um homem, e ainda me lembrava do tratamento que recebera na noite anterior. Antes, tivera o cuidado de prover meu sustento para o dia, que consistia em um pão comum, que furtara, e uma xícara, com a qual podia beber, melhor do que na palma da mão, a água límpida que corria perto de meu retiro. O chão era um pouco elevado, de modo que ficava sempre seco, e a proximidade da chaminé da casa mantinha o ambiente aquecido.

"Estava decidido a morar nesse casebre enquanto me fosse possível. Comparado à floresta sombria com a folhagem a gotejar e a terra empapada, que era antes a minha residência, aquilo era para mim um paraíso. Comi a minha refeição matinal e preparava-me para sair em busca de um pouco de água, quando ouvi passos e, olhando por uma fresta, vi passar uma criatura jovem com um balde à cabeça. Era uma moça de aspecto suave, que não tinha a aparência rude das criadas das granjas que eu vira na primeira incursão à aldeia. Todavia, vestia-se toscamente: uma saia azul de pano grosseiro, e uma blusa de linho eram toda a sua roupa.

"Seus cabelos louros eram trançados, sem qualquer adorno. Tinha um ar paciente, parecendo um pouco triste. Ela afastou-se e, algum tempo depois, regressou com o balde cheio de leite. Ia andando, um pouco vergada pela carga, quando um rapaz, que tinha uma expressão de desânimo mais acentuada que a dela, encontrou-a e, após murmurar algumas palavras, tomou-lhe o balde e levou-o para a casa. Ela acompanhou-o e desapareceram. Dentro em pouco o jovem surgiu de novo, com algumas ferramentas na mão, atravessando o campo atrás da casa, enquanto a moça andava também atarefada, às vezes lá dentro, às vezes no pátio.

"Examinando minha habitação, verifiquei que na parede de tábuas que limitava com a casa havia uma fresta imperceptível, através da qual eu podia observar perfeitamente o interior da morada. Era uma área caiada e limpa, mas pobre de mobiliário. A um canto, junto a um fogo escasso, estava sentado um velho, com a cabeça apoiada nas mãos, em atitude de desconsolo. A moça se ocupava em arrumar a casa e, a certa altura, tirou de uma gaveta um objeto com que ficou trabalhando, sentada ao lado do ancião. Este, pegando um instrumento, começou a tocar, produzindo sons que superavam em doçura o canto do tordo ou do rouxinol. Era uma cena linda, mesmo para mim, pobre desgraçado, que jamais tivera acesso a qualquer espécie de convívio humano. Os cabelos prateados e a fisionomia bondosa do velho cativaram-me tanto quanto as maneiras gentis e carinhosas que a moça lhe dispensava. Ele tocou uma canção suave e melancólica, que, pude perceber, provocou lágrimas nos olhos de sua prestimosa companheira sem que o homem notasse, a não ser quando emitiu um breve soluço. Ele passou a produzir sons diferentes, e a bela moça, largando o trabalho, ajoelhou-se a seus pés. Ele a fez levantar-se e sorriu com tal doçura, que senti um misto de dor e prazer que jamais experimentara antes. Saí do meu posto de observação para fugir a esse novo turbilhão de emoções.

"Pouco depois regressou o rapaz, trazendo nos ombros uma carga de lenha. A moça foi ao seu encontro na porta, ajudou-o a desembaraçar-se do fardo e, separando algumas das achas, levou-as para dentro, lançando-as ao fogo. Então ela e o jovem retiraram-se para um canto da casa, e ele mostrou-lhe um grande pão e um pedaço de queijo. Ela pareceu contente e foi à horta colher algumas raízes e folhas, que pôs numa terrina com água e a seguir no fogo. Depois, ela retomou o trabalho interrompido, enquanto o rapaz saía para o quintal, onde ficou ocupado em escavar a terra e colher raízes. Após entregar-se a esse trabalho por cerca de uma hora, a moça foi fazer-lhe companhia e regressaram juntos para casa.

"O ancião tinha, entrementes, ficado pensativo, mas, ao aparecerem seus companheiros assumiu um aspecto jovial e sentaram-se todos a comer. Não demoraram na refeição. A moça estava de novo ocupada com a arrumação da casa. O velho foi passear fora, ao sol, apoiado ao braço do jovem. O contraste entre essas duas criaturas era de uma sutileza comovente. Um, velho, com cabelos prateados e um semblante irradiando benevolência. O jovem, uma figura atraente, de feições bem desenhadas, ostentava, todavia, uma expressão que denotava tristeza e desalento. Voltaram os dois para casa, e o moço, apanhando outras ferramentas, saiu campo afora.

"Quando a noite chegou, foi nova surpresa para mim descobrir que os moradores da casa tinham meios de prolongar a luz, com o uso de velas, e rejubilei-me em verificar que a ausência da luz do sol não me privaria do prazer de continuar observando meus vizinhos humanos. Durante o serão, a jovem e seu companheiro entregaram-se a várias ocupações que eu não compreendia, enquanto o velho voltava a apanhar o instrumento, fazendo-o emitir os sons que tanto me haviam encantado pela manhã. Logo que ele terminou, foi a vez de o moço começar a emitir certos sons, monótonos, bem diferentes da harmonia do instrumento do ancião e do cantar dos pássaros, que eu já conhecia. Mais tarde vim a saber que lia em voz alta, mas nessa ocasião ainda não tinha adquirido noção do que fossem palavras ou letras.

"A família, após haver se entretido assim por breve tempo, apagou as luzes e recolheu-se, segundo imaginei, para o repouso."

XII

Estirei-me sobre um monte de palha, mas vi-me incapaz de pegar no sono, remoendo em pensamento tudo o que acontecera naquele dia. O que mais me impressionou foram as maneiras gentis daquela gente, e eu ansiava por desfrutar de sua companhia, mas não me atrevia a tanto. Estava bem viva a lembrança do tratamento que sofrera na noite anterior, de parte dos aldeões enfurecidos e resolvi, qualquer que fosse a minha conduta futura, que permaneceria por enquanto sossegadamente em minha choupana, observando e tentando compreender os motivos que moviam as ações dos meus vizinhos.

"O pessoal da casa acordou, na manhã seguinte, antes do nascer do sol. A moça fez os primeiros arranjos caseiros, preparou a comida, e o rapaz saiu após uma ligeira refeição.

"O dia, tal como o anterior, passou-se rotineiramente. O jovem ocupava-se todo o tempo em seu trabalho externo, e a moça em seus afazeres domésticos. O ancião que, conforme percebi, era cego, passava suas horas tocando o instrumento ou meditando. Era de admirar o amor e o respeito que os mais moços mostravam para com o idoso. Dispensavam-lhe a maior atenção e afeto, enquanto ele parecia agradecer-lhes com o seu permanente sorriso de benevolência.

"Mas deduzi que não eram inteiramente felizes. O jovem e sua companheira muitas vezes se isolavam, parecendo chorar. Eu não atinava com qualquer motivo de descontentamento, visto que sempre tinham o que comer, beber e onde se abrigar e dormir, mas ficava bastante abalado com isso. Se tão belas criaturas eram infelizes, nada havia de estranho em que um ser imperfeito e solitário como eu fosse desgraçado. Possuíam — assim me afigurava — uma casa encantadora e todo o conforto. Tinham fogo para aquecer-se do frio, vestiam excelentes roupas e gozavam da mútua companhia e entretenimento todos os dias, num ambiente de ternura e bondade. Qual a razão de suas lágrimas? Expressavam realmente sofrimento? Só com o tempo e a atenção constante vim a compreender essas e muitas outras coisas que a princípio me pareciam enigmáticas.

"Transcorreu um período considerável antes que eu descobrisse uma das causas do desassossego dessa família. Era a pobreza. Sua alimentação provinha exclusivamente das hortaliças do seu quintal e do leite de sua única vaca, que muito pouco produzia no inverno, quando seus donos mal podiam prover a alimentação do animal. Suponho que, às vezes, passavam fome, especialmente os dois jovens, que não deixavam de alimentar o velho quando nada tinham para si mesmos.

"Essa demonstração de bondade comoveu-me a fundo. Eu habituara-me a furtar, durante a noite, uma parte de suas escassas provisões para meu sustento, mas, quando verifiquei que esse procedimento causava dano àquelas pessoas, deixei de fazê-lo e passei a satisfazer-me com frutas frescas, nozes e raízes, que ia colher em um bosque próximo.

"Descobri, também, um meio pelo qual me era possível ajudá-los em seus labores. Ao perceber que o moço passava boa parte do dia a apanhar lenha para o fogo, passei a sair furtivamente durante a noite, munido de suas ferramentas que sem dificuldade aprendi a manejar, e trazia lenha para casa em quantidade suficiente para o consumo de vários dias.

"Recordo que, da primeira vez que o fiz, a jovem, ao abrir a porta pela manhã, pareceu assustada vendo uma grande pilha de lenha do lado de fora. Ela pronunciou algumas palavras em voz alta e o moço foi ter com ela, mostrando-se também muito surpreso. Observei, com prazer, que ele não foi à mata naquele dia, mas passou a fazer reparos na casa e a tratar da horta.

"Gradualmente fui assimilando um fato muito mais importante. Vim a saber que essa gente tinha um meio de comunicação recíproca de seus atos e sentimentos por meio de sons articulados. Percebi que esses sons causavam prazer ou dor, sorrisos ou tristeza, no espírito e semblante dos que se comunicavam. Era, sem dúvida, uma ciência dos deuses, e ardentemente desejei familiarizar-me com ela. Mas todas as tentativas que fazia nesse sentido eram frustradas. A pronúncia era rápida, e, não conseguindo estabelecer uma relação entre o que provinha de suas vozes e os objetos visíveis, era-me difícil penetrar o mistério do seu significado. Com grande aplicação, porém, e depois de várias revoluções da lua desde que passara a ocupar o casebre, aprendi os nomes que davam a algumas das coisas mais familiares sobre as quais falavam.

"Passei a entender e a saber aplicar as palavras fogo, leite, pão e lenha. Aprendi também os nomes dos moradores da casa. O rapaz e sua amiga tinham, cada qual, vários nomes, mas o velho apenas um, que era pai. A moça era chamada irmã, ou Agatha, e o jovem, Félix, irmão ou filho. É indescritível o prazer que senti quando aprendi as ideias relacionadas com cada um desses sons e tive a faculdade de pronunciá-los. Eu já distinguia também várias outras palavras, sem, contudo, ser capaz de compreendê-las ou aplicá-las, tais como bom, querido, infeliz.

"Assim passei o inverno. As gentis e belas figuras dos donos da casa levaram-me a gostar deles imensamente. Quando estavam tristes, sentia-me deprimido. Quando estavam contentes, eu era solidário com sua alegria. Via muito poucos seres humanos além deles, e, se acontecia de outra pessoa ir visitá-los, seus modos ásperos e aspecto grosseiro serviam para elevar mais ainda as qualidades que via naqueles que passara a considerar amigos. O ancião, eu percebia, muitas vezes tentava encorajar seus filhos para que esquecessem a melancolia. Nessas ocasiões falava-lhes em tom animado, com uma expressão de bondade que se refletia também sobre mim. Agatha ouvia-o com respeito, os olhos por vezes marejados de lágrimas, que ela enxugava furtivamente, mas eu notava em seu rosto a transmutação de alegria após ouvir as exortações do pai. Isso, porém, não sucedia com Félix. Ele sempre foi o mais triste do grupo. Mesmo a meus sentidos destreinados, ele parecia sofrer mais que seus companheiros. De hábito, todavia, sua voz era mais alegre que a da irmã, especialmente quando se dirigia ao ancião.

"Eu poderia assinalar vários exemplos da boa índole dessas pessoas. Em meio à pobreza que os afligia, Félix teve o gosto de trazer para a irmã a primeira florzinha branca que despontou da terra ainda coberta de neve. Pela manhã, antes que ela acordasse, ele limpava a neve que obstruía o caminho da moça à manjedoura, tirava água do poço e trazia lenha do telheiro, onde, para sua perplexidade, encontrava a provisão sempre refeita por mão invisível. Parece que, durante o dia, ele trabalhava às vezes para um fazendeiro vizinho, pois frequentemente saía e não tornava senão à hora do jantar, mas sem trazer lenha consigo. Em outras ocasiões trabalhava na horta, mas, como pouco havia a fazer na terra durante a estação fria, lia para o velho e para Agatha.

"A princípio, tal leitura intrigava-me muito, mas pouco a pouco fui compreendendo que ele articulava, quando olhava no livro, muitos dos próprios sons que usava ao falar. Deduzi, portanto, que encontrava no papel sinais da fala que entendia, e desejei ardentemente entendê-los também. Mas como seria isso possível, quando eu nem mesmo entendia todos os sons representados pelos sinais? Fiz, porém, muitos progressos, se bem que insuficientes para acompanhar qualquer espécie de conversação, embora me esforçasse muito para isso. De fato, percebi que não devia fazer qualquer tentativa para revelar-me aos donos da casa — e quanto ansiava por isso! — antes de dominar sua linguagem, pois somente isso me daria condição para levá-los a tolerar meu horrível aspecto, do qual eu tinha perfeita consciência pelo confronto com aqueles a quem meus olhos estavam familiarizados.

"Como admirava as formas perfeitas dessa gente, sua graça, sua beleza, a delicadeza de seus gestos! E que terror senti quando me vi refletido numa poça de água! A princípio, recuei assombrado, incapaz de crer que aquela era minha imagem e, quando me convenci de que era na realidade o monstro que sou, fui assaltado pelo desespero e senti-me extremamente mortificado. Mas — pobre de mim! — mal podia imaginar os efeitos fatais da minha deformidade que estavam por vir.

"À medida que o sol se tornava mais quente e a luz do dia se alongava, a neve ia desaparecendo, desnudando as árvores e fazendo surgir a terra enegrecida. A partir de então, Félix tinha mais de que se ocupar e parecia afastada a possibilidade de fome.

"Sua alimentação, conforme apurei mais tarde, era moderada, mas sadia, e eles supriam-se suficientemente. Vários tipos de novas plantas brotaram da horta, e esses sinais de fartura aumentavam dia a dia conforme a estação avançava.

"O ancião, apoiado em seu filho, passeava todas as tardes quando não havia chuva, que era, segundo aprendi, como chamavam a água caída lá dos céus. Isso ocorria com frequência, mas, quando o vento secava a terra, o tempo se tornava mais aprazível do que antes.

"Meu estilo de vida, no casebre, era rotineiro. Durante a manhã eu analisava os movimentos dos donos da casa e, quando se dispersavam em suas várias ocupações, eu dormia. No resto do dia, eu voltava à observação dos meus amigos. Quando se retiravam para o repouso, caso houvesse lua, eu saía à mata, apanhava meu alimento e lenha para a casa. Ao regressar, conforme muitas vezes se fazia preciso, limpava a neve do caminho e executava os serviços externos que via Félix fazer. Mais tarde vim a saber que esses trabalhos, executados por mãos invisíveis, os assombravam enormemente e, por mais de uma vez, ouvi-os pronunciar as palavras espírito bom, ajuda de Deus, maravilhoso, mas não alcançava o seu significado.

"Meus pensamentos já se tornavam mais ativos, e eu ansiava por descobrir as motivações e os sentimentos dessas criaturas. Preocupava-me saber por que Félix parecia tão infeliz e Agatha tão triste. Em minha mísera ingenuidade, pensei que estivesse em minhas mãos restaurar-lhes a felicidade. Quando dormia, ou me ausentava, a figura do pai cego, de Agatha e de Félix se antepunham aos meus olhos. Olhava-os como seres superiores, que podiam ser os árbitros de meu destino. Imaginava mil maneiras de como poderia apresentar-me a eles e como me acolheriam. Supunha que, após o primeiro ímpeto de repulsa, se seguiria uma boa acolhida, que eu saberia conquistar pela amabilidade e palavras conciliatórias, e o amor viria depois.

"Tais pensamentos tornavam-me alegre, induzindo-me a redobrar a aplicação na aprendizagem de sua linguagem. Meus membros, de fato, eram rudes, porém flexíveis e, embora minha voz fosse bem diferente dos tons suaves que eles emitiam, conseguia pronunciar com relativa clareza as palavras que eu compreendia.

"As chuvas e o radioso calor da primavera alteraram profundamente o aspecto da terra. Homens que, antes dessa mudança, pareciam ocultos em cavernas, voltavam a mostrar-se e dedicavam-se ao cultivo da terra. O espaço era invadido pelo gorjeio dos pássaros, e as folhas começavam a brotar nas árvores. Feliz terra! Bendita terra! Festiva habitação de deuses, que pouco antes era fria, sombria e hostil! A natureza arrebatava-me o espírito. O passado diluiu-se em minha memória, o presente era tranquilo e o futuro era um raio de esperança e de alegria.

XIII

Chego neste momento à pior parte da minha história. Relatarei fatos que fizeram de mim o que sou hoje.

"A primavera passava rápido. O tempo firmou-se, sem nuvens no céu. Eu ficava surpreso de ver o que antes fora deserto e sombrio renascer agora por entre maravilhosas flores e um verde exuberante. Meus sentidos avivavam-se, absorvendo mil novos odores e visões de beleza.

"Foi num desses dias de contemplação, quando meus amigos da casa descansavam — o velho tocava a guitarra e seus filhos ouviam-no —, que observei no semblante de Félix uma sombra de indescritível melancolia, mais acentuada que de costume. Ele suspirava com frequência e, a certa altura, seu pai interrompeu a música e imaginei, por sua atitude, que indagava ao filho a causa de sua mágoa. Félix disfarçou prontamente, retrucando-lhe em tom alegre, e o ancião recomeçou o entretenimento. Foi quando alguém bateu à porta.

"Era uma dama que viera a cavalo, acompanhada de um guia da localidade. Usava vestes escuras, cobrindo-se com um espesso véu negro. Agatha dirigiu-lhe a palavra e a estranha respondeu-lhe apenas pronunciando, com suavidade, o nome de Félix. Sua voz era musical, mas falava de modo diferente da linguagem dos meus amigos. Ouvindo seu nome, Félix apressou-se em recebê-la. Logo que o viu ela desfez-se do véu, deixando à mostra um rosto encantador, de uma beleza serena, fora do comum. Seus cabelos negros e brilhantes como as penas do corvo eram curiosamente trançados. Seus grandes olhos escuros tinham intensa vivacidade. As feições eram caprichosamente delineadas, com as faces tingidas de um rosa belíssimo, e a pele maravilhosamente alva.

"Félix, ao vê-la, foi tomado de arrebatada alegria, desaparecendo-lhe instantaneamente todos os traços de tristeza. Seus olhos cintilavam, as faces se afoguearam e, naquele momento, achei-o tão belo quanto a forasteira. Ela parecia assaltada por sentimentos contraditórios; enxugando dos olhos umas poucas lágrimas, estendeu a mão a Félix, que a beijou, chamando-a ternamente, como distingui, de 'minha querida árabe'. Ela não pareceu entendê-lo, mas sorriu. O rapaz tomou-a pela mão e a conduziu até junto do pai. Após uma ligeira troca de palavras, a recém-chegada ajoelhou-se aos pés do velho e quis beijar-lhe a mão, mas ele ergueu-a e abraçou-a com ternura.

"Embora a estranha proferisse sons articulados e parecesse possuir linguagem própria, tive a impressão de que não entendia os moradores, nem eles a ela. Trocaram muitos sinais que não entendi, mas vi que a presença da jovem inundava de alegria o ambiente, desfazendo a tristeza. Como o sol dissipa a névoa da manhã, Félix exultava. Agatha, sempre gentil, beijou também as mãos da estranha e, apontando para seu irmão, fez gestos que pareciam significar que ele se sentira melancólico antes de sua chegada. Assim se passaram algumas horas em que eles, exprimindo-se a seu modo, comunicavam-se com vivacidade, externando um contentamento com cuja causa eu não atinava. Aos poucos, pela maneira com que ela repetia os sons que eles pronunciavam, deduzi que ela se esforçava por aprender a língua deles, e ocorreu-me então que eu deveria tentar a mesma coisa. A forasteira aprendeu cerca de vinte palavras na primeira lição, em sua maioria aquelas que eu já compreendia, mas também aprendi outras.

"Ao cair da noite, Agatha e a moça árabe recolheram-se ainda cedo. Quando se separaram, Félix disse à estranha: 'Boa noite, querida Safie'.

"Ele ficou sentado até mais tarde que de costume, conversando com o pai e, pela frequente repetição do nome da jovem, deduzi que a hóspede era o assunto da palestra. Empenhei todas as minhas faculdades no sentido de entendê-los, mas não o consegui.

"Na manhã seguinte, Félix saiu para o trabalho e, depois que Agatha terminara as obrigações costumeiras, a árabe sentou-se aos pés do velho, pegou da guitarra e entoou umas cantigas tão dolentes e melodiosas que me arrancaram lágrimas dos olhos. Sua voz fluía em cadências alternadas, ora vivaz, ora lânguida, tal como um rouxinol dos bosques.

"Quando terminou, passou o instrumento a Agatha, que a princípio o recusou, acanhada. Decidiu-se, por fim, e cantou uma breve canção com sua voz igualmente melodiosa, mas não tão rica em tonalidades quanto à da forasteira. O ancião parecia fascinado, e disse algumas palavras que Agatha se esforçou para explicar a Safie, dando-me a impressão de que desejava manifestar seu agrado pelo prazer que o canto da moça lhe dera.

"Os dias transcorriam agora tão serenamente quanto antes, apenas com uma diferença, para melhor, no estado de espírito atual dos meus amigos. Safie estava sempre alegre e feliz. Ela, e também eu, na minha clandestinidade, progredimos rapidamente no conhecimento da linguagem, de modo que, em dois meses, já podia compreender a maioria das palavras daqueles que, sem o saber, eram meus protetores.

"Nesse ínterim, o solo escuro da terra cobrira-se de ervas, e a paisagem verdejante resplandecia de flores, que cintilavam como pequeninas estrelas entre os bosques enluarados.

"O sol agora era mais quente, as noites claras e balsâmicas. Minhas andanças noturnas traziam-me um novo prazer, embora houvessem se tornado mais espaçadas, em vista do poente tardio e do precoce nascimento do sol, pois que nunca me aventurei a sair durante o dia, por motivos óbvios.

"Meus dias passavam-se em constante aplicação, a fim de que pudesse o quanto antes dominar a fala, e posso vangloriar-me de que progredi mais rapidamente do que a dama árabe, que tinha mais dificuldade em compreender e mantinha seu sotaque estrangeiro, enquanto eu assimilava o significado e podia imitar, a bem dizer, qualquer palavra que ouvisse.

"Ao mesmo tempo que melhorava na fala, aprendi também o que estava nos livros, tal como era ensinado à forasteira, e isso me deu grande satisfação.

"O livro pelo qual Félix instruía Safie era *As Ruínas ou Meditações sobre as Revoluções dos Impérios*, de Volney. As minuciosas explicações que Félix acrescentava, ao lê-lo, ajudaram-me a entender o alcance dessa obra. Ele a escolhera, dissera-o, porque o estilo declamatório era estruturado à maneira dos autores orientais. Pude, assim, assimilar um conhecimento generalizado de história e uma visão dos vários impérios existentes no mundo. Esse livro proporcionou-me capacidade de distinguir entre os costumes, governos e religiões dos diversos povos da terra. Ouvi falar nos milenares asiáticos, no gênio criativo do pensamento dos gregos, nas conquistas dos primeiros romanos e na subsequente degeneração que conduziu à derrocada do seu poderoso império, na cristandade, na cavalaria andante e nos reis. Ouvi o relato do descobrimento do hemisfério americano e chorei com Safie o triste destino dos aborígines.

"Essas narrativas inspiravam-me sentimentos inusitados. O ser humano era, a um só tempo, poderoso, virtuoso e magnificente, tanto quanto vil e cheio de vícios. Tão depressa personificava tudo quanto se possa conceber de nobre e divino, quanto se transmudava na própria essência do mal. A imagem do grande homem, bom e virtuoso, parecia constituir a honra máxima para os seres bem-dotados de espírito, ao passo que o vício e a maldade, que caracterizavam muitas figuras históricas, eram objeto de abominação e repulsa. Punha-me então a conjecturar sobre os motivos que poderiam levar um homem a abandonar sua casa e sua família, para ir matar seu semelhante, e sobre a razão de ser das leis e governos. Mas a admiração que o melhor aspecto do ser humano me infundia deu lugar ao desgosto e à aversão quando ouvi o relato de seus vícios e atrocidades.

"Cada palestra dos meus vizinhos me trazia novas revelações, mediante as explicações que Félix dava à sua companheira árabe, o estranho sistema da sociedade humana me ia sendo desvendado. Ouvi falar nos feudos e na divisão da propriedade, na riqueza desmedida e na pobreza extrema, nas diferenças de posição, na descendência e nobreza de sangue.

"As palavras que escutava induziam-me a concentrar-me em mim mesmo. Aprendi, Frankenstein, que os bens mais almejados pelos seus semelhantes eram a alta posição, a reputação e as riquezas. Uma só dessas vantagens bastaria para outorgar respeito a um homem, mas a falta de pelo menos uma delas era o suficiente para que fosse considerado relegado à condição de pária ou escravo, condenado a despender todas as suas forças para lucro de poucos eleitos. E que era eu? Nada sabia sobre minha criação e meu criador, mas sabia que não possuía a menor parcela disso a que chamavam dinheiro, nem amigos, nem a mais insignificante propriedade. Além disso, era dotado de um físico hediondo e repelente. Eu nem sequer era da mesma natureza que o homem. Era, na verdade, mais ágil que ele, mais rude e resistente, podendo adaptar-me a uma dieta grosseira. Podia suportar os rigores do calor e do frio com menos dano para o meu organismo. Minha estatura excedia em muito a do homem normal. Olhando e analisando pelas redondezas, não vi nem ouvi alguém que se assemelhasse a mim. Então eu era um monstro, uma nódoa na terra, da qual todos os homens fugiam e a quem ninguém queria reconhecer por seu igual!

"Não lhe posso descrever a agonia que tais pensamentos me infligiam. Em vão tentava esquivar-me dessas reflexões. Quanto mais eu aprendia, mais elas se acentuavam, provocando minha maior desolação. Ah! Por que não tinha eu podido permanecer em meu bosque, não tendo conhecido outras sensações que as da fome, da sede e as provocadas pelos elementos!

"Como é estranha a natureza do conhecimento! Ele apega-se à mente, uma vez adquirido, e ali fica como o líquen na rocha. Por vezes desejava aliviar todas as ideias e sentimentos, mas aprendi que o único caminho para chegar a isso era a morte, um estado que eu temia, embora não compreendesse. Admirava a virtude e os bons sentimentos, amava as maneiras gentis e agradáveis daquela família campesina, mas estava privado do seu convívio, a não ser pelos meios furtivos de que dispunha, sem ser visto e conhecido, o que aumentava o meu anseio de tornar-me um de seus semelhantes. As palavras de Agatha e os sorrisos da encantadora árabe não eram coisa para mim. Tampouco as amenas exortações do ancião e o convívio estimulante do querido Félix.

"Outras lições ficaram profundamente gravadas em meu espírito. Ouvi falar na diferença dos sexos e no nascimento e crescimento das crianças. Vim a compreender a satisfação do pai ante o sorriso do bebê e as travessuras do filho mais velho; que a vida e todo o zelo da mãe se resumiam na carga preciosa que levava nos braços; de que modo a mente do jovem se expandia e tomava forma, adquirindo sabedoria; e tive a noção do irmão, da irmã e de todas as relações que têm entre si os seres humanos.

"Mas onde estavam meus amigos e parentes? Nenhum pai velara meus dias de infância, nenhuma bênção de mãe baixara sobre minha fronte, ou, se tal havia acontecido, tudo se havia diluído no borrão, no grande vazio em que consistia toda a minha vida passada. Até onde a memória podia alcançar, eu sempre fora, em proporção e estatura, o mesmo de então. Jamais vira um ser semelhante a mim, que eu pudesse considerar da minha espécie ou que tivesse qualquer relação comigo. Quem era eu? O que era eu? A pergunta voltava constantemente ao meu espírito, sempre sem resposta.

"Não demorarei a lhe explicar os caminhos a que me levaram tais sentimentos, mas antes é necessário que volte aos habitantes daquela casa singela, cuja história despertou-me toda gama de sensações, prazer, indignação e assombro, que vieram reforçar o amor e reverência aos meus protetores, como eu os chamava de uma maneira um pouco dolorosa e marcada pela decepção."

XIV

Levou tempo antes que eu conhecesse a história dos meus amigos. Constitui-se de fatos impressionantes devido a circunstâncias que, para uma criatura inexperiente como eu, eram de crescente interesse.

"O nome do ancião era De Lacey. Descendia de uma boa família da França, onde vivera muitos anos na opulência, respeitado pelos seus pares e estimado pelos que o cercavam. Seu filho ingressara na carreira das armas e Agatha tivera o convívio de damas da mais alta estirpe. Poucos meses antes de minha chegada, eles haviam morado numa grande e portentosa cidade chamada Paris, cercados de amigos e usufruindo os gozos que a virtude, o refinamento intelectual e o bom gosto, secundados de moderada fortuna, podiam proporcionar.

"O pai de Safie fora o causador de sua ruína. Era um comerciante turco que residira em Paris por muitos anos, quando, por algum motivo que não consegui descobrir, se tornou inimigo do governo. Foi preso e atirado à masmorra no mesmo dia em que Safie chegava de Constantinopla para vir residir com ele. Foi julgado e condenado à morte. A injustiça do seu julgamento era flagrante e toda Paris se indignara. Suspeitou-se que sua religião e riqueza, e não o crime alegado, tinham sido a causa de sua condenação.

"Félix estivera acidentalmente presente ao julgamento. Sua indignação foi incontida quando ouviu a decisão da corte de justiça. Ele fez, na ocasião, solene juramento de livrar o comerciante, e tratou, sem demora, de conseguir os meios para isso. Após muitas tentativas infrutíferas para entrar na prisão, descobriu uma janela com grade de ferro numa parte desguarnecida do edifício, que dava para o calabouço onde jazia, acorrentado, o maometano, esperando em desespero a execução da sentença fatal. Félix visitou furtivamente o local e conseguiu que seus planos chegassem ao conhecimento do prisioneiro. O turco, pasmo e exultante, procurou intensificar o zelo de seu libertador com promessas de recompensa e riquezas. Félix desprezou essas ofertas, porém, quando viu a formosa Safie, que tinha permissão para visitar o pai e que, por meio de gestos, exprimiu-lhe sua gratidão, o jovem não pôde deixar de reconhecer que o prisioneiro possuía um tesouro capaz de recompensá-lo por todos os riscos.

"O turco logo percebeu a impressão que sua filha causara ao coração de Félix, e não hesitou em oferecer-lhe a mão da donzela em casamento logo que se visse livre. Félix era escrupuloso demais para aceitar o oferecimento naquelas circunstâncias, mas pensou no seu cumprimento como a consumação de sua felicidade.

"Durante os dias que se seguiram, enquanto tinha andamento os preparativos para a fuga do mercador, o intento de Félix foi acalentado pelas inúmeras cartas que recebeu da encantadora moça, que se valia dos préstimos de um velho servo de seu pai, que sabia francês, para exprimir seus pensamentos na linguagem de seu eleito. Ela agradecia em termos ardentes o empenho do rapaz pela salvação de seu pai, ao mesmo tempo que lastimava sua própria sorte.

"Tenho cópias de tais cartas, pois descobri meios, durante minha residência na choupana, de transcrevê-las, visto que estavam frequentemente em poder de Félix ou Agatha. Eu lhes darei antes da minha partida, para provar a veracidade do meu relato, mas, por enquanto, visto que o sol já vai alto, apenas terei tempo de revelar-lhe o essencial.

"Safie contava que sua mãe era uma árabe cristã, capturada e escravizada pelos turcos. Por seus dotes de formosura, ela conquistara o coração do pai de Safie, que veio a desposá-la. A moça falava de sua mãe com palavras de amor, referindo-se ao pesar que ela, tendo nascido livre, guardara por ter sido reduzida à servidão. Ela educara a filha nos fundamentos de sua religião e ensinara-lhe a aspirar a um maior desenvolvimento intelectual e independência de espírito, que, via de regra, eram proibidos às mulheres muçulmanas. A dama morrera, mas suas lições ficaram gravadas na mente de Safie, que padecia à simples ideia de ter que voltar para a Ásia e ser enclausurada num harém, onde não lhe seria permitido ocupar-se de algo além de entretenimentos vãos, inadequados à sua formação, de horizontes bem mais amplos. Encantava-a, por outro lado, a perspectiva de casar-se com um cristão e de viver num país em que se permite às mulheres ocupar uma posição na sociedade.

"Foi marcado o dia da execução do turco, mas, na noite anterior, ele fugiu da prisão graças aos artifícios de Félix e, antes do amanhecer, já se encontrava a muitas léguas de Paris, acompanhado por sua filha e pelo seu protetor. Para isso, Félix utilizou passaportes que obtivera em nome de seu pai, sua irmã e dele próprio. Previamente comunicara o plano ao seu genitor, que se prontificou a ajudá-lo, deixando a casa a pretexto de uma viagem e ocultando-se, juntamente com a filha, num local obscuro de Paris.

"Félix conduzia os fugitivos através da França até Lyon, atravessando depois Mont-Cenis até Livorno, onde o mercador decidiu aguardar a oportunidade propícia para chegar a algum ponto sob o domínio turco.

"Safie resolveu permanecer com o pai até o momento da partida dele. Antes, o turco renovou a promessa de que a uniria a seu libertador, e Félix ficou com eles à espera do acontecimento. Enquanto isso ele desfrutou da companhia da árabe, que passara a demonstrar-lhe todo o seu afeto. Falavam-se através de um intérprete, ou por meio de gestos e olhares, e Safie cantava-lhe músicas de sua terra natal.

"O turco não fez objeções a essa intimidade, antes incentivando as esperanças dos jovens, mas tinha outros planos. Ele abominava a ideia de sua filha unir-se a um cristão, porém, temia desagradar Félix se demonstrasse indecisão, pois não ignorava estar ainda em poder de seu libertador, que, se quisesse, podia entregá-lo ao Estado italiano, onde se encontravam. O turco articulou, assim, mil maneiras de prolongar a simulação enquanto fosse necessário e, no momento exato, levar a filha consigo, em segredo, quando partisse. Seus planos foram facilitados por notícias vindas de Paris.

"O governo da França estava indignado com a fuga de seu prisioneiro e não poupou esforços para descobrir e punir quem o livrara. A conspiração de Félix foi descoberta, e De Lacey e Agatha foram presos. Félix tomou conhecimento do fato e acordou de seu sonho. Seu pai, cego e idoso, e sua irmã estavam em um frio calabouço enquanto ele desfrutava do ar puro e da companhia daquela que amava. Decidido a voltar a Paris e ver o que poderia fazer, combinou rapidamente com o turco que, se este encontrasse uma oportunidade de escapar antes que Félix pudesse voltar à Itália, Safie ficaria internada num convento de Livorno. Assim acertado, ele deixou sua formosa árabe e regressou às pressas a Paris, onde, na esperança de que, pelo seu gesto, pudesse libertar De Lacey e Agatha, entregou-se às autoridades.

"O resultado foi que os três permaneceram presos por cinco meses, antes que se desse o julgamento, que resultou no confisco de todos os seus bens e na condenação ao exílio perpétuo.

"Foram encontrar um retiro quase miserável naquela casa de campo da Alemanha, onde os descobri. Félix não tardou a saber que o turco, pelo qual sacrificara a si próprio e sua família, ao saber que seu benfeitor tinha sido reduzido à pobreza e à ruína, fugira da Itália, levando a filha, tendo ainda o desplante de mandar a Félix algum dinheiro para ajudá-lo, dissera-o, a planejar sua futura manutenção.

"Aí estão as razões da amargura que, desde a primeira vez que o vi, tornava Félix o mais infeliz da família. Ele poderia ter suportado a pobreza e, embora a desgraça fosse o prêmio de sua virtude, não se penitenciava por isso. Mas a ingratidão do turco e a perda de Safie eram males irreparáveis. Eis que a chegada da jovem fora um novo sol raiando em sua vida, restituindo-lhe a razão de existir.

"Ao saber que Félix fora destituído de sua posição e fortuna, o mercador ordenou à filha que não pensasse mais no namorado e se preparasse para voltar com ele ao seu país de origem. Ultrajada perante tal ordem, ela procurou, por todos os meios, dissuadir o pai, mas este encolerizou-se e não lhe deu ouvidos, mantendo sua resolução.

"Dias depois, o turco entrou nos aposentos da filha e revelou ter chegado a seu conhecimento que sua permanência em Livorno era sabida e que haviam decidido entregá-lo ao governo francês. Por conseguinte havia alugado, às ocultas, um navio para transportá-lo a Constantinopla. Deveria ir sozinho, porque a maior parte de sua riqueza ainda não chegara a Livorno. A filha ficaria sob os cuidados de um servo de confiança e deveria, mais tarde, ir ao seu encontro levando o restante dos bens que estavam sendo aguardados.

"Quando se viu só, ela resolveu traçar um plano de emergência. Não podia admitir a perspectiva de voltar a residir na Turquia, cujas condições de vida seriam contrárias à sua religião e aos seus princípios. Por meio de documentos do pai que lhe caíram às mãos, soube do exílio de seu amado e do lugar onde se fixara. Hesitou por algum tempo, mas, por fim, decidiu-se. Levando consigo algumas joias que lhe pertenciam e certa soma em dinheiro, deixou a Itália em companhia de uma criada, uma nativa de Livorno que tinha conhecimento da língua falada na Turquia, e partiu para a Alemanha.

"Chegou em segurança a uma cidade a cerca de vinte léguas do retirode De Lacey, quando a empregada adoeceu de perigosa enfermidade. Safie assistiu-a com a maior dedicação, mas a pobre faleceu, ficando sua senhora só e abandonada, sem conhecimento da língua do país e ignorando totalmente os seus costumes. Felizmente caíra em boas mãos. A italiana havia mencionado o lugar a que se destinavam, e a dona da casa onde tinham se hospedado providenciou para que Safie pudesse chegar sem dificuldade onde morava seu amado.

XV

Essa era a história de meus queridos vizinhos, por meio da qual aprendi a censurar muitas das virtudes e muitos dos vícios da humanidade.

"Não obstante, eu considerava o crime como algo distante, e a generosidade sempre presente, incutindo-me o desejo de participar do cenário onde tantas e tão admiráveis qualidades desfilavam.

"Mas, ao relatar o desenvolvimento do meu intelecto, não posso omitir uma ocorrência verificada no princípio de agosto do mesmo ano.

"Uma noite, durante minha costumeira incursão ao bosque vizinho onde colhia meu alimento e apanhava lenha para meus protetores, encontrei no chão uma pequena mala de couro que continha várias peças de roupa e alguns livros. Apoderei-me desses objetos e levei-os para o casebre. Felizmente os livros eram escritos na língua cujos elementos já havia conseguido aprender. Eram exemplares do *Paraíso Perdido*, um volume das *Vidas Paralelas*, de Plutarco, e *Os Sofrimentos do Jovem Werther*. Foi para mim como encontrar um tesouro. Agora eu estudava continuamente e exercitava o cérebro com essas histórias, enquanto meus amigos se ocupavam de seus afazeres.

"Mal posso descrever-lhe, Frankenstein, o efeito de tais livros. Apresentavam-me uma infinidade de novas imagens e sentimentos que, por vezes, me elevavam ao êxtase, porém, com mais frequência, me lançavam na mais profunda depressão. Em *Os Sofrimentos do Jovem Werther*, além do interesse intrínseco de sua história singela e tocante, tantas opiniões são esboçadas e tantas luzes se lançam sobre assuntos até então totalmente obscuros para mim, que o considero uma fonte perene de constatações e maravilhoso espanto. Os costumes que a obra descreve, combinados com a gama de sentimentos e impressões objetivando algo transcendental, harmonizavam com minha experiência em relação a meus protetores e com meus próprios anseios. Mas eu julgava o próprio Werther um ser que beirava ao divino; seu caráter despretensioso primava, todavia, por transmitir uma profunda depressão. As ponderações em torno da morte e do suicídio fluíam de modo a encher-me de pasmo. Não me aventurei a entrar no mérito da questão, mas inclinava-me pelas opiniões do herói, cuja morte chorei sem entendê-la.

"À medida que ia lendo, porém, aplicava muita coisa a meus próprios sentimentos e condição. Achava-me parecido e, ao mesmo tempo, estranhamente diferente dos seres sobre os quais lia e cuja conversa escutava. Solidarizava-me com eles, compreendia-os parcialmente, mas não tinha sua formação mental. Eu não dependia de ninguém nem era aparentado com quem quer que fosse. O caminho para a minha partida estava livre, e não havia ninguém para lamentar-me. Minha figura era hedionda e minha estatura, formidável. Que significava isso? De onde eu vim? Qual o meu destino? Tais perguntas ocorriam-me com frequência e permaneciam como um enigma indecifrável.

"O volume de *Vidas Paralelas*, de Plutarco, que me caíra às mãos, continha a história dos fundadores das repúblicas primitivas. Essa obra exercia em mim um efeito bem diferente do provocado por *Os Sofrimentos do Jovem* Werther. Dos devaneios de Werther, aprendi desespero e tristeza; Plutarco me elevava os pensamentos. Alçava-me além da esfera de minhas próprias reflexões aos desertos dos heróis dos tempos idos. Muito do que li estava além de minha percepção e experiência. Tinha uma noção muito confusa de reinos, vastas extensões de terra, rios portentosos e mares sem limites. E no que toca a cidades e grandes aglomerações humanas, minha ignorância era completa. A casa campestre que eu coabitava às escondidas tinha sido a única escola em que pudera estudar a natureza humana, mas esse livro me descortinava novas e grandiosas dimensões. Li sobre dignitários e mandatários que governavam ou massacravam sua espécie. Admirava a virtude e abominava o vício, até onde podia alcançar o significado dessas palavras. Induzido por esse discernimento, naturalmente fui levado a admirar os legisladores pacíficos, Numa Pompílio, Sólon e Licurgo, de preferência a Rômulo e Teseu. O sistema patriarcal de vida dos meus protetores apoiava-me nessas tendências. É possível que, se meu primeiro contato com a humanidade fosse por intermédio de um guerreiro, ávido de glórias e vitórias, eu tivesse sido imbuído de sentimentos diferentes.

"Já *Paraíso Perdido* produzia-me emoções de outra espécie, muito mais profundas. Li-o, tal como os outros volumes de que me apossara, como se fosse história verdadeira, que, nesse caso, me despertava todos os sentimentos de admiração e terror que a figura de um deus onipotente, combatendo suas próprias criaturas, era capaz de excitar. Por vezes relacionava várias situações com a minha própria. Tal como Adão, eu não era ligado por qualquer elo a outro ser existente, mas suas condições eram bem diversas das minhas em todos os sentidos. Ele fora produzido pelas mãos de Deus como criatura perfeita e feliz, sob a proteção de seu Criador; tinha a faculdade de comunicar-se com seres de natureza superior e beber-lhes o conhecimento. Mas eu era desgraçado, desamparado e só. Muitas vezes considerei satã como um símbolo mais adequado à minha condição. De fato, não raro, como ele, o fel da inveja me atiçava ao ver a felicidade dos meus protetores.

"Outra circunstância veio a confirmar e fortalecer esses sentimentos. Logo depois da minha chegada ao casebre, descobrira certos papéis no bolso da roupa que eu tirara de seu laboratório, Frankenstein. A princípio não lhes dei importância, mas agora que estava capacitado a decifrar os caracteres em que estavam redigidos, comecei a estudá-los. Tratava-se do seu diário dos quatro meses que antecederam a minha criação. Você descreveu minuciosamente nesses documentos todos os passos que deu no progresso de sua obra. Essa história era recheada de narrativas de ocorrências domésticas. Sem dúvida ainda se recorda desses papéis. Aqui estão eles. Tudo o que se refere às minhas malditas origens vem relatado neles. Estão expostas todas as circunstâncias em que fui produzido. A pormenorizada descrição de minha repulsiva estrutura é apresentada em linguagem que retratava seu próprio horror, tornando o meu indelével. Eu senti asco ao ler.

"Maldito o dia em que recebi a vida! — exclamei. — Maldito criador!

"Mas por que formou um monstro tão pavoroso, que fez até mesmo você se afastar de mim com repulsa? Deus fez o homem belo e atraente, à sua própria imagem, ao passo que minhas formas... O próprio satã tinha seus companheiros, demônios como ele, que o seguiam e o encorajavam, mas eu sou absolutamente solitário.

"Essas eram as minhas reflexões nas horas de desânimo e solidão; mas, quando contemplava a família De Lacey, todos de gênio amável e bondoso, persuadia-me de que, quando se inteirassem de minha admiração por eles, teriam compaixão de mim e não dariam importância à minha deformidade. Seriam eles capazes de fechar as portas a alguém, por mais monstruoso que fosse, que lhes pedisse compaixão e amizade? Assim disposto, resolvi não me deixar levar pelo desespero, mas preparar-me cuidadosamente para um encontro com eles, a fim de decidir minha sorte. Adiei essa experiência por alguns meses, pois queria assegurar-me de todos os meios para evitar um fracasso. Além disso, notei que minha percepção melhorava tanto com os exercícios de cada dia, que não sentia a vontade imediata de executar o meu intento, preferindo deixar que o tempo permitisse aumentar minha sagacidade.

"Várias mudanças ocorreram na casa nesse meio tempo. A presença de Safie trouxera felicidade e observei também que havia maior fartura. Félix e Agatha passavam a maior parte do tempo em entretenimentos e conversas, já tendo criados para executar as tarefas domésticas mais cansativas. Não aparentavam riqueza, mas viviam em clima de contentamento e bem-estar. A essa situação contrapunham-se os meus sentimentos, cada dia mais tumultuosos. A aquisição de sabedoria reforçou a noção do pária que eu era. Eu acalentava esperanças, é verdade, mas elas se desvaneciam quando via minha figura refletida nas águas ou minha sombra ao luar.

"Procurava reagir a esses temores e me fortalecer para a prova a que decidira submeter-me e, por vezes, deixava meus pensamentos vagarem a esmo pelos campos do paraíso, onde imaginava rostos compassivos debruçando-se sobre minha ansiedade, solidarizando-se com meus sentimentos e tentando animar-me. Mas tudo não passava de sonho. Não havia Eva para mitigar minhas tristezas nem participar dos meus pensamentos. Eu era só. Ocorriam-me as súplicas de Adão a seu Criador. O meu, porém, onde estava? Ele me abandonara e, na amargura do meu coração, eu o amaldiçoava.

"Assim passou o outono. Via, com surpresa e pesar, as folhas murcharem e caírem, e a natureza assumir de novo o aspecto sombrio e apático que apresentava quando, pela primeira vez, contemplei a mata sob a luz da lua. Não me preocupavam, todavia, os rigores da mudança da estação, pois já estava fisicamente adaptado a suportar o frio com mais facilidade do que o calor. Entristecia-me, antes, a ausência da visão dos pássaros, das flores, da claridade matinal da relva sob o sol de verão. Quando tudo isso me faltou, voltei a concentrar minha atenção nos meus vizinhos. Quanto mais os observava, mais a visão do seu convívio ameno e feliz aumentava meu desejo de reivindicar-lhes amor e proteção. Não ousava pensar que os olhares que voltassem para mim, em vez de refletir seu afeto, se desviariam com desdém e horror. Os pobres que batiam à sua porta não eram jamais escorraçados. Eu pediria, é verdade, muito mais do que um pouco de pão e abrigo. Mas não me considerava indigno da bondade e compaixão que esperava.

"Com a aproximação do inverno, todo um ciclo de estações se completara desde que eu despertara para a vida. Todos os meus pensamentos, então, giravam em torno do plano de me apresentar na casa de meus protetores. Entre os inúmeros projetos que fiz, optei por entrar na habitação quando o velho privado da visão estivesse sozinho. Isso eliminaria o risco de um confronto repentino com a feiura do meu aspecto. Minha voz, embora áspera, nada tinha em si de amedrontadora. Cogitei, por conseguinte, que poderia, na ausência dos filhos, conquistar a boa vontade do velho De Lacey e que ele poderia vir a ser o mediador no sentido de conseguir a simpatia dos mais jovens.

"Um dia, quando o sol se difundia sobre as folhas murchas que juncavam o solo, difundindo alegria, Safie, Agatha e Félix saíram num demorado passeio pelo campo, e o ancião, conforme seu próprio desejo, ficou só em casa. Após a partida dos jovens, ele tomou da guitarra e começou a tocar uma série de canções dolentes e melancólicas. Tocou com sentimento e expressão que até então eu não havia escutado. A princípio seu rosto se iluminou, como que embalado por agradáveis lembranças. Mas, à medida que prosseguia, ia assumindo um ar de profunda preocupação e tristeza, até que pôs de lado o instrumento e permaneceu sentado, mergulhado em profunda meditação.

"Meu coração batia descompassado. Era chegado o momento da prova que decidiria minhas esperanças ou confirmaria meus receios. Os jovens criados haviam ido a uma feira próxima. Tanto na casa como nos arredores, tudo era silêncio. Aquela era — pensei — a oportunidade tão ansiosamente esperada, mas, quando me dispus a levar adiante meu intento, meus pés falsearam e caí no chão. Levantei-me, contudo, e esforçando-me por retomar minha firmeza, removi as pranchas que costumava colocar à porta do barraco para me ocultar. O ar fresco reanimou-me e, com determinação, aproximei-me da porta da casa e bati.

— Quem é? — ouvi a voz do ancião. — Entre.

Entrei.

— Perdoe minha intrusão — comecei eu. — Sou um viajante necessitado de um pouco de repouso. O senhor me faria um grande favor se me permitisse ficar alguns minutos perto do fogo.

— Entre — repetiu De Lacey — e farei o possível para atendê-lo no que precisar. Infelizmente meus filhos estão fora e, como sou cego, penso que me será difícil apanhar-lhe algum alimento.

— Não se dê a esse trabalho, meu bondoso hospedeiro. Tenho o que comer. Preciso apenas de um pouco de calor e descanso.

“Sentei-me e seguiu-se um breve silêncio. Eu sabia que todos os minutos me eram preciosos; entretanto, estava indeciso quanto à maneira de iniciar a conversa, quando o ancião me dirigiu a palavra.

— Pelo seu falar, forasteiro, suponho que seja meu compatriota. É francês?

— Não. Mas fui educado por uma família francesa e compreendo esse idioma. Estou a caminho de ir pedir ajuda a alguns amigos, a quem muito estimo e de cujo favor alimento alguma esperança.

— São alemães?

— Não. São franceses. Mas mudemos de assunto, se me permite. Sou uma criatura infeliz e abandonada. Estou cansado de procurar qualquer parente ou amigo na terra. Essas pessoas que vou visitar jamais me viram e pouco sabem a meu respeito. Estou cheio de receios, pois, se não encontrar a receptividade que espero, penso que serei um eterno pária neste mundo.

— Não se desespere. Não ter amigos é, de fato, uma infelicidade. Mas o coração dos homens, quando isentos de egoísmo total, é pleno de amor e caridade. Confie, pois, em suas esperanças, que não lhe hão de decepcionar, se tais amigos forem bons e amáveis.

— Sim, eles são bondosos. São as melhores criaturas do mundo. Mas infelizmente têm preconceitos contra mim. Não que eu seja de má natureza. Minha vida até aqui tem sido inofensiva e, até certo ponto, benéfica. Mas um preconceito fatal lhes obscurece os olhos e, onde seria de esperar que eles vissem um amigo solidário e sensível, nada mais lhes aparece do que... um monstro, na definição da palavra.

— Isso é realmente uma circunstância infeliz. Mas se o senhor é, de fato, de boa formação, por que não os pode convencer disso?

— É o que tenciono fazer, e aí está a razão dos meus temores. Amo ternamente a esses amigos. Desde há meses, tenho praticado, sem que o saibam, atos generosos para com eles. Contudo eles pensam o contrário, acreditam que quero fazer-lhes mal, e é esse preconceito que desejo vencer.

— Onde moram esses amigos?

— Próximo daqui.

Após uma pausa, o ancião prosseguiu:

— Se o senhor me quiser confiar sem reservas os pormenores de sua história, talvez lhe possa ser útil no sentido de desfazer-lhes os preconceitos. Sou cego e não tenho ideia de suas feições, mas noto em suas palavras algo de persuasivo, que me dá a impressão de que é sincero. Sou pobre e vivo em exílio, mas, de qualquer forma, será motivo de satisfação para mim poder ser útil a uma criatura humana.

— O senhor é um homem excelente. Agradeço-lhe e aceito sua generosa oferta. Desde que me estenda sua mão, confio em que, com sua ajuda, não serei expulso do convívio de seus semelhantes.

— Deseje aos céus que tal não aconteça. Mesmo que o senhor fosse criminoso. A falta de solidariedade humana só poderia induzi-lo ao desespero e não à prática da virtude. Também sou infeliz. Eu e minha família fomos condenados, embora inocentes. Tenho condições, portanto, de compreender sua infelicidade.

— Não sei como posso agradecer-lhe, ao senhor, que neste momento é meu único amigo. De seus lábios ouvi pela primeira vez palavras de bondade. Ser-lhe-ei eternamente agradecido por ter-me, com sua humanidade, estimulado a procurar esses amigos que estou em vias de encontrar.

— Posso saber o nome e residência de tais amigos?

"Fiz uma pausa. Aquele, pensei, era o momento decisivo que me daria ou me tiraria a felicidade para sempre. Esforcei-me por adquirir a firmeza necessária para responder-lhe, mas esse esforço consumiu toda a energia que me restava. Caí da cadeira e fiquei a soluçar. Nesse momento, ouvi os passos dos jovens que regressavam. Eu não tinha um momento a perder. Em desespero, tomei a mão do velho e gritei-lhe:

— É chegada a hora! Salve-me e proteja-me! O senhor e sua família são os amigos que procuro. Por Deus, não me abandone!

— Pela luz divina! — exclamou o ancião. — Quem é o senhor?

"Nesse instante, a porta da casa se abriu e entraram Félix, Safie e Agatha. Quem é capaz de descrever seu pavor quando me viram? Agatha desmaiou, e Safie, sem poder ajudar a amiga, precipitou-se porta afora. Félix avançou firme e, aos empurrões, apartou-me do pai, a cujos joelhos eu me abraçava. Num acesso de fúria, ele lançou-me ao chão e passou a bater-me violentamente com uma bengala. Eu poderia tê-lo feito em pedaços, como faz o leão ao antílope. Mas meu coração afundou-se no peito, e contive-me. Vi-o investir de novo contra mim, quando, trespassado de dor e angústia, saí da casa e, na confusão que se seguiu, fugi, despercebido, para meu casebre.

XVI

Maldito criador! Por que vivi? Por que naquele instante não extingui a centelha de vida que você tão desumanamente me transmitira? Não sei. Talvez porque não tivesse atingido ainda os limites do desespero. Meus sentimentos eram de raiva e vingança. Não me teria sido difícil destruir aquela casa e seus moradores e ter-me saciado com sua desgraça.

"Quando veio a noite, deixei meu retiro e andei a esmo pela mata. E agora, sem as precauções que o medo de ser descoberto me impunham, dei vazão ao meu tormento, uivando como uma fera. Oh! Que mísera noite passei!

"As estrelas tremeluziam, zombando de mim, e as árvores agitavam os galhos desnudos sobre minha cabeça, como em gestos de escárnio. Ocasionalmente a voz de uma ave noturna quebrava o silêncio. Tudo e todos, exceto eu, descansavam ou divertiam-se. Com o inferno da revolta ardendo em meu peito, sem ter a quem confiar minha mágoa infinita, tinha ímpetos, qual a imagem do próprio senhor do mal, de arrancar as árvores, espalhar a desgraça e a destruição em torno de mim e depois contemplar o espetáculo da ruína.

"Por fim, fatigado pelo esforço físico e pelo tumulto que me invadia o cérebro, caí prostrado na grama úmida e deixei que as gotas tênues do orvalho molhassem meu rosto. Entre a infinidade de homens que existiam, não havia um só que se compadecesse de mim e me trouxesse alívio. Onde estavam a bondade e a generosidade humanas? A partir daquele instante declarei guerra à espécie humana e, mais do que todos, concentrei meu ódio naquele que me havia criado, arrojando-me àquele caos.

"O sol nasceu. Ouvi vozes humanas e pressenti que seria impossível regressar ao meu esconderijo durante o dia. Por isso, ocultei-me no mato, decidido a passar as horas seguintes refletindo sobre minha situação.

"O ar puro do dia e a luz do sol devolveram-me em parte a tranquilidade e, ao analisar o que ocorrera na casa de De Lacey, imaginei que talvez tivesse me precipitado em minhas conclusões tão amargas. Certamente agira com imprudência. Era evidente que minha conversa tinha predisposto o pai dos jovens a meu favor, e eu fora tolo em expor-me ao terror de seus filhos. Refletindo com mais calma, concluí que deveria ter continuado a conquistar a familiaridade do velho De Lacey e, gradualmente, ao restante da família, quando estivessem preparados para minha aproximação. Após muitas considerações, achei que meu erro não era irreparável e resolvi voltar à casa deles, procurar o ancião e, renovando-lhe minha amizade, tentar reconquistar seu favor.

"Tais pensamentos me tranquilizaram e, pela tarde, caí em sono profundo. Mas o pulsar de meu sangue não me permitiu sonhos serenos. As cenas do dia anterior voltavam-me em pesadelos. As mulheres fugindo em pânico e Félix arrancando-me, enfurecido, de perto do pai. Acordei exausto e, constatando que já era noite, saí em busca de alimento, esgueirando-me entre as árvores.

"Saciada a fome, dirigi meus passos ao conhecido caminho que conduzia à casa de campo. Tudo ali estava tranquilo. Arrastei-me para o casebre e permaneci na silenciosa expectativa da hora habitual do despertar da família. Essa hora passou, o sol elevou-se nos céus, mas os moradores não apareceram. Temeroso de que houvesse acontecido uma desgraça, tive um estremecimento. O interior da casa estava às escuras e não se ouvia o menor movimento. A espera tornou-se angustiante.

"Depois de algum tempo, passaram por ali dois camponeses, que, parando perto da casa, puseram-se a dialogar, gesticulando com veemência, mas não entendi o que diziam porque falavam a língua local, diferente da que eu tinha aprendido. Pouco depois, todavia, Félix se aproximou com outro homem. Fiquei surpreso, pois sabia que ele não deixara a casa pela manhã, e procurei descobrir, por suas palavras, o que significava a presença dos estranhos.

— Lembro-lhe — dizia-lhe o acompanhante — que terá de pagar três meses de aluguel e perderá o produto de sua horta. Não quero tirar proveito da situação, mas peço-lhe que reflita alguns dias antes de tomar uma resolução.

— Isto é absolutamente inútil — replicou Félix. — Jamais poderemos continuar morando em sua casa. A vida de meu pai corre perigo, em vista do acontecimento que lhe relatei. Minha esposa e minha irmã estão traumatizadas e jamais esquecerão a cena de horror que viveram. Peço-lhe que não insista em seus argumentos. Aceite a devolução da casa que me alugou e permita-me sair rapidamente deste lugar.

"Ao dizer isso, Félix parecia muito perturbado e estava bastante trêmulo. Ele e seu companheiro entraram na casa, onde permaneceram por alguns minutos e então partiram. Nunca mais voltei a ver ninguém da família De Lacey.

"Continuei o resto do dia no casebre, em estado de absoluto desespero, sem saber o que fazer. Meus protetores tinham-se ido e rompido o único elo que me prendia ao mundo. Pela primeira vez não fiz por dominar os sentimentos de ódio e vingança que me encheram o peito; pelo contrário, estimulei-os, orientando meus pensamentos para o mal e a morte. Quando, porém, voltei a pensar em meus amigos, na voz tranquila de De Lacey, nos olhos de Agatha e na incomum beleza da árabe, essas ideias se desvaneceram e o consolo das lágrimas jorrou sobre mim. A lembrança de que haviam me desprezado e escorraçado, entretanto, fez-me agravar a ira; não podendo descarregá-la contra qualquer ser humano, voltei-a contra os objetos. Como se aproximava a noite, dispus em torno da casa diversas coisas inflamáveis e, depois de ter destruído a horta, esperei com impaciência até que a lua descesse para pôr em execução meu intento.

"À medida que se adentrava a noite, um vento forte soprava dos bosques, dispersando as nuvens que cobriam o céu. A ventania ia crescendo em violência, como incontida avalanche, e produziu-me no espírito uma espécie de loucura que dificultava minha capacidade de discernimento. Arranquei o galho seco de uma árvore, ateei-lhe fogo numa extremidade e fiquei brandindo-o enquanto dava voltas em torno da casa, executando uma dança macabra, com os olhos postos no horizonte, no ponto em que caía a lua. Quando vi que se ocultava uma parte do astro, emiti um brado e pus fogo à palha, urzes e gravetos que havia espalhado, o vento avivou o fogo e não demorou para que a casa estivesse totalmente envolta em chamas.

"Quando me convenci de que nada mais restava da habitação, deixei a cena e busquei refúgio na mata.

"E agora, com o mundo à minha frente, que rumo tomar?

"Resolvi fugir para bem longe do local das minhas agruras, se bem que, para mim, odiado e desprezado, qualquer lugar seria igualmente horrível. Por fim, Frankenstein, sua lembrança atravessou-me a mente. Eu sabia, pelos documentos que encontrara, que era meu pai e criador. E a quem, naquela contingência, poderia dirigir-me, senão àquele que me dera a vida? Entre as lições que Félix ministrara a Safie, a geografia também figurava com frequência. Assim, aprendera as posições relativas dos diferentes países da Terra. Você mencionara Genebra como o nome de sua cidade de origem e assim resolvi dirigir-me para esse lugar.

"Mas como poderia orientar-me? Sabia que o sudoeste era o rumo a seguir para alcançar meu destino, mas não dispunha de outro guia além do sol. Ignorava o nome das cidades que teria de atravessar, nem poderia informar-me com qualquer ser humano. Mas não me desesperei. Apenas de você poderia esperar socorro, embora não lhe tivesse outro sentimento senão ódio. Insensível criador! Dotara-me de um cérebro e um coração, de percepções e paixões, e me deixara ao léu, alvo do escárnio e da perseguição da humanidade. Decidi, pois, que somente a você deveria pedir a justiça que em vão tentara obter de qualquer outro de seus semelhantes.

"Minhas viagens foram longas e sem conta os sofrimentos que enfrentei. Ia avançando o outono quando deixei o lugar onde residira por tanto tempo. Viajava somente à noite, temeroso de defrontar-me com qualquer ser humano. A natureza se desfazia em torno de mim e o sol ia perdendo calor. Chuva e neve caíam à minha volta. Rios caudalosos haviam congelado, e a superfície da terra era rija, fria e nua, sem que eu tivesse onde abrigar-me. Quantas vezes amaldiçoei minha existência! Qualquer sentimento de bondade abandonara minha natureza e eu bebia o fel da amargura. Quanto mais me aproximava de sua casa, mais profundamente sentia o espírito de vingança arder-me no coração. Petrificavam-se as águas, mas eu não conhecia o descanso. Uns poucos acidentes, uma vez que outra, serviram-me de guia, e eu possuía um mapa do país, mas não raro me desviava muito do caminho. A agonia de meus sentimentos não me dava noção de tempo e nada aconteceu que pudesse amenizar meu estado de miséria e furor. Não faltou, contudo, uma circunstância, registrada quando eu atingia as fronteiras da Suíça, numa época em que o sol começara a recobrar o calor e a terra tornava-se verde, para agravar minhas condições de espírito.

"Eu geralmente descansava durante o dia e viajava apenas sob a proteção da noite. Certa manhã, entretanto, como tivesse de atravessar uma densa mata, aventurei-me a prosseguir jornada mesmo após o nascimento do sol. O dia, um dos primeiros da primavera, chegava a influenciar-me com a beleza do sol e o ar aromático. Sentia emoções de brandura e prazer que havia muito pareciam mortas. Um tanto surpreso pela novidade dessas sensações, deixei-me arrastar por seu efeito e, esquecendo minha solidão e deformidade, tive a ousadia de pretender ser feliz. As lágrimas que me orvalharam as faces eram de doçura e cheguei mesmo a olhar com gratidão o sol, bendizendo-o pela alegria que me causava.

"Continuei ziguezagueando entre as picadas da mata até chegar aos seus limites, bordejados de um rio profundo e ligeiro, sobre o qual muitas árvores debruçavam seus ramos, onde, ao frescor da primavera, despontavam os primeiros botões. Nesse ponto me detive, indeciso quanto ao caminho a seguir e, quando ouvi vozes, me ocultei à sombra de um cipreste. Mal havia me escondido, e uma garota veio correndo na direção do lugar onde eu estava. Ela ria como se fugisse de alguém com quem brincava. Prosseguiu na carreira, ao longo das margens íngremes do rio, quando de súbito tropeçou e precipitou-se na corrente. Lancei-me do esconderijo e atirei-me às águas, conseguindo a muito custo, dada a impetuosidade do rio, salvá-la, arrastando-a para a margem. Estava inanimada e eu tentava por todos os meios ao meu alcance fazê-la voltar a si, quando fui subitamente surpreendido pela aproximação de um homem de aspecto rústico, que era talvez a pessoa com quem ela brincava. Logo que me viu ele precipitou-se contra mim, arrancou-me dos braços a menina e pôs-se a correr no rumo da zona mais densa do bosque. Acompanhei-o rapidamente, sem mesmo saber por quê, mas quando o homem me viu aproximar-me apontou-me uma arma que trazia consigo e atirou. Tombei ferido, e meu atacante, com maior rapidez, prosseguiu em sua fuga para o bosque.

"Então era essa a recompensa pela minha boa ação! Eu salvara da morte um ser humano e em troca me contorcia de dor, por causa do ferimento que me rompera carne e ossos. Eis que novamente os bons sentimentos que havia pouco alimentava voltavam a dar lugar a um furor infernal. Mas a agonia da minha dor foi mais forte; minha pulsação interrompeu-se e perdi os sentidos.

"Durante algumas semanas levei, na mata, uma vida miserável, tentando refazer-me do ferimento. A bala penetrara-me o ombro e eu não sabia se continuava ali ou saíra. De qualquer forma, me faltavam meios para extraí-la. Meus sofrimentos aumentavam, agravados pela noção de ingratidão e injustiça que me fizeram. Dia a dia eu renovava meus votos de vingança, que deveriam ser à altura dos males que sofrera.

"Mais algumas semanas, e meu ferimento sarou. Então prossegui na viagem. Pelas dificuldades que enfrentara, já não mais havia para minhas tristezas o consolo da luz do sol e das brisas primaveris, dado que, positivamente, os prazeres e a alegria não tinham sido feitos para mim.

"Mas meus padecimentos pareciam estar se aproximando do fim quando, dois dias depois, alcancei as cercanias de Genebra.

"Era noite quando cheguei e retirei-me para um esconderijo num ponto entre os campos que cercam a cidade, a fim de analisar a maneira mais indicada de dirigir-me a você. Sentia-me oprimido pela fadiga e pela fome, e estava demasiado infeliz para desfrutar as brisas suaves do fim da tarde ou gozar o espetáculo do sol poente, contra o fundo das soberbas montanhas do Jura.

"Nessa ocasião um sono leve aliviou minha tensão, mas o repouso foi abreviado pela aproximação de uma linda criança que corria, despreocupada e sorridente, para o lugar oculto que eu escolhera. Ao vislumbrar sua figura, ocorreu-me que essa criaturinha tão linda não podia ter preconceitos nem maldade e vivera muito pouco tempo para que pudesse apavorar-se diante de uma deformidade. Se, portanto, eu pudesse apossar-me do menino e educá-lo como meu companheiro e amigo, eu não viveria tão desolado nesta terra tão povoada e tão hostil.

"Sob a ação desse impulso, agarrei o menino no momento em que passava e puxei-o contra mim. Logo que percebeu minha aparência, colocou as mãos sobre os olhos e soltou um grito estridente. Afastei-lhe com força as mãos do rosto e, esforçando-me por falar com suavidade, disse:

— Criança, que significa isso? Não lhe desejo fazer mal algum. Escute.

Ele debateu-se violentamente.

— Solte-me — gritou. — Seu bicho! Seu feio! Você é um papão que quer me comer. Deixe-me ou vou contar ao papai.

— Menino, você jamais tornará a ver seu pai. Você tem de vir comigo.

— Não quero, solte-me! Meu pai é importante. Ele é o senhor Frankenstein e castigará você. Não me segure mais.

— Frankenstein! Então você pertence à família de meu inimigo, contra quem eu jurei vingança? Você será minha primeira vítima.

"O menino ainda se debatia, xingando-me de todos os modos que sabia. Apertei-lhe a garganta para silenciá-lo e, num momento, jazia morto a meus pés.

"Olhei para minha vítima e meu sentimento foi de júbilo e triunfo. Batendo palmas, exclamei: — eu também posso criar desolação! O que me fizeram com a vida, pago com a morte. Meu inimigo não é invulnerável. Esta morte há de causar-lhe desespero, e mil outras desgraças o atormentarão até destruí-lo.

"Fixando os olhos na criança, vi uma coisa a brilhar-lhe no peito. Apanhei-a e vi que era o retrato de uma mulher muito formosa. Apesar da maldade de que estava possuído, a imagem atraiu-me e abrandou-me. Por alguns momentos contemplei embevecido os seus olhos negros, orlados de longos cílios, e seus lindos lábios. Mas logo entendi que estava para sempre privado dos prazeres que a beleza das criaturas podia proporcionar, e que aquela cuja figura eu estava olhando atentamente teria, só de ver-me, sua expressão transformada pelo horror e pela repulsa.

"Admirar-se-ia você de que tais pensamentos me levassem a surtos de ódio e fúria? Quanto a mim, o que me surpreende é não ter naquele momento, em lugar de perder-me em lamentações, dado vazão a meus instintos de perversidade e a meus impulsos de investir contra toda a humanidade e perecer na tentativa de aniquilá-la.

"Ainda dominado por essas sensações, deixei o lugar onde cometera o crime, procurando um local mais escondido onde pudesse me refugiar. Entrei num celeiro que me parecera vazio. Mas havia ali uma mulher dormindo sobre um monte de palha. Era jovem. De fato, não tão bela quanto aquela cujo retrato eu tinha comigo, mas de feições agradáveis e cheia do frescor da juventude. Aqui está, pensei, um desses seres que parecem só existir para transmitir sorrisos e alegria a quem os cerca, menos a mim. Então, curvei-me sobre ela e sussurrei:

— Desperta, ó belíssima, aquele que te ama está perto. Aquele que daria sua vida apenas para obter um teu olhar de afeto. Desperta, minha amada!

"Ela se moveu no sono. Um calafrio de terror perpassou-me. E se ela de fato acordasse e, ao ver-me, me amaldiçoasse e me denunciasse como assassino? Essa, por certo, seria sua reação se abrisse os olhos e deparasse comigo. Pensar nisso era loucura. Instigou-me meu demônio interior: não eu, ela, porém, sofrerá. Desde que sou e sempre serei privado de tudo o que ela poderia me dar, ela padecerá. A origem do crime recairá sobre ela. Seja seu o castigo! Graças às lições de Félix e às leis perversas dos homens, eu agora aprendera a cometer o mal. Inclinei-me sobre a jovem e coloquei o retrato numa das pregas do vestido. Ela voltou a mover-se e fugi.

"Durante alguns dias continuei frequentando o local onde esses fatos tinham ocorrido. Por vezes, pelo desejo de vê-lo, Frankenstein; outras, decidido a deixar para sempre este mundo e suas misérias, por fim, passei a vagar por estas montanhas, galgando suas escarpas, consumido por um anseio que somente você pode satisfazer. Você não deve ir embora antes de me prometer o que vou lhe pedir. Sinto-me só e miserável. O ser humano jamais aceitará minha companhia, mas alguém tão deformado e horrendo como eu não se negará a isso. Minha companheira deve ser da mesma espécie e ter os mesmos defeitos."

XVII

A criatura interrompeu sua narrativa e fixou sobre mim um olhar cheio de ansiedade à espera de resposta. Mas eu estava muito assustado, perplexo e incapaz de concatenar minhas ideias, para compreender toda a extensão de sua proposta. Então ele prosseguiu:

— Você deve criar para mim uma fêmea, com a qual eu possa viver no decorrer de minha existência. Somente você pode fazê-lo, e exijo-lhe isso como um direito que não me deve recusar.

A última parte de sua história tinha reacendido em mim a cólera que amainara quando ele narrava sua vida pacífica entre os camponeses e, a essas palavras, não pude mais reprimir a ira que me abrasava.

— Recuso-me — respondi — e não há tortura capaz de arrancar de mim o consentimento. Você pode tornar-me o mais miserável dos homens, mas nunca me depreciará a meus próprios olhos. Acha concebível que eu vá criar outra criatura como você, unindo-as no mal e fazendo-as capazes de transtornar o mundo? Vá-se! Minha resposta está dada. Pode torturar-me, contudo jamais conseguirá de mim o que pretende.

— Engana-se — replicou o demônio. — E, em vez de ameaçar, contento-me em ser razoável com você. Sou mau porque sou miserável. Acaso não sou evitado e detestado por toda a humanidade? Você, meu criador, seria capaz de reduzir-me a frangalhos e exultar com isso. Considere isso e diga-me por que devo usar de mais piedade com o homem do que ele comigo. Para você, não seria crime jogar-me numa dessas fendas de gelo e destruir minha estrutura, a obra de suas próprias mãos. Por que devo eu respeitar o homem se ele me despreza? Que ele viva em paz comigo e deixe-me viver. Então, em vez de malefícios, derramarei o bem sobre sua cabeça, agradecendo por ter-me aceitado. Mas isso não é possível. Os sentimentos humanos são barreiras intransponíveis à nossa união. Todavia, não terei a submissão do escravo. Vingar-me-ei das ofensas. Se não posso inspirar amor, causarei medo, e principalmente a você, meu arqui-inimigo, que por ser meu criador, juro odiar sem trégua. Esteja atento para isto: trabalharei por sua destruição e não descansarei até que tenha esfacelado seu coração, de tal modo que você amaldiçoará o dia em que nasceu.

Enquanto falava assim, animava-o uma ira diabólica. Seu rosto vincava-se em contorções horríveis, mas não demorou a acalmar-se e continuar.

— Era minha intenção ser razoável, mas você não parece inclinado a entender que são os homens a causa dos meus excessos. Foi partindo desse fato que cheguei à conclusão de que somente uma criatura do outro sexo poderia ser compreensiva comigo, proporcionando-me o afeto e a solidariedade que eles me negam. Por que não há de ser razoável e cabível o que lhe peço? Quero de você apenas que me dê uma companheira, semelhante a mim, tão hedionda quanto eu. Por amor a tal criatura, eu firmaria a paz com o gênero humano! É verdade que seríamos então dois monstros, isolados de todo o mundo, mas por isso mesmo mais próximos um do outro. Nossas vidas não serão felizes, porém inofensivas e livres da miséria que me humilha. Oh! Meu criador, atenda à minha súplica! Permita-me despertar a simpatia de outro ser! Deixe que transforme em eterna gratidão todos os sentimentos maléficos que presentemente nutro por você. Não me negue esse pedido!

Fiquei comovido. Estremeci ao pensar nas consequências que poderiam advir do meu assentimento, mas reconheci que suas razões não eram de todo descabidas. Sua história e os sentimentos que com tanto ardor exprimia demonstravam-me que se tratava de uma criatura de muita sensibilidade. Assim sendo, eu, como seu criador, era-lhe, de fato, devedor da parcela de felicidade que me reclamava.

Ele notou a mudança de meu estado de espírito e continuou:

— Se você consentir, nem você nem qualquer outro ser humano jamais tornará a ver-me. Partirei para os ermos longínquos da América do Sul. Meu alimento não é o mesmo que o do homem. Não preciso destruir o gado ou o cordeiro para satisfazer meu apetite. O que preciso para meu sustento, tiro da terra. Minha companheira será de natureza igual à minha e contentar-se-á com o mesmo que eu. Faremos de folhas secas nossas camas. O sol brilhará sobre nós como sobre o homem. Procure ver-me, Frankenstein, pelo menos uma vez, sem rancor. E que esse vislumbre de brandura que parece agora emanar de seus olhos se espalhe sobre seu coração e o faça conceder-me o que lhe peço!

— Você se propõe — repliquei-lhe — a desertar do convívio humano e ir habitar aquelas localidades onde sua única companhia serão os animais selvagens. Duvido que você, que sonha com a compaixão e o amor humanos, possa perseverar em tal exílio. Você voltará a buscar essa aspiração, mas novamente só o ódio o acolherá. Sua revolta e seus impulsos vis serão renovados e terá então uma companheira para auxiliá-lo na tarefa de destruição. Não! Não posso consentir no que me pede.

— Como são volúveis os seus sentimentos! Há apenas um momento, você se comovia com minhas queixas, mas logo volta a armar-se de insensibilidade e dureza. Juro-lhe, pela terra em que habito, e por você, que me fez, que deixarei, com a companheira que me der, a proximidade dos homens e irei definitivamente para bem longe. Minhas paixões serão amainadas, minha vida decorrerá serenamente e, na hora da morte, não amaldiçoarei meu criador.

Essas palavras exerceram estranho efeito sobre mim. Tive pena dele e conclui que, de fato, não me cabia o direito de privá-lo da parcela de felicidade que ainda me era dado proporcionar-lhe.

— Você jura ser inofensivo — disse eu —, mas já demonstrou um tal grau de perversidade que não me encoraja a ter confiança em você. O que me garante que tudo isso não passa de uma simulação para proporcionar-lhe novos trunfos na execução de seus planos de vingança?

— Você parte de uma confusão de causa e efeito. Meus atos nocivos e minha tendência para o mal resultam da falta de compreensão e afeto. Desde que eu encontre o amor de outro ser, desaparecerá a causa de meu crime e tornar-me-ei um ser inofensivo, cuja existência será ignorada por todos.

Detive-me por algum tempo a refletir em tudo quanto ele relatara e em suas razões. Rememorei a promessa de virtude que marcara o início da sua existência e da subsequente derrocada de tudo o que nele havia de bom, por efeito do desprezo e humilhação com que retribuíram às suas boas intenções. Não deixei de considerar, também, o seu poder e suas ameaças. Uma criatura que, além de ser dotada de inteligência, podia sobreviver nas cavernas glaciais e ocultar-se à perseguição nas entranhas de precipícios inacessíveis era, sem dúvida, um ser possuidor de faculdades contra as quais seria difícil lutar. Após essas reflexões, firmei-me em que a justiça devida, tanto a ele quanto a meus semelhantes, exigia de mim que concordasse em atender ao seu pedido.

Por conseguinte, voltei-me para ele e disse:

— Estou disposto a atender sua exigência, desde que assuma comigo o solene compromisso de deixar para sempre a Europa, bem como qualquer outro lugar onde haja vida humana, logo que eu lhe entregue a fêmea que o acompanhará no exílio.

— Juro por este sol — bradou ele —, pelo azul dos céus e pelo fogo da paixão que me abrasa o coração que você jamais tornará a ver-me enquanto tudo isso existir, se atender à minha súplica. Volte para sua casa e comece seus trabalhos. Estarei acompanhando seus progressos com a maior ansiedade, mas não receie que eu apareça antes que tenha terminado.

Parecendo temer uma alteração de minha decisão, deixou-me de repente. Vi-o descer a montanha, com a rapidez de um alce em seu habitat, perdendo-se entre as ondulações do extenso mar de gelo.

Seu relato consumira o dia todo, e o sol se punha no horizonte quando tomei o caminho de volta. Tinha de apressar-me a descer o vale, visto que logo estaria cercado pelas trevas, mas meu coração ia pesado e meus passos se arrastavam. Meus movimentos entre os estreitos meandros das montanhas, procurando pisar com firmeza, eram embaraçados pelas emoções que os fatos do dia tinham em mim provocado. Já ia muito avançada a noite quando, a meio caminho, cheguei a um local de descanso e sentei-me junto a uma fonte. A intervalos, cintilavam as estrelas entre as nuvens que passavam. As silhuetas negras dos pinheiros exaltavam-se à minha frente, e aqui e acolá havia uma árvore esfacelada no caminho. A cena era solene e despertava-me estranhos pensamentos. Chorei amargamente e, crispando as mãos, exclamei, na minha aflição:

— Ó estrelas, nuvens e ventos, testemunhas de minha amargura! Tende piedade de mim e destrua minhas sensações e minha memória! Fazei com que me torne em nada ou ide então, e deixai-me na treva!

Raiou a manhã antes que eu chegasse à aldeia de Chamonix.

Sem qualquer pausa para descanso, regressei imediatamente a Genebra. Abatido pelo peso de tantas emoções voltei para casa, junto de minha família. Meu aspecto cansado e em desalinho alarmou a todos, mas deixei sem resposta as perguntas ansiosas com que me assaltaram. Não me sentia com o direito de reivindicar a solidariedade dos meus, e mesmo sua companhia me parecia uma dádiva imerecida. Contudo, amava-os ao extremo e, para os salvar, resolvi dedicar-me à minha abominável tarefa. A perspectiva de tal ocupação relevava a um plano secundário todos os aspectos da vida ao meu redor e toda a realidade se concentrava naquele pensamento.

XVIII

Os dias e as semanas se passaram depois do meu regresso a Genebra, e eu não conseguia reunir a coragem necessária para dar início à minha nova obra. Eu temia decepcionar o demônio e provocar sua vingança, mas era difícil vencer minha repugnância pela tarefa que me impusera. A criação de uma fêmea significava a volta ao meu trabalho abominável de outrora, meses e meses de estudos e pesquisas laboriosas. Ouvira falar de umas descobertas que tinham sido feitas por um cientista inglês, cujo conhecimento era importante para o meu êxito, e por várias vezes cogitei de acertar com meu pai minha viagem à Inglaterra, sem, naturalmente, dar-lhe a conhecer o meu real objetivo. Apegava-me, porém, a qualquer pretexto para atrasar essa tarefa, esquivando-me de dar o primeiro passo, a ponto de, por força das sucessivas protelações, ela deixar de se tornar uma necessidade imediata. De fato, ocorrera comigo uma mudança. Minha saúde, que até aqui declinara, restabelecera-se em boa parte e, quando não cerceado pela lembrança da minha malfadada promessa, meu estado de ânimo se elevava. Meu pai acompanhava satisfeito essa mudança e procurava meios de erradicar os resquícios de minha melancolia, que, como sombra fatal, encobria a luz do sol, obstinadamente prestes a despontar. Nesses momentos eu buscava refúgio na solidão. Passava dias inteiros sozinho no lago, num pequeno barco, mudo e desligado, contemplando as nuvens e deixando-me embalar pelo marulho incessante das ondas. Sob a influência do ar puro e do sol, voltava com aparência mais tranquila, o que incentivava saudações alegres e acolhedores sorrisos de meus amigos.

Foi na volta de uma dessas andanças que meu pai, chamando-me à parte, dirigiu-se a mim nestes termos:

— Alegro-me em notar, meu filho, que você tornou a seus prazeres de outrora e parece ter recobrado sua personalidade. Percebo, contudo, que continua infeliz e ainda nos evita a companhia. Durante algum tempo procurei penetrar a causa dessa sua atitude, e ontem me ocorreu uma ideia, e se ela é bem fundada você vai me confirmar. Não terá sentido qualquer reserva de sua parte em relação ao assunto, o que somente servirá para agravar as apreensões de todos nós.

O apelo apanhou-me de surpresa e deixou-me atônito, enquanto meu pai prosseguia:

— Confesso, Victor, que sempre considerei seu casamento com nossa querida Elizabeth como sendo o laço de nossa estabilidade doméstica e o esteio de minha velhice. Vocês eram unidos desde a mais tenra infância. Estudaram juntos e pareciam, tanto em gostos como em gênio, feitos um para o outro. Mas é tão falha a experiência humana, que aquilo que eu considerava como um fator favorável à realização do meu plano pode se ter convertido em circunstância totalmente negativa. Você talvez considere Elizabeth como sua irmã, não lhe ocorrendo a perspectiva de torná-la sua esposa. Pode acontecer também que você tenha encontrado outra a quem ame e, considerando-se comprometido com Elizabeth por laços de honra, tenha nascido daí o drama interior que o mortifica.

— Tranquilize-se, meu querido pai — apressei-me em atenuar. — Amo terna e sinceramente minha prima. Jamais conheci outra mulher capaz de me despertar a admiração e afeto que tenho por Elizabeth. Minhas esperanças e perspectivas futuras repousam na expectativa de nossa união.

— Não calcula, meu caro Victor, o prazer que me dá ao revelar-me isso. Se são esses os seus sentimentos, tudo resultará na felicidade de nós todos, por mais que os últimos acontecimentos nos tenham entristecido. Mas o meu desejo premente é dissipar essa tristeza que parece ter se abatido tão obstinadamente sobre seu espírito. Diga-me, pois, se tem alguma objeção à imediata realização do seu casamento. Temos sido infortunados, e os pesares de ultimamente afastaram a tranquilidade que convém à minha saúde e à minha idade avançada. Acredito, por outro lado, que com os recursos que possuímos, o fato de casar-se em nada viria a interferir nos planos e ambições que você possa acalentar. Não suponha, contudo, que eu pretenda ditar sua felicidade, ou que qualquer demora de sua parte possa me causar inquietação. Interprete no melhor sentido as minhas palavras e responda-me com confiança e sinceridade.

Ouvi meu pai em silêncio, e permaneci por algum tempo incapaz de lhe responder. Uma multidão de ideias revolveu-me o espírito, e esforcei-me por chegar a uma conclusão. A ideia da união imediata com Elizabeth, minha amada, deixava-me em pânico. Eu tinha sobre os ombros o encargo de uma promessa solene que ainda não cumprira e cuja quebra poderia fazer recair não sei quantos malefícios sobre mim e minha família. Que condições teria eu para participar de uma festa carregando comigo esse peso mortal? Minha vida estava presa, e eu não podia permitir-me o gozo de uma união, que na verdade eu almejava, antes de cumprir meu compromisso, e deixar partir o monstro com a sua sonhada companheira.

Lembrei-me também da necessidade de viajar à Inglaterra ou manter uma correspondência, certamente longa, com os cientistas daquele país, cujas recentes descobertas eu considerava de utilidade indispensável ao empreendimento que tinha de realizar. Esse, porém, seria um meio por demais demorado e insatisfatório de obter as informações que desejava. Além disso, não haveria de ser na própria casa paterna, no convívio daqueles a quem amava, que iria realizar minha repugnante tarefa.

Sabia que uma infinidade de acidentes poderia ocorrer, o pior dos quais seria o risco da revelação de uma história que iria encher de horror todos os que se relacionavam comigo. Nem ignorava, outrossim, que estaria constantemente sujeito à perda do domínio próprio e às consequências que daí certamente iriam advir. Para dedicar-me à minha ocupação, eu deveria estar só. Uma vez iniciada a obra, não demoraria a dá-la por concluída e poderia, então, voltar à minha família e retomar o caminho da paz e da felicidade. O monstro partiria para sempre, podendo dar-se, também — oh! doce esperança! —, que ocorresse algum acidente que o destruísse, pondo fim à minha escravidão.

Tal ordem de ideias ditava-me a resposta a dar a meu pai. Expressei a vontade de visitar a Inglaterra, alegando pretextos urgentes, diferentes dos motivos reais, e não tive dificuldade em chegar a um acordo com meu pai quanto a isso.

Depois de meu longo período de melancolia, que em certos momentos se assemelhava à loucura, ele mostrou-se feliz ao perceber que a perspectiva dessa viagem, que a mudança de ambiente e as distrações poderiam contribuir para que eu voltasse plenamente à minha antiga natureza.

A duração de minha viagem foi deixada a meu critério. Alguns meses, no máximo um ano, era o período em vista. Uma bem-intencionada precaução que meu pai adotou foi assegurar-me a companhia de alguém. Sem previamente me comunicar, ele, de comum acordo com Elizabeth, arranjara para que Clerval fosse encontrar-me em Estrasburgo. Isso contrariava a minha intenção de isolamento para realizar minha tarefa; todavia, no início da viagem, a presença do meu amigo não podia constituir um empecilho, e antes me regozijei com a ideia da sua agradável companhia. Ademais, Henry poderia ser um obstáculo à intromissão de meu inimigo, no caso de, impaciente, ele pretender impor-me sua presença para lembrar-me do compromisso assumido ou acompanhar a progressão da minha obra.

Eu estava, pois, de partida para a Inglaterra, e ficou combinado que meu casamento com Elizabeth se realizaria imediatamente após o meu regresso. A idade de meu pai tornava inconveniente a demora. Para mim, o compromisso com Elizabeth, livre de minha maldita sujeição, seria a recompensa de todos os meus sofrimentos, a libertação de meus trabalhos abjetos, o esquecimento de um passado de horror e de amarguras.

Enquanto me entregava aos preparativos da viagem, uma constante preocupação enchia-me de medo e agitação. Durante minha ausência, eu deixaria meus parentes sem saber da existência de meu inimigo e desprotegidos dos ataques que o monstro, possivelmente exasperado pela minha partida, pensasse em desferir. Ele prometera, contudo, seguir-me para qualquer lugar aonde eu fosse. Era horrível, portanto, pensar que ele acompanharia o meu rastro até a Inglaterra, mas era também consolador, porque representava segurança para os meus.

Tais eram as circunstâncias em que, nos últimos dias de setembro, deixei, uma vez mais, meu país natal. As razões que tinha apresentado a meu pai para a viagem satisfizeram também a Elizabeth. Todavia, ela temia que novas investidas do infortúnio e da dor pudessem abater-se sobre mim, longe dela. Foram seus cuidados que influíram para que eu tivesse a companhia de Clerval. Não obstante, como o homem é cego para mil pequenas particularidades que esbanja a delicadeza feminina! Ela ansiava por pedir-me que não tardasse em voltar, mas um sem-número de emoções tolheram-lhe a voz, despedindo-se de mim num silêncio cheio de lágrimas.

Lancei-me à carruagem, mal sabendo para onde estava indo e sem olhos para o que se passava em torno de mim. Não deixei, porém — e foi com angústia que refleti sobre isto — de recomendar que meus instrumentos cirúrgicos e material essencial de meu laboratório fossem preparados para que os levasse comigo. Imerso em pensamentos sombrios, passei sem observar, com os olhos fixos no vazio, por cenários belos e majestosos. Ocupavam-me o cérebro os objetivos de minhas viagens e os trabalhos a que me entregaria enquanto elas durassem.

Depois de alguns dias na forçada indolência da viagem, durante os quais atravessei muitas léguas, cheguei a Estrasburgo, onde, por mais dois dias, esperei a chegada de Clerval. Quando chegou — infeliz de mim! —, que diferença entre nós dois! Ele era todo vivacidade. Animava-se a cada cena desconhecida, como uma criança diante de uma vitrine de brinquedos, rejubilava-se à beleza do sol poente e, mais ainda, quando o via nascer, ao romper de cada novo dia. Em gestos largos, mostrava-me o colorido esfuziante da paisagem, a profundidade do céu.

— Isto sim é viver! — exclamava. — Adoro gozar a vida! Estou pronto a alçar voo como um pássaro! Mas você, meu caro Frankenstein, que tristeza é essa?! Conte-me lá a razão desse desânimo! Viva, meu amigo! Tudo aqui nos convida à vibração!...

Na verdade, eu estava todo voltado para dentro de mim e não tinha olhos para a estrela vespertina, nem para os reflexos refulgentes do sol nascente, espalhado-se em profusão de turmalinas e safiras sobre o suave e constante ondular do Reno. E para você, meu caro, que com tanta benevolência me tem ouvido, seria bem mais divertido assistir aos arroubos poéticos do meu amigo Clerval do que prender-se às minhas pobres e insípidas reflexões.

Tínhamos combinado descer o Reno num barco, de Estrasburgo a Roterdam, de onde poderíamos tomar um navio para Londres. Durante essa viagem, passamos por muitas ilhas cobertas de olmos e salgueiros, e vimos inúmeras e exuberantes cidades. Ficamos um dia em Manheim e, no quinto dia desde nossa partida de Estrasburgo, chegávamos a Mogúncia. O curso do Reno abaixo dessa cidade torna-se muito mais rico em paisagens. A torrente desce aceleradamente e serpenteia entre colinas, pouco elevadas ou abruptas, de belos contornos margeados de verde. Vimos muitos castelos em ruínas, equilibrados nas bordas dos precipícios, cercados por bosques de um verde-chumbo, altos e inacessíveis. O panorama varia a cada curva do rio. As construções medievais penduradas nas escarpas sucediam-se, na súbita curva de um pontal, vinhas florescentes, com saltitantes riachos em declive, mais além outro rio, mais encorpado, em ziguezague e, de permeio, aldeias e cidades, dando ao cenário novas tonalidades de sutil colorido.

Viajávamos na época da vindima e ouvíamos as canções dos vinhateiros, enquanto deslizávamos corrente abaixo. Por mais deprimido que estivesse meu espírito, não podia deixar de deleitar-me ante toda aquela beleza. Se isso a mim acontecia, quem poderia descrever as sensações de Henry? Ele parecia flutuar num reino encantado e derramava-se em arroubos de alegria.

— Eu vi — dizia ele — as mais lindas paisagens de minha pátria. Visitei os lagos de Lucerna e de Uri, onde as montanhas nevadas descem quase que perpendicularmente até a água, projetando sombras fantásticas, amenizadas, porém, pela exultação das ilhotas verdejantes. Vi o Uri agitado por uma tormenta, o vendaval fazendo emergir torvelinhos da superfície, como a imitar as trombas d'água no oceano, e as ondas mordendo com fúria as bases pedregosas das montanhas, onde o padre e sua amante receberam o castigo da avalanche, e onde suas lamúrias, segundo a lenda, ainda se ouvem entre as pausas dos ventos lamentosos. Vi as montanhas de La Vaiais e do Pays de Vaud. Mas estas regiões, Victor, me surpreendem mais do que todas aquelas maravilhas. As montanhas da Suíça são mais majestosas e misteriosas, porém, há um encanto sem paralelo nas ribeiras deste rio. Ouça o cantar daquele grupo de lavradores que regressa, alegre, da faina nos vinhedos. Olhe aquela aldeia colorida, engastada no recesso da montanha. Ah! Certamente o espírito que habita e guarda este lugar harmoniza melhor com a alma humana do que aqueles que vigiam as geleiras ou se escondem nos cumes nevados das abruptas e inacessíveis montanhas de nossa pátria!

Clerval!... Sensível e dileto Clerval! Mesmo agora me enche de ternura recordar suas palavras e me alegra render ao seu espírito bem formado o tributo que merece! Ele era um ser formado "na própria poesia da natureza". Ao entusiasmo de sua imaginação casava-se a profunda sensibilidade do seu coração. Sua alma ardia em afetos, e sua amizade era daquela natureza, encantadora e devotada, que a muitos parece só poder ser encontrada na imaginação. Mas não bastavam simpatias humanas à sua mente ansiosa. O cenário da natureza aberta, que outros consideram apenas uma festa para os olhos, era para ele objeto de um amor ardente.

A cascata fragorosa
Tinha para ele um fascínio irresistível;
A rocha abrupta, a montanha,
O bosque misterioso e triste,
Em toda a gama de cores e formas,
Eram uma necessidade vital
— Fonte de amor e sentimentos — Que nenhum encanto da imaginação supria;
E não havia prazer que superasse
Os que lhe proporcionava a própria vista.

E onde vive ele agora? Ter-se-á perdido para sempre esse ser tão belo e gentil? Terá perecido sua mente tão fértil de imagens suntuosas, criadora de um mundo transcendental e poético, que tinha na própria vida de seu criador a razão de sua existência? Não, definitivamente, não. Sua forma, Clerval, radiante de beleza, pode ter-se diluído, mas seu espírito sublime ainda vive na lembrança de seu infeliz amigo.

Perdoe-me este devaneio, estas palavras sem efeito, que têm apenas o sentido de uma singela homenagem à dignidade de Henry, mas também me aliviam o coração num desabafo da nostalgia que me traz sua lembrança. Permita-me que prossiga em meu relato.

Depois de Colônia, descemos as planícies da Holanda e resolvemos esperar um pouco mais para continuar a viagem, pois os ventos eram contrários, e, a correnteza do rio, impotente para nos impulsionar.

A essa altura nossa jornada perdeu o interesse paisagístico, e em poucos dias chegávamos a Roterdã, de onde prosseguimos caminho, por mar, para a Inglaterra. Era uma manhã clara de fins de dezembro quando vi pela primeira vez os esbranquiçados penhascos da Bretanha. As margens do Tâmisa apresentavam um panorama inédito. Eram planas, porém férteis, e cada cidade por onde passávamos transpirava tradição e história. Vimos o Forte de Tilbury e recordamos a Invencível Armada. Assombramo-nos diante de Gravesend, Woolwich e Greenwich, de que ouvira falar, ainda em minha terra. Por fim avistamos os antiquíssimos campanários de Londres, dominados pela Catedral de Saint Paul e a famosa Torre, imponente guardiã da história inglesa.

XIX

Nos instalamos em Londres, decididos a passar vários meses naquela cidade fabulosa e ilustre.

Clerval aspirava ao convívio dos homens de gênio e talento que ali floresciam nessa época, mas isso para mim não era um atrativo. Preocupava-me principalmente obter os informes que constituíam o objetivo real da minha viagem, e não tardei em valer-me das cartas de apresentação que trouxera comigo, dirigidas aos mais eminentes mestres da ciência e da história natural.

Se essa viagem tivesse sido empreendida nos meus dias de estudos profícuos e relevantes, ter-me-ia proporcionado imensa satisfação. Mas os caminhos tortuosos a que tinham conduzido meus estudos e que acabaram por arruinar minha existência, bem como a finalidade terrível das minhas atuais pesquisas, eliminavam qualquer satisfação que pudessem me trazer esses novos conhecimentos. A companhia de meus semelhantes era-me penosa. Quando só, ainda podia ter alguma visão confortante das coisas do céu e da terra. As exortações de Henry me consolavam, e graças a isso me era possível ter uma ilusão transitória de paz. Mas a vista de pessoas alegres e despreocupadas, no seu vaivém cotidiano, trazia-me de volta o desespero ao coração. Eu via uma intransponível barreira entre mim e meus semelhantes, sedimentada com o sangue de William e de Justine.

Mas em Clerval eu via refletido o meu antigo eu. Ele era um eterno curioso e ansiava por adquirir experiência e aumentar seus conhecimentos. A diferença de costumes que observava era para ele uma fonte inesgotável de instrução e diletantismo. Estava, além disso, pondo em prática um desígnio que alimentava havia muito tempo. Aspirava a visitar a Índia, na crença de que, apoiado nos conhecimentos das várias línguas daquele país que assimilara, e nos conceitos que formara sobre sua formação histórica, poderia colher observações aplicáveis ao desenvolvimento da sociedade europeia. A Inglaterra lhe parecia o ponto de partida ideal para a execução desse plano. Estava sempre atarefado, e o único obstáculo às suas atividades era o meu estado de espírito, tristonho e deprimido. Esforcei-me por ocultar-lhe meus problemas, a fim de não influenciá-lo e permitir-lhe usufruir livremente os prazeres naturais propícios a quem estava penetrando em um novo cenário da vida. Com a intenção de deixá-lo expandir-se, sem a perturbação de minha presença, às vezes me recusava a acompanhá-lo, alegando outro compromisso. Eu começara então a coletar os materiais necessários à minha nova criação, e isso era para mim como a tortura da incessante gota de água a cair sobre a cabeça do condenado. Qualquer gesto ou pensamento que dirigisse nesse sentido causava-me angústia.

Depois de passar alguns meses em Londres, recebemos uma carta de uma pessoa da Escócia, que certa vez nos visitara em Genebra. Esse amigo mencionava as belezas de sua terra natal e perguntava-nos amavelmente se elas constituíam atrativo suficiente para prolongarmos nossa viagem mais ao norte, até Perth, onde residia. Clerval desejava ansiosamente aceitar o convite, e eu, embora não me interessassem outras companhias, também estava desejoso de rever montanhas, cursos de água e todas as formidáveis obras com que a natureza adorna sua morada.

Já estávamos em fevereiro por isso decidimos empreender nossa jornada ao norte ao término de mais um mês. Não era nosso intento chegar até lá pela estrada de Edimburgo, mas antes visitar Windsor, Oxford, Matlock e os lagos de Cumberland, devendo chegar a Perth em fins de julho. Empacotei meus instrumentos de física e química juntamente com os materiais que havia reunido, determinado a concluir meus trabalhos em algum recanto obscuro, nos planaltos setentrionais da Escócia.

Deixamos Londres no dia vinte e sete de março e permanecemos alguns dias em Windsor, passeando pelas suas belas florestas. A nós, montanheses, ali se oferecia um novo espetáculo. Os majestosos carvalhos, a caça abundante e os rebanhos de magníficos cervos, tudo constituía novidade para nós.

De Windsor rumamos para Oxford. Ao entrarmos nessa cidade, sobressaíra-nos à mente a lembrança dos acontecimentos que haviam ocorrido ali há mais de século e meio atrás. Fora ali que Carlos I concentrara suas tropas. A cidade mantivera-lhe a fidelidade, depois que toda a nação havia abandonado sua causa, para unir-se em torno do estandarte da liberdade e do parlamento. A memória desse rei adverso e de seus companheiros, o afável Falkland, Goring e sua proverbial arrogância, sua rainha e seu filho, emprestava um interesse peculiar a todos os recantos da cidade, onde supostamente eles podiam ter se ocultado. O espírito daqueles tempos heroicos parecia ter encontrado nela a sua morada, e nos deleitávamos em seguir suas pegadas. Desassociado desse estímulo à imaginação que produzia, o aspecto da cidade, por si só, oferecia outros ângulos dignos de admiração. A solene e secular arquitetura das universidades; as ruas amplas, por onde transitaram tantas figuras históricas; e, contornando a cidade, o formoso Ísis, que atravessa prados de um verde intenso, toma corpo e alarga-se, refletindo em suas águas caudalosas o conjunto majestoso de torres e cúpulas que emergem do seio do arvoredo. Era um cenário repousante, porém, o prazer que me transmitia era entrecortado pela amarga lembrança do passado e a antecipação do futuro. Eu fora feito para a felicidade singela e sem arrebatamentos. Durante os dias de minha infância, o descontentamento jamais havia perturbado meu espírito, e qualquer contrariedade eventual era prontamente amenizada pela visão das belezas naturais e das coisas belas e perenes produzidas pelo homem. Eu era uma árvore abatida pelo raio. Mas queria sobreviver para sobrepor-me à minha própria imagem de um ser mesquinho perante a humanidade, digno de compaixão e intolerável a mim mesmo.

Passamos um tempo considerável em Oxford, vagando por suas cercanias, especulando nos seus recantos as épocas e os acontecimentos marcantes da história inglesa. Essas nossas excursões eram muitas vezes prolongadas pelas descobertas que se sucediam.

Visitamos o túmulo de Hampden e o campo onde tombara o herói. A lembrança de seus ideais de liberdade e de seus feitos elevou-me por momentos a alma, acima das minhas rasteiras atribulações. Tentei sacudir meus grilhões e espraiar o olhar em torno, com espírito altivo e livre. Mas o ferro da infelicidade penetrara-me fundo, e logo, desesperançado e trêmulo, voltava às trevas do meu ego. Foi, não obstante, com pesar, que deixamos Oxford e nos dirigimos para Matlock, nossa etapa seguinte. A região nas vizinhanças dessa aldeia lembrava, em grande parte, o cenário da Suíça, embora em menor escala, sendo a coroa dos Alpes longínquos substituída aqui pela amenidade das colinas cobertas de verde. Visitamos a famosa gruta encantada e os pequenos museus de história natural, onde as curiosidades arqueológicas são dispostas da mesma maneira que as coleções de Servox e de Chamonix. O último nome me provocou um estremecimento, quando pronunciado por Henry, e apressei-me em sair de Matlock, que associara automaticamente àquele encontro fatídico.

Das planícies de Derby, viajando sempre para o norte, nos transferimos para Cumberland e Westmoreland, onde passamos dois meses. Os pequenos trechos cobertos da neve que ainda permanecia nas encostas das montanhas, os lagos e a impetuosidade das torrentes entre os rochedos, transportavam-nos de volta à Suíça. Fizemos também aqui algumas amizades, que foram como que um vislumbre da felicidade. O prazer de Clerval nesse convívio em muito superava o meu. Sua mente expandia-se na companhia de homens de talento, dando-lhe a medida da capacidade e dos recursos da sua própria natureza, que não podia descobrir no contato com mentalidades de nível inferior à sua.

"Bem que eu poderia passar minha vida aqui", pensava ele, "e entre estas montanhas e lagos não haveria de lamentar a falta da Suíça e do Reno".

Mas não tardou em verificar que nem tudo são flores na vida de um viajante. Os sentimentos vagueiam ao sabor das circunstâncias e, quando pensa ter chegado a um ponto de repouso, é levado a deixar o que lhe dá prazer em busca de algo novo, numa sucessão contínua que não lhe permite fixar-se.

Tínhamos visitado os vários lagos de Cumberland e Westmoreland e já nos prendia a afeição a vários dos seus habitantes, quando se aproximou o período de nosso compromisso com o amigo escocês, e deixamos esses prazeres para seguir viagem. De minha parte, porém, não o lamentava. Por essa ocasião andava um tanto esquecido da minha promessa e preocupei-me em retomar o curso de minhas atividades no sentido de cumpri-la. Receava os efeitos da decepção do demônio. Ele poderia permanecer na Suíça e descarregar sua vingança sobre meus parentes. Tal ideia perseguia-me, e eu aguardava minha correspondência com impaciência febril. Se ela atrasava, ficava em pânico. De outras vezes, temia que o demônio me viesse ao encalço e procurasse castigar minha displicência, assassinando meu companheiro. Quando essa ideia me assaltava, eu não deixava Henry por um só momento, a fim de protegê-lo.

Visitei Edimburgo com olhar e mente apáticos. Contudo, a cidade oferecia um mundo de atrativos, capaz de interessar aos mais desligados. Clerval não gostou tanto dela quanto de Oxford, cujas características antigas atendiam melhor ao seu gosto. Mas a estrutura regular e racional da nova cidade de Edimburgo, aliada ao incomparável encanto dos seus arredores, com seu castelo romântico, o trono do rei Artur, o poço de São Bernardo e as colinas de Pentland, compensavam-no da mudança e lhe proporcionavam alegria e admiração. Mas eu impacientava-me por chegar ao fim da jornada.

Uma semana depois deixávamos Edimburgo, passando por Coupar, St. Andrew's e ao longo das ribeiras do Tay, rumo a Perth, onde nos esperava o amigo.

No entanto, eu não sentia disposição para conversar com estranhos, rir, familiarizar-me e ostentar o bom humor que se espera de um hóspede. Em vista disso, declarei a Clerval que desejava percorrer sozinho a Escócia.

— Cabe a você divertir-se — disse-lhe eu —, e aqui será nosso ponto de encontro. Posso ausentar-me durante um ou dois meses, mas suplico-lhe que não se preocupe com isso. É meu desejo ficar em paz e solidão por breve tempo, e espero regressar com o coração mais leve, em condições de ser uma companhia mais amena para você.

Henry tentou dissuadir-me, mas, diante da firmeza de meu intento, aquietou-se e pediu-me que lhe escrevesse com frequência.

— Eu preferiria estar com você — evidenciou ele —, acompanhá-lo em suas andanças, a ficar com essa gente que não conheço. Não demore a voltar, meu caro amigo, pois sabe a falta que me faz a sua presença.

Tendo me despedido do amigo, dispus-me a procurar um ponto remoto da Escócia onde, em solidão, pudesse terminar minha obra. Não duvidava que o monstro me seguia, e havia de revelar-se no momento preciso para reclamar-me a companheira prometida.

Atravessei os planaltos setentrionais e fixei-me numa das ilhas mais remotas das Orkneys, cenário dos meus trabalhos. O local me pareceu adequado. Era um rochedo isolado, cujos elevados flancos eram continuamente batidos pelas ondas. O solo era estéril, mal produzindo pasto para umas poucas vacas esqueléticas e aveia para sustento de seus habitantes, ao todo cinco pessoas, cujo aspecto doentio revelava suas condições de penúria. Quanto a verduras e pão, quando se davam a tais luxos, e até água fresca, tinham de ser trazidos da terra firme, a cerca de cinco milhas de distância.

Não havia na ilha mais do que três miseráveis choupanas, uma das quais estava vazia quando cheguei. Aluguei-a. Nela havia dois quartos totalmente desguarnecidos. O teto de colmo cedera, as paredes estavam descascadas e a porta, pendente dos gonzos. Mandei que consertassem tudo, comprei alguns móveis e ocupei-a. Minha chegada poderia ter causado surpresa aos moradores do lugar, não estivessem eles tão ocupados com a própria miséria. Assim, pude viver sossegado e livre de olhares curiosos, mal recebendo agradecimentos pelo alimento e roupas que lhes proporcionava, tal é a incapacidade de demonstrar sentimentos a que conduz o sofrimento humano.

Nesse retiro, eu dedicava a manhã ao meu trabalho e empregava as tardes, quando o tempo permitia, a passear pela praia pedregosa, ouvindo o rugido das ondas que se arrojavam a meus pés.

Dessa maneira distribuía meu tempo logo que cheguei. Mas, à medida que minha obra avançava, ela se tornava mais absorvente e penosa. Às vezes me sentia totalmente incapacitado de entrar no laboratório por dias seguidos. Depois voltava a trabalhar duro, dia e noite, para compensar o tempo perdido. Era de fato uma tarefa nojenta aquela em que estava empenhado. Durante minha primeira experiência, uma espécie de frenesi encobria o horror de minha atividade, concentrado como estava na consumação de meu trabalho e na ânsia de seus resultados. Agora, porém, eu entrava no laboratório a sangue-frio, e todo o meu ser contorcia-se de asco diante de minha tarefa.

Absorto em tão detestável ocupação, naquele lugar em que um só incidente não ocorria para distrair-me a atenção, meu espírito quebrantou-se. Sentia-me inquieto e nervoso. Temia, a cada momento, defrontar meu perseguidor. Em algumas ocasiões permanecia sentado, olhos fixos no chão, temeroso de que, ao erguê-los, desse de cara com a figura abjeta que tanto pavor me causava. Tinha medo de afastar-me de meus semelhantes, para que ele não me surpreendesse sozinho e viesse reclamar sua companheira.

Entretanto, continuava trabalhando, e meu serviço já estava bem avançado. Esperava seu término na mais ansiosa expectativa, de cujo alcance estava absolutamente certo, mas que se misturava com obscuros presságios, o que deixava o meu coração oprimido.

XX

Aconteceu, certo dia, de eu estar sentado em meu laboratório, quando o sol se punha e a lua vinha surgindo do mar. Não havia iluminação suficiente para meu trabalho, e fiquei imóvel, refletindo sobre se interromperia o serviço essa noite ou se lhe daria um novo impulso. Então, afluiu-me à mente uma série de pensamentos, levando-me a uma retrospectiva da minha vida de certo tempo para cá.

Há três anos eu estava executando tarefa análoga e criara um demônio, cuja existência passara a ser o meu tormento. Agora, estava justamente dando forma a outro ser, sobre cujo caráter tudo ignorava. Poderia vir a ser muito mais nociva do que seu companheiro, e comprazer-se no crime e na perversidade por pura tendência para o mal. O monstro jurara afastar-se do homem e ocultar-se nos ermos, porém ela nada jurara. Dado que, com toda a probabilidade, ela viesse a ser um animal igualmente dotado de pensamento e raciocínio, bem poderia acontecer que se recusasse a cumprir um pacto feito antes da sua criação.

Eles poderiam até odiar-se. Se a criatura já existente abominava sua própria deformidade, poderia ver agravado o seu ódio quando a visse apresentar-se em forma feminina. Ela, por sua vez, poderia vir a ter aversão por ele, inclinando-

-se pela beleza do homem normal. Nesse caso o abandonaria e o monstro voltaria a ficar só, mais exasperado ainda pelo fato de ser desprezado por alguém de sua própria espécie.

Mesmo que viessem a deixar a Europa e habitar as paragens do Novo Mundo, poderia advir que um dos primeiros resultados do relacionamento por que suspirava o monstro fosse a geração de filhos, e uma raça de demônios se propagaria pela face da Terra, espalhando o terror entre a espécie humana. Tinha eu o direito de, em meu próprio benefício, decretar tal maldição às gerações vindouras? Deixara-me levar pelos sofismas do ser que eu criara, e suas ameaças diabólicas tinham-me perturbado o juízo. Agora, porém, pela primeira vez, a incongruência de minha promessa se revelava de choque. Estremeci ao pensar na condenação que as gerações futuras poderiam fazer recair sobre mim, que não hesitara em comprar a própria paz ao preço, talvez, do flagelo de toda a raça humana.

Meu coração quase parou quando, levantando os olhos, vi, à luz da lua, a cara do demônio à janela. Enquanto me observava, um riso tétrico vincava-lhe as faces. Sim, ele me acompanhara em minhas viagens. Vagara pelas florestas, escondera-se em cavernas, ou refugiara-se nas matas desertas. Como inteligência e astúcia não lhe faltavam, não sei que audácias, que artimanhas diabólicas não teria usado para atravessar o Canal da Mancha sem ser visto. E agora ali estava para verificar o estágio do meu trabalho e reclamar o cumprimento da minha promessa.

Quando o encarei, havia uma expressão de extrema falsidade e malícia em sua face. E pensar que eu estava em vias de criar um ser semelhante! Tomado de fúria, num acesso bem próximo da loucura, apanhei o que me estava à mão para usar como arma destruidora e fiz em pedaços a estrutura que começava a tomar forma definitiva. Meu ímpeto de raiva era indescritível. Arremeti contra aqueles despojos, batendo-lhes a esmo, esfacelando, rugindo de fúria, e só parei quando o total esgotamento me impediu de continuar a esbordoar o que não mais havia por ser destruído. Então, encostei-me à parede, gotejante de suor, ofegante, prestes a desfalecer.

O mísero a tudo assistiu atônito, e, quando me viu acabar de exterminar a criatura que era o seu maior anseio, afastou-se cambaleante, levando as mãos à cabeça, em desespero.

Fiquei algum tempo na posição em que estava, de olhos esbugalhados, até conseguir recompor-me. Com a firme determinação de jamais retornar àqueles trabalhos, deixei o aposento, trancando a porta. Com passos indecisos, dirigi-me para o meu quarto. Eu estava só. Ninguém pelas proximidades que pudesse dar algum alívio ao meu estado e dissipar a opressão que me avassalava.

Passaram-se várias horas enquanto permaneci junto à janela, olhando o mar, procurando acalmar-me e pôr em ordem minhas ideias totalmente tumultuadas. O mar estava plácido, pois os ventos tinham silenciado, e toda a natureza repousava sob a luz serena. Apenas uns poucos barcos de pesca balançavam sobre as águas e, de quando em quando, a brisa suave trazia até mim as vozes dos pescadores. Subitamente, em meio ao silêncio quase total, ouvi o som de remos fendendo as águas, junto da praia, e alguém desembarcou perto da minha choupana.

Minutos depois ouvi um estalido na porta, como se alguém estivesse tentando abri-la com cuidado. Estremeci da cabeça aos pés. Tinha o pressentimento de quem fosse e desejei chamar um dos aldeões que moravam perto, mas fui tomado de uma sensação de total desamparo, tal como nos acontece em sonhos, quando tentamos em vão escapar de um perigo iminente sem conseguir arredar o pé de onde estamos.

Pouco depois ouvi o som de passadas aproximando-se do quarto. A porta abriu-se com violência e o desgraçado surgiu diante de mim. Entrou, fechou a porta e, aproximando-se, disse, com voz abafada:

— Você destruiu a obra que começara. Que pretende fazer? Descumprir sua promessa? Tenho sofrido de tudo. Segui-o quando deixou a Suíça. Arrastei-me pelas regiões do Reno, entre suas ilhas, e sobre o topo das colinas. Habitei por muitos meses as charnecas inglesas e os campos áridos da Escócia. Padeci fome, frio e fadiga. Eis que chego, e você se atreve a destruir minhas esperanças?

— Retire-se! Não existe mais promessa! Desisti de criar outro ser tão feio e torpe como você.

— Tendo-o sob meu jugo, fui condescendente com você, mas demonstrou ser indigno disso. Lembre-se de que sou poderoso. Você se julga desgraçado, mas posso torná-lo muito mais infeliz do que supõe. Você é meu criador, mas o senhor sou eu. E terá de obedecer-me.

— Passou a hora da minha indecisão e também do seu poder. Suas ameaças não me intimidam, mas confirmam o meu acerto em desistir de criar uma companheira à sua semelhança. Vá-se embora! Minha decisão é firme e suas palavras podem apenas exasperar-me.

O monstro leu a determinação em meu rosto e rilhou os dentes, na impotência da raiva.

— Todo homem — bradou ele — tem direito a uma esposa, toda besta fera encontrará sua companheira, e somente a mim isso será negado? Meus sentimentos afetivos foram pagos com ódio e desonra. Você, homem! Pode alimentar o ódio. Mas cautela! Suas horas hão de passar-se em terror e infortúnio, e não tardará em despenhar-se o raio que destruirá para sempre sua felicidade. Julga-se com direito a ser feliz enquanto eu vivo em maldição? Você pode privar-me de tudo a que eu possa aspirar. Mas não pode impedir minha vingança. Vingança que será doravante tão vital para mim quanto o ar e o alimento! Posso morrer, mas primeiro você, meu tirano e meu carrasco, amaldiçoará a luz que assistirá à sua desgraça. Cautela, porque sou corajoso e, por isso mesmo, poderoso. Tenho a astúcia da serpente e sei usar a peçonha. Homem! Você se arrependerá de suas ofensas!

— Pare, demônio, de vociferar e de envenenar o ar com suas imprecações! Não sou nenhum covarde para atemorizar-me com palavras! Nada me demoverá! Siga seu caminho!

— Está bem. Vou-me; mas lembre-se de que estarei presente à sua noite de núpcias.

Avancei num salto e exclamei:

— Víbora! Antes que assine minha sentença de morte, trate de estar a salvo você mesmo!

Estava pronto a atirar-me sobre ele, mas esquivou-se e deixou a casa às pressas. Em poucos minutos, vi-o afastar-se em seu barco, que cortava aceleradamente as águas, e breve perdia-se entre as ondas.

Tudo voltou ao silêncio, mas suas palavras ressoavam-me aos ouvidos. Eu ardia de fúria, e meu desejo era sair no seu encalço e jogá-lo no oceano. Pus-me a caminhar pelo aposento, em grande excitação. Arrependi-me de tê-lo deixado partir. Devia ter entrado em luta mortal com ele, opondo à sua força descomunal todo o poder da minha razão. Entretanto, deixara que se fosse e voltasse à terra firme. Eu ficava desatinado ao pensar em quem poderia ser sua próxima vítima. Tornei a pensar em suas palavras: "Estarei presente à sua noite de núpcias". Estava, pois, marcada a data para o cumprimento do meu destino. A perspectiva de que essa seria a hora em que eu deveria morrer não me trouxe medo. Pensei, todavia, em Elizabeth, na sua dor quando visse aquele a quem amava ser arrebatado diante dos seus olhos, e deliberei não cair em luta diante do inimigo.

Transcorreu a noite, e o sol despontou na fímbria do oceano; meu espírito serenou um pouco. Deixei a casa e fiquei a vagar pela praia, junto ao mar, que naquele momento considerei como uma barreira entre mim e meus semelhantes. Desejei que isso fosse uma verdade permanente. Seria ideal passar minha vida naquela rocha estéril, em perpétuo isolamento, mas definitivamente livre das misérias que me assolavam. Meu regresso para a margem poderia significar meu próprio sacrifício ou o daqueles a quem amava, sob a perseguição do demônio de minha própria criação.

Perambulava pela ilha como alma penada, isolado de tudo quanto amava e sofrendo amargamente essa separação. Quando o sol chegou a pino, deitei-me no mato e mergulhei num sono profundo. Passara em claro toda a noite anterior, meus nervos estavam em frangalhos e, meus olhos, doloridos. O sono me trouxe alívio, e despertei em novo estado de espírito, sentindo-me como se houvesse desertado da espécie humana e a ela regressasse. Pus-me então a refletir, com mais calma, no que se passara. Não fora um pesadelo. As palavras do monstro tinham sido nítidas e implacáveis, e lembravam-me um toque de finados.

Já o sol se pusera, quando vi um barco aportar, a pouca distância, e um dos tripulantes saltou e dirigiu-se a mim, entregando-me um pequeno pacote. Continha cartas de Genebra e uma de Clerval, suplicando-me que fosse ter com ele. Falava-me do tédio absoluto em que estava vivendo e contava-me que seus amigos de Londres lhe haviam escrito, desejosos do seu regresso, para completar os entendimentos que havia entabulado com relação à sua ida para a Índia. Não podia retardar mais esse regresso e, como era possível que sua jornada para Londres fosse seguida sem demora de outra viagem mais longa, desejava antes disso estar em minha companhia e pedia-me que me empenhasse nisso. Solicitava-me, assim, que deixasse minha ilha solitária e fosse ter com ele em Perth, a fim de que voltássemos juntos para o sul. Essa carta sacudiu-me o ânimo, e decidi partir dentro de dois dias.

Entretanto, antes que partisse, tinha algo a fazer que me causava grande perturbação. Tratava-se de empacotar meus instrumentos e, para tanto, ter de entrar novamente no aposento que fora palco das minhas detestáveis manipulações. Na manhã seguinte, ao romper da aurora, muni-me de coragem e destranquei a porta do laboratório. Os restos da criatura inacabada que eu destruíra jaziam espalhados pelo chão. Eu quase sentia como se houvesse esquartejado um ser humano. Fiz uma pausa, para recobrar-me, e entrei. Com mãos trêmulas apanhei meus instrumentos, mas refleti que não devia deixar vestígios de minha obra, o que provocaria pânico e suspeita entre os moradores da ilhota. Por isso, coloquei-os num cesto, junto com umas pedras e, guardando tudo, resolvi lançar aquilo ao mar, na mesma noite. Enquanto isso, fiquei sentado num banco, cuidando de limpar e arrumar meus aparelhos.

A alteração dos meus sentimentos, a partir da noite em que surgira o demônio, havia sido radical. Agora que minha promessa deixava de ser um desígnio fatal, era como se houvessem retirado uma venda que me cobria os olhos e, pela primeira vez, eu podia ver claramente. Apesar das ameaças que me havia feito, nem por um momento me arrependi de ter destruído o que começara.

Entre duas e três da madrugada, quando já ia bem alta a lua, pus minha cesta a bordo de um pequeno barco e remei até cerca de quatro milhas da praia. O cenário era de completa solidão. Alguns barcos voltavam para terra, mas evitei aproximar-me deles. Sentia-me como se fosse cometer um crime, e minhas precauções tinham esse sentido. Em dado momento, a lua, que até então estivera visível, foi encoberta por uma espessa nuvem, e aproveitei esse instante para arremessar a cesta ao mar. Ouvi o som borbulhante que se seguiu, e então me dirigi para longe dali. O céu ficou encoberto de nuvens, mas o ar era puro, embora um tanto frio. A brisa teve sobre mim um efeito reconfortante, de modo que resolvi prolongar minha permanência nas águas e, fixando o leme em posição reta, estirei-me no fundo da embarcação. Tudo agora estava escuro, e eu ouvia apenas o leve marulhar que a quilha do barco produzia, rompendo caminho entre as ondas. Em breve dormia a sono solto.

Não sei por quanto tempo permaneci assim, mas quando despertei o sol já ia alto. O vento agora soprava forte e as ondas ameaçavam a segurança de meu frágil esquife. O vento era o nordeste e por certo afastou-me bastante da costa, onde embarcara. Procurei mudar o rumo, mas logo percebi que essa manobra poderia encher o barco de água. Nessa situação, meu único recurso era seguir ao sabor do vento. Não tinha bússola e, sem qualquer conhecimento da geografia local, o sol pouco auxílio me prestava. A situação tornou-se grave, e confesso que fiquei apavorado. Estava em risco de ser arrastado para a imensidão do atlântico, e poderia ficar à mercê da fome e da sede ou ser tragado pelas ondas normalmente bastante agitadas naquelas regiões. Havia muitas horas que eu navegava, e o sol escaldante maltratava-me e me provocava sede. Olhei para o céu, onde se acumulavam nuvens, impulsionadas pelo vento. Diante de mim o mar imenso, na iminência de tornar-se o meu túmulo.

— Eia, demônio! — exclamei — que sua tarefa parece estar cumprida!

Pensei em Elizabeth, em meu pai e em Clerval; todos os que tinham ficado e que poderiam servir à saciedade sanguinária do demônio. Tal ideia transtornou-me de tal maneira que, mesmo neste momento, quando a cortina está prestes a cerrar-se definitivamente diante de mim, só de lembrar-me sinto arrepios.

Algumas horas se passaram nessa situação aflitiva, até que, pouco a pouco, quando o sol declinava no horizonte, o vento esfriou e o mar acalmou-se. O barco, entretanto, balançava muito, e eu me sentia enjoado, incapaz de firmar o leme, quando, subitamente, vi uma nesga de terra esboçar-se para os lados do sul.

Esgotado como estava, e em estado de tremenda excitação, essa inesperada certeza de vida afluiu-me ao coração como um fluxo benéfico, e chorei.

Quão mutáveis são os nossos sentimentos, e como renasce em nós o apego à vida nos momentos extremos! Improvisei outra vela com parte da minha roupa e consegui acertar meu rumo para terra. A costa era de aparência rochosa e selvagem, mas, à medida que me acercava, percebi indícios de culturas nas encostas. Vi navios perto da praia e achei-me, de repente, transportado de volta à proximidade do homem civilizado. Fui, cautelosamente, bordejando a encosta, até que avistei um campanário, emergindo além de um pequeno pontal. Resolvi velejar diretamente rumo à cidade, onde poderia obter o que comer. Por sorte, trazia dinheiro. Distingui uma cidadezinha bem cuidada, com um porto acolhedor, por onde penetrei com o coração palpitando de alegria por minha salvação inesperada.

Quando estava ocupado em atracar o barco, diversas pessoas se juntaram e vieram em minha direção. Pareciam muito surpresas com meu aparecimento, mas, em vez de me oferecer ajuda, gesticulavam e sussurravam de tal maneira que fiquei um tanto alarmado. Como falassem inglês, dirigi-me a elas nesse idioma.

— Meus bons amigos — disse eu —, poderiam ter a gentileza de dizer-me onde estou e qual é o nome desta cidade?

— Logo o saberá — replicou um homem de voz rouca. — Talvez tenha vindo para um lugar não muito do seu agrado. Mas garanto-lhe que não terá escolha quanto a seu alojamento.

— Por que essa aspereza? — retruquei; — Por certo não é costume dos ingleses receber estrangeiros de forma tão pouco hospitaleira.

— Não sei qual é o hábito dos ingleses — disse o homem —, mas é costume dos irlandeses detestar criminosos.

Enquanto prosseguia esse estranho diálogo, percebi que a aglomeração aumentava rapidamente. Suas fisionomias exprimiam um misto de curiosidade e ira, que me perturbava, e com cuja razão não atinava. Perguntei qual era o caminho para a estalagem, mas não obtive resposta. Fui então andando, e um murmúrio geral partiu da multidão que me acompanhava e cercava. Foi então que um homem mal-encarado me bateu no ombro e disse:

— Acompanhe-me, senhor. Deve seguir até a casa do senhor Kirwin, para explicar-se.

— Quem é o senhor Kirwin? Por que tenho de explicar-me? Não estamos num país livre?

— Sim, senhor, livre o bastante para as pessoas de bem. O senhor Kirwin é um magistrado, e o senhor tem de dar-lhe explicações sobre a morte de um cavalheiro que foi assassinado ontem à noite.

Tal resposta assustou-me, mas logo me refiz. Eu era inocente. Era fácil prová-lo. Assim, pois, acompanhei meu guia em silêncio e fui levado a uma das melhores casas da cidade. Estava quase a cair de fadiga e fome, mas, cercado pela multidão, julguei de bom alvitre fazer um esforço para manter-me firme, para que não interpretassem qualquer fraqueza física como apreensão ou indício de culpa. Mal podia imaginar a calamidade que dentro de poucos momentos iria abater-se sobre mim e transformar em horror e desespero todo medo da perseguição ou da morte.

Devo interromper-me a esta altura, pois preciso reunir a minha coragem ao invocar os acontecimentos terríveis que vou relatar.

XXI

Sem demora fui conduzido à presença do magistrado, um homem idoso e de aspecto bondoso, com maneiras calmas e suaves. Olhou-me, contudo, com certa severidade, e então, virando-se para os que me haviam trazido, perguntou-lhes quais eram as testemunhas do caso. Cerca de meia dúzia de pessoas se adiantaram e, depois de o magistrado ter escolhido uma delas, a testemunha deu início ao seu depoimento. O homem informou que saíra na noite anterior para passear em companhia do filho e de seu cunhado, Daniel Nugent, quando, por volta das dez horas, observaram um forte vento norte que vinha em sua direção, tendo eles, por isso, retornado ao porto.

Era uma noite muito escura, sem lua. Não desembarcaram no cais, mas, segundo era hábito, numa enseada cerca de duas milhas abaixo. O depoente foi o primeiro a deixar o barco, levando consigo parte do equipamento de pesca, seguido à distância pelos acompanhantes. Caminhando pela areia, tropeçou em alguma coisa e caiu no chão. Seus companheiros acudiram-no e, à luz da lanterna que traziam, verificaram que caíra sobre um homem que parecia estar morto. Pensaram a princípio tratar-se do cadáver de algum afogado que as ondas haviam lançado à praia, mas, examinando-o, descobriram que as roupas não estavam molhadas e que o corpo ainda não havia esfriado. No mesmo instante, levaram-no para a casa de uma senhora, ali perto, e tentaram em vão fazê-lo voltar a si. Seu aspecto era o de um belo jovem, aparentando cerca de vinte e cinco anos. Parecia ter sido estrangulado, pois não havia qualquer sinal de violência aparente, exceto marcas de dedos no pescoço.

Não tive o menor interesse pela primeira parte desse depoimento, mas, quando houve menção de marcas de dedos, relembrei-me da morte de meu irmão e fiquei extremamente agitado. Meus membros tremeram e uma névoa encobriu meus olhos, forçando-me a buscar apoio numa cadeira. O magistrado olhou-me com um olhar penetrante e, naturalmente, viu na minha atitude um indício comprometedor.

O filho confirmou o relato do pai, mas, quando Daniel Nugent foi chamado, afirmou com segurança que, pouco antes da queda de seu companheiro, ele vira um barco, com um só homem a manobrá-lo, a curta distância da praia. Tanto quanto lhe fora possível enxergar, à luz de umas poucas estrelas, tratava-se da mesma embarcação em que eu chegara havia pouco.

Em sua vez de depor, uma mulher declarou que morava perto da praia e estava de pé à porta de sua casa, aguardando a volta dos pescadores, quando viu um barco, no qual havia apenas um homem, deixar aquela parte da costa onde depois se encontrara o cadáver.

Outra mulher confirmou o relato dos pescadores que haviam levado o corpo para a casa dela. Não havia esfriado ainda. Haviam-no colocado numa cama e lhe feito fricções, enquanto Daniel fora à cidade em busca de um médico, mas o infeliz não mais vivia.

Várias outras pessoas foram interrogadas sobre o meu desembarque, e todas concordaram que, com o vento forte que soprara durante a noite, era muito provável que eu tivesse vagado durante muitas horas e fora obrigado a regressar ao mesmo local de onde partira. Além disso, disseram ter tido a impressão de que o corpo fora trazido de outro lugar, sendo possível que, por não conhecer aquela costa, houvesse entrado no porto inadvertidamente, por ignorar a distância a que ficava do lugar onde teria depositado o cadáver.

O senhor Kirwin, depois de ouvir as testemunhas, determinou que eu fosse conduzido ao local onde estava exposto o cadáver, a fim de observar o efeito que me produziria a visão do morto, ideia que lhe teria sido sugerida pela agitação que eu demonstrara ao ouvir os detalhes da execução do crime. Fui assim conduzido à estalagem sob a custódia do magistrado e de várias outras pessoas. Eram de fato incômodas as coincidências verificadas durante essa noite cheia de acontecimentos, mas eu estava tranquilo quanto às consequências do caso, pois mais ou menos à hora em que fora descoberto o cadáver eu estava na ilhota, conversando com alguns moradores.

Entrei no aposento onde jazia o corpo e fui conduzido para junto do ataúde. Não há palavras para descrever minhas sensações ao contemplá-lo. O interrogatório e a presença do magistrado e das testemunhas logo se me esvaíram da memória, quando vi a forma inerte de Henry Clerval estendida diante de mim. Desvairado, lancei-me ao cadáver e exclamei:

— Você agora, meu querido Henry! O terceiro, depois que dois já foram aniquilados por mim! Quem sabe de outras vítimas que aguardam seu destino? Mas você, Clerval, meu amigo mais querido, meu benfeitor...

O pobre arcabouço humano não poderia suportar por mais tempo tanto padecimento, e fui retirado do recinto em violentas convulsões.

Em seguida fui acometido de febre violenta. Passei dois meses entre a vida e a morte. Meus delírios, segundo soube mais tarde, eram terríveis. Chamava-me a mim mesmo assassino de William, de Justine e de Clerval. Por vezes suplicava aos presentes que me ajudassem na destruição do demônio que me atormentava. Em outras ocasiões, sentia as garras do monstro apertarem-me o pescoço e gritava alto, em espasmos de terror e agonia. Por sorte, como eu falava em meu próprio idioma, só o senhor Kirwin me compreendia. Meus gestos e gritos aflitivos bastavam, porém, para assustar as testemunhas.

Por que não morri? Sendo o mais miserável entre os homens, por que não mergulhei para sempre no esquecimento e no descanso? Se a morte arrebatava crianças, flores mal desabrochadas, se noivas, em pleno vigor da juventude e no limiar de seu futuro de esperanças, eram, de um dia para outro, presa dos vermes na terra fria do túmulo, de que fibras, de que matéria era feito eu, que podia resistir a tantos abalos, ao girar incessante da roda da vida, que tamanhas torturas me infligia?

Estava, no entanto, condenado a viver. Em dois meses, como no prolongamento de um indescritível pesadelo, despertei numa prisão, estirado num catre miserável, cercado de carcereiros, ferrolhos, trancas e toda a vil aparelhagem dos calabouços. Era manhã, lembro-me, quando recuperei a consciência. Tinha-me esquecido dos pormenores dos acontecimentos, sabendo apenas que uma nova catástrofe desabara sobre minha cabeça; porém, quando olhei em torno e vi grades nas janelas, quando vi a imundície que me cercava, tudo me perpassou a mente como um relâmpago, e soltei um gemido de amargura.

Esse som acordou uma mulher que ressonava numa cadeira junto de mim. Era uma enfermeira profissional, esposa de um dos guardas do cárcere, cuja fisionomia espelhava a pouca amistosidade própria da classe. Seus traços eram rudes e inexpressivos, como os das pessoas afeitas a assistir sem piedade aos espetáculos da degradação humana. Seu tom de voz era de total indiferença. Falou-me em inglês e sua voz não me pareceu estranha, pois já a escutara durante meus padecimentos.

— Sente-se melhor agora, senhor? — disse ela. Em voz débil, respondi-lhe no mesmo idioma:

— Creio que sim. Mas se tudo isto é real, se de fato não sonhei, lamento ainda estar vivo, se assim se pode dizer de quem apodrece nesta pocilga, no estado deplorável em que me encontro.

— Quanto a isso — retrucou a megera —, se esse estado é devido ao crime que cometeu, bem melhor seria se estivesse morto, pois imagino que as coisas não vão correr bem para o seu lado. Mas nada tenho com isso. Mandaram-me tratar do senhor e curá-lo. Estou cumprindo meu dever, e seria bom que todos fizessem o mesmo.

Virei o rosto, enojado. Mas sentia-me incapaz de raciocinar sobre o que se havia passado. Minha vida inteira me parecia um sonho mau. Chegava a duvidar de que tudo fosse verdade, pois não tinha noção da real totalidade dos fatos.

Enquanto me esforçava por concatenar as ideias, a febre voltou a me acometer. Via-me cercado de trevas, sem que nenhuma pessoa amiga me amparasse. Veio o médico, receitou remédios, que a velha se preparou para ministrar-me, mas tanto era visível a indiferença de um quanto a brutalidade da outra. Quem poderia estar interessado na sorte de um assassino, senão o carrasco, que para isso era pago?

Entrementes, vim a saber que o senhor Kirwin se mostrava compreensivo comigo. Recomendara que me destinassem a melhor cela da prisão — haveria, Deus do céu, outras piores? —, e fora ele também que providenciara médico e aquela enfermeira. É verdade que raramente vinha me ver, pois, embora se mostrasse inclinado a aliviar os sofrimentos dos seus semelhantes, era natural que não lhe agradasse presenciar os delírios e agonias de um assassino. Vinha, portanto, pelo menos por dever de ofício, ver apenas se cuidavam direito de mim.

Certa ocasião, já em fase de restabelecimento, pus-me a considerar se não seria melhor declarar-me culpado e, tal como ocorrera a Justine, sofrer as penas da lei, se bem que não tão inocente quanto ela. Estava entregue a esses pensamentos quando a porta de minha cela se abriu, e entrou o senhor Kirwin. Havia simpatia e compaixão em seu semblante. Sentou-se numa cadeira, junto de mim, e falou-me em francês.

— Receio que este lugar o deprima muito. Posso fazer alguma coisa para lhe proporcionar um pouco mais de conforto?

— Obrigado, mas tudo quanto diz não representa nada para mim. Não há no mundo conforto que me possa adiantar qualquer coisa.

— Nas suas condições, sei que de pouco pode valer a compaixão de um estranho. Não obstante, espero que em breve possa deixar esta morada sombria. Isso porque não creio que lhe seja difícil apresentar provas que o isentem de culpa no homicídio.

— Pois é o que menos me preocupa. Sou, em consequência de uma série de circunstâncias, o mais infeliz dos mortais. Perseguido e torturado como sou e tenho sido, a morte para mim não constitui um mal.

— Acredito que a fatalidade tenha conspirado contra o senhor. Quis o acaso que o senhor fosse lançado a esta costa, conhecida por sua hospitalidade, e imediatamente preso e acusado de assassinato. A primeira visão que lhe apresentaram foi a do cadáver de seu amigo, assassinado de forma inexplicável e colocado, por assim dizer, por algum demônio em seu caminho.

Quando o magistrado assim se expressou, em que pese a agitação que essa retrospectiva me causou, fiquei surpreendido diante do conhecimento que parecia possuir sobre mim. Suponho que ele notou minha expressão de espanto, pois apressou-se em acrescentar:

— Imediatamente após sua doença, todos os documentos que estavam em seu poder me foram entregues. Examinei-os no intuito de descobrir algum indício que me permitisse comunicar a seus parentes sua desventura e enfermidade. Achei várias cartas, entre as quais uma que deduzi ser de seu pai. No mesmo instante escrevi para Genebra. Já decorreram quase dois meses desde o envio de minha carta. Mas... Vejo que o senhor está mal. Está muito trêmulo, e não desejo lhe provocar qualquer espécie de emoção.

— É pior esta expectativa do que saber a verdade dos fatos. Estou pronto para o pior. Diga-me que nova cena de morte foi representada e que outro assassinato devo lamentar agora.

— Sua família está bem — continuou o senhor Kirwin — e um amigo veio visitá-lo.

No mesmo instante me ocorreu que o assassino viera para escarnecer de mim e reprovar-me a morte de Clerval, para corroborar que o peso de sua vingança estava se fazendo sentir. Cobri os olhos com as mãos e bradei em desespero:

— Não! Não o deixem entrar! Não posso vê-lo. Pelo amor de Deus, levem-no para longe de mim!

O senhor Kirwin olhou-me estupefato, achando, talvez, que minha reação pressupunha culpa, e disse com gravidade:

— Supus, mancebo, que a presença de seu pai lhe faria bem, em vez de lhe inspirar repulsa.

— Meu pai! — gritei, passando instantaneamente da angústia ao contentamento. — É meu pai que está aqui? Meu Deus, como posso crer?! Mas onde está ele, onde? Por que não vem me ver?

O magistrado surpreendeu-se agradavelmente com a mudança de minha atitude. Talvez pensasse que minha explosão anterior fora um momentâneo retorno ao delírio, e então reassumiu seu ar benevolente. Ergueu-se e deixou a cela seguido pela enfermeira. Pouco depois meu pai entrava.

Era uma aparição milagrosa. Atirei-me em seus braços, tomei seu rosto entre minhas mãos, apalpei seus braços, revirei-o, como para certificar-me de que não estava diante de um espírito, enquanto gritava:

— Mas é você, meu pai? Você está salvo? É o meu velho pai que veio ao encontro do filho desgraçado? E Elizabeth? E Ernest?

O magistrado, que permanecera por um instante à porta, desapareceu num ímpeto, não sei se pela pressa de retomar seus afazeres ou se para esconder a lágrima furtiva, que me pareceu querer saltar-lhe dos olhos.

Meu pai ficou estático, de braços caídos, olhando vagamente em torno, como se nada compreendesse, incapaz de pronunciar palavra alguma. Fiz que se sentasse e fiquei a olhá-lo fixamente, ansioso, esperando que pudesse falar. Isso demorou alguns minutos, até que, mais calmo, falou pausadamente.

— Que fizeram de você, meu filho? Que lugar horrível lhe destinaram, a você, que tanto andou por este mundo à procura da felicidade? E o pobre Clerval...

Era demais para mim. Uma torrente de lágrimas inundou-me as faces e escondi minha cabeça entre os joelhos, soluçando convulsivamente. Ele pousou sua mão sobre minha cabeça, e assim permanecemos não sei por quanto tempo. Afinal me recompus. Passei a manga do casaco pelo rosto, e começamos o diálogo.

— Assim é, meu pai. Um destino dos mais horríveis pende sobre mim, e devo viver para cumpri-lo. É um desígnio fatal, que me impediu de morrer sobre o ataúde de Henry. Mas, diga-me, como estão todos em casa?

Assegurou-me que todos estavam bem e tentou reanimar-me, falando das coisas que mais me tocavam o coração. Não nos permitiram, contudo, conversar por muito tempo. Meu estado de saúde exigia cuidados, e a continuidade da tensão poderia abalar-me. O senhor Kirwin voltou e insistiu que em minha fraqueza não me permitia ficar exposto a emoções. A presença de meu pai, porém, agira como um bálsamo, e, pouco a pouco, recuperei a saúde.

A imagem de Clerval, lívido e morto, estava, porém, sempre presente, e volta e meia tornava a meu estado de depressão e nervosismo. Essas manifestações chegavam a causar nos amigos o receio de uma recaída. Entretanto, para meu pesar, o desenlace e, com ele, o tão almejado descanso, não vinha. Não havia como furtar-me a entornar até a última gota o cálice da amargura.

Aproximava-se a época do julgamento. Eu já passara três meses no cárcere e, embora ainda estivesse fraco, com risco de voltar a agravar-se meu estado, fui obrigado a viajar quase cem milhas até a cidade onde se reunia o tribunal. O senhor Kirwin tomou todas as precauções em meu favor, reunindo testemunhas e preparando minha defesa. Foi-me poupado o vexame de ser exposto publicamente como criminoso, visto que o meu caso não seria julgado em tribunal popular, ao qual cabem os crimes passíveis de pena máxima, em que eu não estava enquadrado. Os juízes rejeitaram a acusação ao provar-se que eu me encontrava nas ilhas Orkneys na hora em que o corpo da vítima fora achado, e, quinze dias depois de minha remoção, fui posto em liberdade.

Meu pai exultou ao ver-me livre da calúnia de uma acusação criminal, voltando a respirar livremente e podendo regressar a meu país de origem. Não compartilhei desses sentimentos, pois para mim era igualmente odiosa a clausura numa masmorra ou entre as paredes de um palácio. Embora o sol que brilhava sobre minha cabeça fosse o mesmo que acalentava os entes felizes e de coração leve, não havia em torno de mim senão uma tremenda escuridão que nenhuma luz penetrava, a não ser o cintilar de dois olhos que constantemente me ofuscava. Por vezes eram os olhos apavorados de Henry no estertor da morte, as negras órbitas entre as pálpebras orladas de longos cílios escuros. Em outras ocasiões eram os olhos aquosos e enevoados do monstro, tal como os vira a primeira vez em meu quarto de Ingolstadt.

Era comovente o esforço de meu pai para reavivar-me os sentimentos de afeto e, por meio deles, readquirir o interesse pela vida, falando-me de Genebra, que eu reveria em breve, de Elizabeth e de Ernest. Mas suas palavras só faziam arrancar-me suspiros profundos. Por vezes, de fato, voltava-me o desejo de ser feliz ao pensar, com prazer melancólico, em minha idolatrada prima, ou quando me comprazia nas recordações do imenso lago azul, das águas revoltas do Reno, de minhas montanhas, de tudo o que constituíra o cenário maravilhoso de minha venturosa infância. Esses momentos, porém, eram intercalados de ápices de angústia e desesperança, que me induziam a pôr termo à existência. A evidência de que eu estava realmente em risco de executar o ato final de loucura determinara que eu fosse alvo de constante atenção e vigilância.

Então minha mente se desanuviava, adquiria consciência de que me restava um dever a cumprir, cuja lembrança sobrepujava meu desespero. Era necessário que eu voltasse sem demora a Genebra para zelar pela vida daqueles a quem tanto amava e, se o assassino ousasse atormentar-me com sua asquerosa presença, ou se algum acaso me conduzisse ao seu retiro, estaria pronto para destruir com pontaria certeira a figura monstruosa que eu dotara de um arremedo de alma, mais monstruosa ainda do que o seu corpo. Temeroso de que eu não resistisse à fadiga de uma longa viagem, meu pai procurava protelar nossa partida. Eu era, na verdade, uma ruína, a sombra de um ser humano. Estava esquelético, e a febre, noite e dia, corroía minha carcaça combalida.

Contudo, como eu insistia em deixar a Irlanda, meu pai terminou por ceder. Tomamos passagem em um navio com destino ao Havre e, impulsionados por bons ventos, deixamos as terras irlandesas. Era meia-noite quando o veleiro se fez ao mar. Eu estava deitado na coberta, olhando as estrelas e ouvindo o rumorejar das ondas. Saudei as trevas que, aos poucos, iam diluindo a Irlanda ante meus olhos, e meu pulso acelerou-se num frisson de alegria ao pensar que em breve estaria em Genebra. O passado desfilava-me pela mente como um sonho horripilante, porém o navio, o vento que soprava das execradas escarpas irlandesas, o mar que me rodeava, tudo me dizia que não se tratava de uma visão fatídica e que a morte de Clerval, vítima de mim e do monstro que engendrara, era uma realidade implacável. Relembrei os tempos de serenidade no recesso da família, nossas andanças amenas, a morte de minha mãe e minha partida para Ingolstadt. Recordei o desvairado entusiasmo com que me atirara à criação de meu hediondo inimigo, e invoquei a noite em que lhe acendera a vida. Sob o peso de mil impressões avassaladoras, chorei com amargor.

De meus períodos de febre ficara-me o hábito de tomar todas as noites uma pequena quantidade de láudano, que era o único recurso capaz de proporcionar-me sono e repouso. Mas sob o efeito das recordações que me oprimiam nessa noite, tomei uma dose maior do que a costumeira e logo dormi profundamente. Meus sonhos povoaram-se de fantasmas apavorantes. No auge do pesadelo, sentia o aperto do demônio em minha garganta e não podia livrar-me dele. Urros e gemidos ressoavam-me aos ouvidos.

Meu pai, que velava a meu lado, percebendo minha inquietação, despertou-me. As ondas bramiam em torno, e sobre nós pesava um céu de chumbo.

Mas não havia demônio. Uma sensação de segurança, a inefável impressão de que se estabelecera uma trégua entre a hora presente e o futuro inexorável, impeliu-me a um mar de esquecimento, sobre cujas ondas deixei pairar meu pobre espírito.

XXII

A viagem chegou ao fim. Desembarcamos e seguimos para Paris. Pude, então, verificar que abusara bastante das minhas forças e que era preciso descansar antes de continuar a jornada. Meu pai desdobrava-se em cuidados e atenções, mas ele não conhecia a origem de meus sofrimentos e procurava para eles soluções erradas. Desejava que eu buscasse distração em contatos sociais, e eu abominava o convívio humano. Oh! Não! Não abominava! Eram meus irmãos, meus semelhantes, e era de minha natureza amar e desejar o bem do próximo. Mas não me sentia com direito à sua convivência. Eu desencadeara contra eles a fúria de um inimigo que se comprazia em derramar-lhes o sangue e ouvir os seus gemidos. Como haveria todos eles de execrar-me, se soubessem de minha obra demoníaca e dos crimes a que eu dera origem!

Meu pai assentiu por fim aos meus desejos de isolamento e esforçou-se, por outros meios, para arrancar-me à minha melancolia. Às vezes achava que eu me sentia deprimido pela degradação de ter respondido a uma acusação de homicídio, e então tentava demonstrar-me a nobreza do perdão e a futilidade do orgulho.

— Pobre de mim, meu pai! — dizia-lhe eu. — Como me conhece tão pouco! Que motivos de orgulho poderia ter um infeliz como eu? Justine, a infeliz Justine, sofreu a mesma acusação e era inocente como eu. Mas ela morreu, e fui eu a causa; eu assassinei-a. William, Justine e Henry, foi por minhas mãos que eles morreram.

Durante minha prisão, meu pai mais de uma vez ouvira de mim essa afirmação. Quando eu assim me acusava, ele ficava confuso, como se esperasse uma explicação. De outras vezes parecia justificar o fato devido ao delírio resultante de minha enfermidade, que se prolongava por uma distorção de imaginação no decurso de minha convalescença. Eu fugia a explicações e persistia em meu mutismo sobre a existência do monstro. A circunstância de poder ser tomado por louco corroborava também minha determinação de calar sobre o assunto. Por outro lado, a revelação de meu segredo, admitindo que me dessem crédito, serviria apenas para consternar e incutir um pavor constante em quem me ouvisse. Restava-me, portanto, abrir mão da simpatia e solidariedade — para mim uma ardente aspiração — que meu desabafo, o relato da verdade, me pudesse acarretar.

As alusões que imprudentemente fazia eram produto do meu tumulto. Embora não pudesse dar explicações, tais alusões incidentais constituíam, de certa forma, um alívio para mim.

Dada a repetição do fato nessa ocasião, meu pai deu vazão a seu incontido assombro:

— Que obstinação é essa, meu querido Victor? Suplico-lhe, meu filho, que jamais volte a afirmar esse absurdo.

— Não estou louco, meu pai! — exclamei com veemência. — O sol e o céu, que assistiram a meus atos, podem dar testemunho de que o que eu digo é verdadeiro. Eu sou o assassino dessas vítimas inocentes. Mil vezes teria dado a vida para salvar as suas. Mas se o tivesse feito, meu pai, poderia ter posto em risco toda a humanidade.

O desenrolar dessa conversa convenceu meu pai de que minhas faculdades estavam perturbadas, e ele tratou de desviar meus pensamentos desse tema.

À medida que foi passando o tempo, fui-me aquietando. Bastava-me ter na consciência a lembrança de meus crimes, abstendo-me de voltar a falar sobre eles. Minha conduta era mais calma e mais comedida, no sentido de conter o ímpeto perverso de proclamar ao mundo aquilo cujo conhecimento, por si só, já constituiria um mal para a coletividade.

Uns dias antes de deixarmos Paris rumo à Suíça, recebi a seguinte carta de Elizabeth:

Meu querido amigo,

Foi com o maior prazer que recebi uma carta de meu tio, vindo de Paris. Você já não está tão distante e posso esperar vê-lo em menos de quinze dias. Calculo o quanto você tem padecido, meu primo. Este inverno passou-se penosamente, torturada como tenho sido pela ansiosa expectativa que você pode imaginar. Mas espero tornar a ver a paz em seu semblante, e que seu coração não esteja totalmente vazio de conforto e serenidade. Receio, todavia, que ainda persistam os mesmos sentimentos que o tornavam infeliz há um ano, ou que se tenham tornado mais intensos. Não é meu desejo perturbá-lo nesta fase em que tantos transtornos pesam sobre você, mas certa conversa que tive com meu tio, antes de sua partida, faz necessária uma explicação qualquer antes de nos reencontrarmos.

Explicação? Há de estranhar você. Que pode Elizabeth ter a explicar? Se você acha realmente que não há necessidade de explicação, minhas perguntas estão respondidas e satisfeitas minhas dúvidas. Mas você está longe de mim e não posso adiar por mais tempo a manifestação do que, durante a sua ausência, tive desejo de exprimir-lhe, mas faltou-me coragem.

Você bem sabe, Victor, que nossa união sempre foi a maior aspiração de seus pais, desde nossa infância. Diziam-nos isso quando éramos crianças e faziam-nos crer que era um acontecimento que dependia apenas de tempo. Éramos inseparáveis companheiros de folias durante a meninice, e sempre nos estimamos enquanto fomos crescendo. Mas assim como existe o afeto fraternal, sem o desejo de uma união mais íntima e laços de outra natureza, não poderia também ser esse o nosso caso? Peço-lhe que me diga, querido Victor.

Pela nossa mútua felicidade, peço-lhe que me responda: você ama outra pessoa?

Você tem viajado, conhecido muita gente. Passou vários anos de sua vida em Ingolstadt e confesso-lhe, meu amigo, que quando o vi no outono passado tão infeliz, buscando sempre a solidão, longe da companhia de todas as criaturas, não pude deixar de pensar que você admitisse nossa ligação apenas como o cumprimento de um compromisso de honra e o desejo de satisfazer à aspiração de seus pais. Isso, todavia, me parece injusto e sem razão. Confesso-lhe que o amo e que só você está presente em meus sonhos de um futuro feliz. Mas é pensando na sua felicidade, tanto quanto na minha, que lhe declaro que nosso casamento me faria eternamente infeliz, contanto que fosse ditado por sua própria e livre escolha. Mesmo agora eu choro em pensar que, esmagado como está por toda sorte de infortúnios, ainda tenha de sacrificar, pela palavra honra, a esperança do amor e da felicidade que o fariam voltar a ser o que foi. Não seria eu, que nutro por você tão grande afeto, que iria aumentar tanto a sua infelicidade tornando-me um obstáculo a seus desejos. Ah! Victor, esteja certo de que sua prima e companheira de diversões tem por você um amor sincero o bastante para não admitir tal suposição. Tudo o que almejo é que seja feliz, meu amigo. Isso me bastará para que coisa alguma deste mundo tenha o poder de afastar minha tranquilidade.

Não se deixe perturbar por esta carta. Não responda amanhã, nem

depois, nem antes de sua chegada, se isso lhe puder causar qualquer mágoa. Meu tio me dará notícias de sua saúde, e se eu vir um sorriso que seja em seus lábios quando nos encontrarmos, causado por este ou qualquer outro de meus atos, terei alcançado a suprema felicidade.

Elizabeth Lavenza

Genebra, 18 de maio de 17...

Tal carta reavivou-me na memória o terrível presságio do monstro, que eu havia esquecido: "Estarei presente à sua noite de núpcias!".

Ditada minha sentença, naquela noite o demônio haveria de apelar para toda a sua astúcia a fim de me destruir e arrebatar o vislumbre de felicidade que prometia ser o consolo dos meus sofrimentos. Ele escolhera aquela noite para chegar ao cúmulo dos seus crimes com a minha morte. Que assim fosse, pois! Uma luta de morte por certo se travaria então, na qual, se eu fosse vitorioso, seu poder sobre mim estaria acabado, e eu encontraria a paz. Se ele fosse vencido, eu seria um homem livre. Livre? Pobre de mim! Que liberdade seria essa? Igual a do camponês que viu sua família massacrada, sua choupana queimada, suas terras devastadas, e que é expulso ao léu, sem lar, sem vintém, sozinho no mundo. Tal seria minha liberdade, com a diferença de que Elizabeth seria o tesouro que continuaria em meu poder.

Doce e querida Elizabeth! Li e reli sua carta, com o coração trespassado de ternura. Ousei sonhar, antevendo dias de amor e de ventura, quando, embalado por sua meiguice, haveria de esquecer o meu passado tão sofrido e renascer para a vida. Mas a maçã já fora mordida, e o braço implacável do anjo apontara-me o caminho da desesperança e da amargura. Entretanto, eu morreria para torná-la feliz. A ameaça do monstro era a certeza da morte, e voltei a considerar se meu casamento precipitaria os fatos, e minha destruição chegaria alguns meses mais cedo. No entanto, se meu carrasco viesse a suspeitar de que eu protelava o enlace influenciado por suas ameaças, haveria de encontrar outros meios, certamente mais terríveis, de executar sua vingança. Ele jurara estar comigo em minha noite de núpcias, mas isso não o obrigava a conceder-me sequer uma trégua. O assassinato de Clerval evidenciava-o mostrando sua insaciedade de perversidade e morte. Estabeleci, portanto, que, se minha união imediata com minha prima conduziria à sua felicidade e à de meu pai, não haveria de retardá-la em face dos desígnios do meu inimigo.

Com tal disposição escrevi a Elizabeth, em termos calmos e afetuosos:

"Receio, minha querida, que pouca felicidade nos reste na terra, porém a minha está toda concentrada em você. Afaste seus vãos receios. Somente a você consagro minha vida e o que me resta de esperança. Mas tenho um segredo, Elizabeth, um terrível segredo. Quando lhe for revelado, você ficará estarrecida e então, longe de se espantar com meus tormentos, se assombrará de que eu tenha podido sobreviver a eles. Confiar-lhe-ei essa história aterradora um dia após a realização de nosso casamento, uma vez que, minha adorada prima, não mais poderá haver segredos entre nós. Mas até então, peço-lhe que não faça a mínima alusão ao fato. Suplico-lhe isso ansiosamente e sei que você concordará".

Cerca de uma semana após receber a carta de Elizabeth, chegávamos a Genebra. Ela recebeu-me com incontida alegria; mas quando atentou para meu aspecto debilitado, o rosto encovado, o ar de desalento, correram lágrimas de seu rosto. Também ela havia mudado. Estava mais magra e perdera muito da juvenil vivacidade que antes tanto me encantava. Continuava, porém, bela, e a suavidade que dela emanava tornava-a a melhor companheira a que pudesse aspirar a ruína de homem em que eu me transformara.

A serenidade que passei a gozar não durou muito. Sempre perseguido pelas atrozes lembranças, ora era tomado de acessos de ira e insanidade, ora ficava sentado e imóvel por longo tempo, sem querer ver nem falar com ninguém.

Somente Elizabeth tinha o dom de arrancar-me dessas crises. Sua doce voz me acalentava e ela chorava comigo e por mim. Exortava-me a ter paciência e a conformar-me. Acenava-me com a visão de melhores dias. Ah! Sempre existe o consolo da resignação para o infeliz; mas não há paz para o culpado.

Pouco depois que havíamos regressado, meu pai falou-me de meu casamento com Elizabeth. Mantive silêncio, e ele se surpreendeu.

— Então você tem outro amor em sua vida?

— Longe disso. Amo Elizabeth e desejo nossa união. Tratemos, pois, de marcar o dia, e desde então passarei a consagrar-me, na vida ou na morte, à felicidade de minha prima.

— Não gosto de ouvi-lo falar assim, meu caro Victor. Fomos atingidos por tantos infortúnios; mas devemos nos apegar ao que nos resta e transferir o amor que tínhamos aos que perdemos para aqueles que ainda vivem. Nosso círculo será pequeno, porém, estaremos entrelaçados pelo afeto e pela infelicidade. Dia virá em que o tempo há de curar suas feridas, e então haverá novos e queridos entes para tomar o lugar daqueles de quem fomos tão cruelmente apartados.

O efeito dessas palavras cordatas de meu pai era atalhado pela lembrança da ameaça. Onipotente e impune como tinha sido o monstro em sua faina destruidora, você não há de se admirar de que eu o considerasse invencível e considerasse inevitável o cumprimento do seu trágico presságio. Mas, comparada com a perda de Elizabeth, a morte pouco significava para mim. Assim, com ar satisfeito e mesmo alegre, concordei com meu pai, desde que minha prima anuísse em marcar a cerimônia para dentro de dez dias, selando definitivamente, segundo imaginei, o meu destino.

Se por um instante tivesse me ocorrido qual seria a intenção do meu inimigo, eu teria me banido para sempre de meu país de origem, vagando como um banido pela face da Terra, em vez de ter consentido nesse malfadado casamento. O monstro, porém, como dotado de poderes mágicos, usara a faculdade de ocultar-me seus reais desígnios e, quando eu pensava que preparava apenas a minha própria morte, seu objetivo voltava-se para uma vítima muito mais querida.

À medida que ia se aproximando a data do enlace, fosse por covardia ou intuição, eu sentia o coração oprimido. Todavia, dissimulava esses temores por meio de uma aparência alegre, rindo e fazendo sorrir os que me cercavam, à exceção de Elizabeth, a cuja percepção perspicaz e sempre atenta era difícil enganar. Também ela antecipava nossa união com alegria, mas notava-se o seu pressentimento de que a felicidade almejada pudesse, num repente, dissipar-se em sonho vazio.

Fizeram-se os preparativos para o casamento. Recebemos visitas de congratulações e todos pareciam contentes. Eu tentava abstrair-me de minha preocupação, acompanhando com aparente interesse os planos e disposições de meu pai. Graças à sua mediação, uma parte da herança de Elizabeth lhe fora restituída por parte do governo austríaco. Cabia-lhe uma pequena propriedade às margens do lago de Como. Ficou resolvido que, logo após a cerimônia, seguiríamos para Villa Lavenza, onde passaríamos nossos primeiros dias de felicidade junto ao formoso lago.

Nesse ínterim, adotei todas as precauções para resguardar-me de um ataque frontal do monstro. Trazia sempre comigo duas pistolas e um punhal, estava em permanente sobreaviso ante a possibilidade de qualquer ardil, e assim logrei assegurar-me alguma tranquilidade.

Elizabeth parecia feliz. A mudança de meu procedimento contribuiu para serenar-lhe o espírito. Mas, no dia marcado, ela mostrava-se melancólica e apreensiva, como se pressentisse o mal. Talvez a preocupasse também o terrível segredo que eu prometera lhe revelar no dia seguinte. Meu pai, enquanto isso, rejubilava-se e, no afã dos preparativos, apenas via na melancolia de sua sobrinha o recato natural das noivas.

Após a celebração do ato nossa casa se encheu de convidados, ficando acertado que Elizabeth e eu começaríamos nossa viagem por via fluvial, dormindo aquela noite em Evian e prosseguindo jornada no dia seguinte. O tempo estava lindo, o vento favorável; a alegria das pessoas parecia transportar-se à própria natureza por ocasião de nossa festiva despedida.

Esses foram os últimos momentos de minha vida em que tive uma breve sensação de felicidade. Deslizávamos rapidamente pela água; o sol era quente, mas abrigávamo-nos de seus raios sob uma espécie de dossel, enquanto nos deliciávamos com a beleza do cenário. De um lado, a suave silhueta do Monte Salève, as aprazíveis margens de Montalègre e, ao longe, altivo e sobranceiro, o Monte Branco, cercado por sua corte de montanhas nevadas lutando para imitá-lo. Estendendo o olhar além das ribeiras opostas, víamos o intrépido Jura contrapondo a couraça de sua encosta negra à ousadia do invasor e desestimulando-o a penetrar os seus segredos.

Tomei as mãos de Elizabeth e disse-lhe:

— Por que está pesarosa? Se soubesse, meu amor, o que tenho sofrido e o que ainda posso padecer, poderia então avaliar a bênção que sua tranquilidade e sua paz poderiam fazer recair sobre mim.

— Não há nada, meu querido Victor, que eu possa deixar de tentar para que você seja feliz. Esteja certo de que a alegria que não vê em minhas faces está contida no meu coração. Algo me induz, na verdade, a não confiar demasiadamente em nossas risonhas perspectivas; mas posso afastar de mim essa voz sinistra. Observemos o rastro de espuma que deixa o nosso barco, aqueles montículos de nuvens brancas, sob o fundo azul, coroando a cúpula do Monte Branco. Podemos ver os peixes nadando sob as águas claras e distinguir cada seixo lá no fundo. Que dia divino! Que você, meu amor, seja tão feliz quanto a natureza que nos cerca!

Assim tentava Elizabeth distrair os seus e os meus pensamentos dos nossos presságios.

O sol se pusera, deixando seu rastro sanguíneo sobre o cume das montanhas. Passamos pelo rio Drance e nos encantamos com seu curso sinuoso, despencando dos abismos dos montes distantes e se espraiando pelos vales das colinas que se enfileiravam mais abaixo. Os Alpes, nesse ponto, chegam até o lago, como a querer mirar-se em suas águas, e aproximávamo-nos do anfiteatro de montanhas que traçam seu limite oriental. O campanário de Evian emergia dos bosques que o circundam sob o fundo enevoado das montanhas.

O vento, que até ali nos impelia com rapidez, desfez-se ao pôr-do-sol em leve brisa, apenas encrespando as águas e provocando o suave balanço da folhagem no arvoredo, até trazer a nós, ao nos aproximar da costa, o aroma sutil das flores e do feno. Tão logo chegamos à praia, reavivaram-se os meus cuidados, que logo me prenderiam para sempre.

XXIII

Eram oito horas quando desembarcamos. Caminhamos um pouco pela praia, aproveitando os últimos raios de luz, e então nos recolhemos à hospedaria, de cujas janelas se podia contemplar a bela paisagem das águas, matas e montanhas, já envolta na penumbra, mas com seus contornos ainda visíveis.

O vento, que amainara no sul, surgia agora com grande impetuosidade no ocidente. A lua alcançava o apogeu e começava a declinar. As nuvens, rápidas como o voo do abutre, encobriam-lhe a face, amortecendo sua luminosidade, enquanto o lago refletia a ciranda celeste, dando-lhe, com o contínuo agitar das ondas que começavam a subir, maior animação. De súbito, desabou um forte aguaceiro.

O dia transcorrera em calma, mas, logo que o manto da noite encobriu a forma das coisas, mil receios acudiram-me à mente. Estava ansioso e alerta, apertando com a mão direita a coronha da pistola, oculta em meu peito. Qualquer ruído me sobressaltava, mas estava resolvido a vender caro a vida e não recuar da luta enquanto um dos dois, ou eu ou meu adversário, estivesse vivo.

Elizabeth notou minha agitação, a princípio mantendo-se tímida e silenciosa, mas havia algo em meu olhar que a aterrorizava, e então, vacilante, ela indagou:

— Que se passa, meu querido Victor? O que teme?

— Peço-lhe que tenha calma, meu amor — respondi. — Mais esta noite, apenas, e depois tudo terá passado. As próximas horas serão terríveis.

Assim passei uma hora nesse estado mental, quando, de súbito, refleti sobre o efeito que o confronto, que se anunciava violento, poderia exercer sobre minha esposa, e achei de bom alvitre pedir-lhe que se recolhesse, resolvendo somente ir ter com ela após obter algum indício sobre a localização de meu inimigo.

Ela assentiu, embora apreensiva, e continuei por algum tempo andando pelos corredores e inspecionando cada recanto que pudesse servir de esconderijo para o monstro. Não descobri, porém, qualquer vestígio dele, e estava começando a pensar que qualquer fator favorável interviera, impedindo-o de executar suas ameaças, quando, de repente, ouvi um grito agudo e terrível. Vinha do aposento para onde se recolhera Elizabeth. Então, toda a realidade caiu sobre mim como um raio; meus braços penderam dos músculos e os nervos ficaram paralisados, e podia sentir o sangue latejar-me nas veias. Após esse breve momento de perplexidade, o grito repetiu-se e precipitei-me no quarto.

Deus de misericórdia! Por que não morri naquele instante?! Por que estou eu aqui, para relatar a destruição de minha maior esperança e da mais pura criatura deste mundo?! Ali jazia ela, inanimada, atravessada na cama, a cabeça pendente e seu rosto pálido, contorcido, meio encoberto pelos cabelos em desalinho. Para qualquer lado que me voltasse, via a mesma imagem — os braços abertos, seu corpo exangue, abatido no leito nupcial que se tornara o seu esquife. Como pude, meu Deus, sobreviver a esse espetáculo?! Mísero que sou! Que maior condenação pode existir que a de viver? Tudo se escureceu, e caí sem sentidos no chão.

Quando voltei a mim, vi-me cercado pelo pessoal da hospedaria; havia um terror indescritível em cada semblante, muito aquém, contudo, do pânico, do tumulto de sentimentos que me incendiava o espírito. Desvencilhei-me deles e corri para o quarto onde jazia Elizabeth. Haviam mudado a posição em que a encontrara, e agora, com a cabeça apoiada num braço e um lenço cobrindo-lhe a face e o pescoço, parecia adormecida. Lancei-me sobre ela e abracei-a com ardor, mas o langor mortal e a frieza dos membros logo me mostraram que o que agora tinha em meus braços não era mais minha esposa, a minha doce e terna Elizabeth, a quem eu amava com toda a força de meu ser. Ali estava, em seu pescoço, a marca fatídica do demônio.

Enquanto ainda estava debruçado sobre ela, em torturante agonia, olhei para cima. As janelas tinham sido fechadas, e fiquei aterrorizado com a luz amarela e mortiça da lua que iluminava o quarto. Através da vidraça, vi a figura sinistra e aterradora. Na cara do monstro havia um trejeito pavoroso de escárnio. Parecia deleitar-se com a cena quando, com seu dedo diabólico, apontou para o cadáver de minha esposa. Precipitei-me para a janela e, sacando da pistola, fiz fogo. Mas ele saltou com a agilidade de um jaguar, saiu em disparada com seus passos gigantescos e mergulhou no lago.

Com o disparo, o quarto logo encheu-se de gente. Apontei o lugar por onde o assassino desaparecera e saímos ao seu encalço, com barcos vasculhando o lago. Lançamos redes, percorremos toda a extensão da praia adjacente. Tudo em vão. Após várias horas de procura, regressamos sem esperanças, e a maioria dos meus acompanhantes supôs que o fugitivo era produto de minha alucinação. Após desembarcarmos, foram organizados vários grupos, que se dispersaram em diferentes direções e vasculharam os bosques e vinhedos.

Tentei ir com eles, mas, a curta distância da casa, senti a cabeça rodar, pus-me a cambalear como um ébrio, até que desfaleci, em estado de completa exaustão. Minha vista estava enevoada, e minha pele, ressequida pelo ardor da febre. Transportaram-me de volta e colocaram-me na cama, mal consciente do que acontecera. Meus olhos vagavam assombrados em torno do aposento como a buscar algo que perdera.

Depois de um intervalo, levantei-me e, quase que por instinto, arrastei-me até o quarto onde jazia o corpo de minha amada. Mulheres choravam a seu lado. Debrucei-me sobre o cadáver e juntei às delas as minhas lágrimas. Não havia em minha mente nenhuma ideia clara, meus pensamentos vagavam em confusão, e eu parecia não me dar conta do horror do acontecido. Quando comecei a recobrar a consciência, sucederam-me na lembrança a morte de William, de Justine, o assassinato de Clerval e agora o de minha esposa. Tremi violentamente ao pensar que naquele mesmo momento os poucos amigos que me restavam poderiam estar expostos à fúria do monstro. Talvez meu pai estivesse agonizando sob suas garras e Ernest morto a seus pés. Ergui-me e resolvi regressar a Genebra o quanto antes.

Não havia cavalos disponíveis e eu tinha de voltar pelo lago, mas o vento não era favorável e a chuva desabava torrencialmente. Contratei remadores para a travessia, e eu próprio tomei um remo, na esperança de que o esforço físico pudesse, de alguma forma, abstrair-me de meu tumulto interior. Como não o consegui, abandonei o remo e, inclinando a cabeça entre as mãos, dei livre curso às ideias sombrias que me tomavam. Por fatal ironia, estava percorrendo agora o mesmo cenário que na véspera tanto encantara a mim e à minha companheira. A chuva cessara por um momento, e eu pude ver os peixes brincando nas águas, tal como algumas horas antes. Como diferem sobre a alma humana os efeitos da mesma paisagem, segundo o estado de espírito em que nos encontramos! Podiam brilhar o sol, bailar as nuvens e pássaros cortar os ares, mas nada poderia produzir-me as mesmas sensações que no dia anterior.

Mas por que me demorar nos incidentes que se seguiram a esse último acontecimento estarrecedor? Minha história tem sido de horrores. O que poderia haver de pior já acontecera, e o relato minucioso do que se seguiu seria entediante. Posso resumir dizendo que meus amigos, um a um, me foram arrebatados. Fui deixado em desolação. Minhas forças se esgotaram, e o que resta de minha tétrica narração cabe em poucas palavras.

Cheguei a Genebra. Meu pai e Ernest viviam ainda, mas o primeiro sucumbiu à nova que lhe trouxe. Vejo agora diante de mim sua imagem venerável, o olhar vagueando a esmo, triste e apático, pois com Elizabeth, para ele mais do que filha, a cujo afeto se apegava mais que a qualquer outra coisa na vida, fora-se o derradeiro encanto de sua existência em declínio. Também sobre ele, sem que o soubesse, o cão perverso fizera recair o peso de sua ira homicida! Poucos dias após o abalo da perda, meu pai expirava em meus braços.

Que foi feito de mim, então? Não sei; perdi as sensações e apenas via trevas e grilhões em torno de mim. Vez por outra vagava, em devaneio, por campos floridos e vales, com os amigos da minha juventude, mas ao despertar via-me num calabouço. Quando recobrei a noção das coisas, do meu estado miserável, fui então libertado do meu cárcere. Em verdade vim a saber, tendo passado por louco, que a cela solitária fora minha morada durante muitos meses.

De pouco, entretanto, me valeria a liberdade, se eu não houvesse despertado, ao mesmo tempo que para a razão, também para a vingança. Enquanto a memória das passadas agruras me oprimia, passei a concentrar-me em sua causa — o monstro, o infame demônio que eu lançara no mundo para destruir-me. Ao pensar nele, via-me tomado por violenta fúria, e o que aspirava era tê-lo ao meu alcance para fazer recair sobre sua cabeça maldita todo o peso da minha vingança.

Meu ódio, porém, não se limitou a esse anseio. Comecei a refletir sobre o melhor meio de capturá-lo e, com tal intenção, cerca de um mês depois de libertado, compareci perante um juiz criminal e disse-lhe que tinha uma acusação a fazer, que conhecia o destruidor de toda a minha família e apelava para todo o poder de sua autoridade no sentido de deter o criminoso.

O magistrado ouviu-me com atenção e interesse.

— Esteja certo, senhor — disse ele —, de que nenhum esforço será poupado de minha parte para encontrar o bandido.

— Obrigado — respondi. — Peço-lhe, pois, que ouça o depoimento que tenho a fazer. É de fato uma história tão estranha que eu recearia não merecer crédito de vossa excelência, não fossem as circunstâncias que comprovam irrefutavelmente sua veracidade. Ademais, o relato é demasiado coerente para ser tomado por sonho ou fantasia, e não tenho qualquer motivo para usar de falsidade.

Minha atitude, pela calma e convicção com que falava, pareceu impressioná-lo. Eu estabelecera em meu íntimo a resolução de perseguir meu destruidor até a morte, e, para consegui-lo, silenciei minha agonia e, durante algum tempo, reconciliei-me com a vida. Narrei então, resumidamente, mas com toda a precisão, a minha história, assinalando as datas e não incorrendo em qualquer contradição.

É natural que o magistrado a princípio parecesse incrédulo. À medida que eu prosseguia, no entanto, essa impressão ia-se desvanecendo, sucedendo-se em seu semblante ora o horror, ora a surpresa ou a revolta, conforme os detalhes da narração.

— É esse o ser que acuso e para cuja captura e punição solicito todo o seu empenho, o que de resto penso ser seu dever de magistrado e uma imposição dos seus sentimentos de homem.

Tais expressões causaram sensível alteração na fisionomia e nas disposições do juiz. Ele ouvira minha história com essa espécie vaga de fé que se dá ao relato de espíritos e coisas sobrenaturais, mas, quando foi instado a agir oficialmente, recuperou o ar de incredulidade.

Respondeu, porém, polidamente:

— Eu, de boa vontade, lhe proporcionaria todo o auxílio possível para alcançar seu objetivo, mas a criatura de quem o senhor fala parece dotada de poderes que tornariam improfícuos todos os meus esforços. Quem pode perseguir, com os recursos normais, um animal capaz de atravessar o mar de gelo e habitar cavernas e antros onde nenhum homem se aventuraria a penetrar? Além disso, já se passaram meses desde que seus crimes foram cometidos, e ninguém é capaz de imaginar para onde terá ido em sua fuga errante ou que região pode habitar agora.

— Não duvido que ele vagueie pelas proximidades do lugar onde moro e, se de fato buscou refúgio nos Alpes, pode ser caçado e morto como um animal predador. Mas percebo seus pensamentos. Vossa Excelência não dá crédito à minha narrativa e não pretende perseguir meu inimigo para puni-lo como merece.

Enquanto eu falava, havia uma centelha de ira em meus olhos, o que, aliado à minha veemência, intimidou o magistrado.

— O senhor está enganado — retrucou ele. — Esforçar-me-ei no que esteja a meu alcance para capturar o monstro, e fique certo de que ele terá uma punição à altura dos seus crimes. Mas receio, pelas próprias faculdades que o senhor lhe atribui, que isso venha a ser impossível; e assim, embora venham a ser tomadas as medidas adequadas, convém que se prepare para uma decepção.

— Isso está fora de questão, mas tudo quanto posso dizer será de pouca valia. Minha vingança não lhe importa e não lhe cabe considerá-la. Todavia, embora eu reconheça que ela é uma distorção, confesso que é minha única aspiração. Está em jogo o extermínio de um indivíduo que lancei contra a sociedade e que permanece à solta. Vossa Excelência se recusa atender ao meu apelo. Só me resta entregar-me sozinho à sua destruição.

Ao dizê-lo, minha agitação fazia-me tremer. Havia um frenesi em minha atitude e algo semelhante à altiva obstinação que se atribuía aos mártires dos tempos idos. Mas, para um magistrado genebrino, mais afeito a outras tendências que não ocupar-se de coisas que demandavam devoção e heroísmo, tal elevação de espírito tinha a aparência de loucura. Ele se esforçava por contemporizar e consolar-me, como faz uma ama com a criança irrequieta, e deu por puro delírio o meu relato.

Num ímpeto, bradei:

— Como és ignorante, homem, em tua pretensa sabedoria! Cala-te, que não sabes o que dizes.

Deixei bruscamente o local, enraivecido e perturbado, e recolhi-me para meditar sobre algum outro meio de agir.

XXIV

Minha situação atual era tão confusa, que eu não conseguia me fixar em pensamento algum. A vingança era minha razão, e dela me vinha toda a força e equilíbrio. Ela moldava meus sentimentos e permitia-me ser calmo e calculista, nos momentos em que a falta desses atributos poderia levar-me ao delírio e à morte.

Minha primeira resolução foi deixar Genebra para sempre. Nada mais me prendia ali. Pelo contrário, meu país, que amava ao tempo em que era feliz e amado, em minha adversidade se me tornara odioso. Muni-me de uma boa soma de dinheiro, juntamente com algumas joias que haviam pertencido à minha mãe, e parti.

Tiveram início então minhas peregrinações, que só deverão cessar com minha vida. Atravessei muitas regiões e não me têm faltado as agruras e o desconforto que assaltam o viajante dos desertos e regiões bárbaras. Nem sei como tenho vivido. Muitas vezes estirei os membros combalidos na vastidão da areia e invoquei a morte. Mas a vingança me mantinha vivo; eu não ousava morrer e deixar vivo o objeto de minha perseguição.

Quando saí de Genebra, a primeira coisa que fiz foi procurar qualquer pista que assinalasse a passagem de meu inimigo. Contudo, ainda não havia traçado um plano de ação e vaguei muitas horas pelos limites da cidade, indeciso quanto ao caminho a seguir. Ao aproximar-se a noite, achei-me à entrada do cemitério onde repousavam William, Elizabeth e meu pai. Entrei e aproximei-me da tumba que indicava sua pousada. Tudo era silêncio, exceto o farfalhar da folhagem das árvores que a brisa bafejava.

No escuro da noite, a cena de que eu era a única testemunha teria sido solene e comovente, mesmo para um observador desinteressado. De pé, junto ao túmulo eu chorava, e os espíritos dos mortos pareciam adejar em torno de mim, fazendo pairar sobre minha cabeça uma sombra apenas pressentida.

Ajoelhei-me na relva, beijei a terra e, com lábios trêmulos exclamei:

— Pela terra sagrada em que me ajoelho, pelos espíritos que vagueiam e pelo poder superior que te preside, ó noite, juro perseguir o demônio que causou tanta desgraça, até que um de nós pereça; para isso preservarei minha vida; para executar essa vingança voltarei a caminhar sob o sol e a pisar o verdor que cobre a terra. E vos exorto, ó espíritos errantes, a ser os mensageiros da minha vingança e ajudar-me a cumprir minha missão!

Mal acabara de pronunciar esse voto, uma voz bem audível, como se falasse junto aos meus ouvidos, se fez ouvir:

— Estou contente, mísero! Você resolveu viver e estou contente.

Dei um salto na direção do lugar de onde vinha o som, mas o maldito escapou-me. Sob o luar intenso, pude distinguir sua forma fantástica e horrenda que fugia a uma velocidade incomum.

Parti em seu encalço, numa perseguição que se prolongou por muitos meses. Guiado por pistas inconsistentes, acompanhei-o, em vão, pelos meandros do Reno, até chegar ao vasto Mediterrâneo. Por estranho acaso, vi-o esgueirar-se por entre as sombras e ocultar-se numa embarcação que rumava para o Mar Negro. Consegui embarcar no mesmo navio, mas, não sei por que estranhas artes, suas e de satanás, ele voltou a desaparecer.

Fui retomar-lhe a trilha nos ermos da Tartária, subindo depois a Rússia, mas ele sempre se esquivando da minha aproximação. Por vezes os camponeses, apavorados com sua aparição, davam-me notícias de sua passagem. Outras ocasiões, como se tivesse o intuito maligno de prolongar a perseguição e temesse vê-la terminada pela minha morte ou meu desespero, ele próprio se incumbia de deixar alguma pista. Na brancura da neve que caía inclementemente, eu vislumbrava suas pegadas descomunais. Vós, que nesse barco buscais novos horizontes da vida, para quem os imprevistos são um atrativo e que desconheceis a agonia, como podeis compreender o que senti e ainda sinto? Frio, fome e fadiga eram o sofrimento mínimo que me estava destinado. Que maldição implacável caíra sobre mim, condenado a carregar meu próprio inferno? Todavia, parecia haver algum espírito de luz a dirigir-me os passos nos momentos mais críticos, desenredava-me de dificuldades aparentemente intransponíveis. Outras vezes, quando, vencido pela fome, sucumbia à exaustão, surgia-me, como pela mão de um anjo, algo que me restaurava e me instigava o ânimo.

Na verdade, era frugal, como o alimento dos nômades, mas não duvido de que era obra dos espíritos que vinham em meu socorro. Muitas vezes, quando, nas regiões áridas percorridas, tudo era estéril, sem nuvens no céu, e eu ardia em sede, uma nuvem repentina surgia e derramava algumas gotas suficientes para me saciar e logo depois sumia.

Eu seguia, tanto quanto possível, os cursos dos rios, mas o demônio fazia por evitá-los, por ser nas proximidades deles que geralmente havia aglomeração de gente. Em outros locais, onde raramente era visto um ser humano, eu subsistia com a carne de animais selvagens que encontrava pelo caminho. Eu dispunha de dinheiro e, onde houvesse aldeões, distribuía-o, conquistando assim sua amizade. Acontecia também dar-lhes parte da caça que eventualmente trazia, recebendo em troca fogo e outros recursos.

Era, pelo visto, uma vida de extremos sacrifícios, e apenas no sono eu encontrava tranquilidade. Bendito sono! Os espíritos que me resguardavam me proviam desse alívio, quando não felicidade, a fim de dar-me forças para levar a termo minha peregrinação.

Faltasse-me essa trégua, por certo eu teria sucumbido ao peso das agruras. A esperança da noite era meu respaldo durante o dia, pois em sonhos via meus amigos, minha esposa, minha pátria querida. Revia o plácido semblante de meu pai, ouvia a voz fina de minha idolatrada Elizabeth, e contemplava a figura jovial e radiante de Clerval. Muitas vezes, exausto da penosa marcha, sonhava em vigília até a chegada da noite, quando o verdadeiro sonho trazia-me a realidade da presença de meus queridos amigos. Que amor ansioso não sentia então por eles. Como me apegava às suas imagens e me persuadia, quase em delírio, de que ainda viviam! Em tais momentos meu ímpeto vingativo se amortecia, e eu seguia meu caminho rumo à destruição do demônio, mais como um dever imposto pelos céus, como o impulso mecânico de algum poder do qual eu não tinha consciência, do que por um desejo de minha alma.

Quais eram os sentimentos daquele a quem perseguia, não os posso saber. De quando em quando, na verdade, ele deixava marcas escritas nas cascas das árvores, ou talhadas nas pedras, que me guiavam e despertavam minha fúria.

“Meu reinado ainda não terminou” era uma de suas inscrições. “Você vive, e meu poder é absoluto. Siga-me. Busco os gelos eternos do norte, onde você sentirá o flagelo do frio e da geada, a que sou insensível. Você encontrará perto desse lugar, se não vier demasiado tarde, uma lebre morta. Coma-a e refaça-se. Venha, meu inimigo. Temos ainda de lutar por nossas vidas, mas não poucas horas de sofrimento devem ainda ser suportadas por você, até que chegue o momento decisivo."

Demônio zombeteiro! Uma vez mais juro vingança, uma vez mais te condeno, maldito, à tortura e à morte! Jamais desistirei de minha busca até que um de nós pereça! Então poderei unir-me a meus amigos que partiram e que a mim assistem nesta jornada tenebrosa!

Prossegui para o norte, e a neve ia se tornando mais espessa; o frio intensificava-se a um grau quase insuportável. Os camponeses trancavam-se em suas choupanas, e apenas um ou outro, mais arrojado, aventurava-se a sair para caçar os animais que, impelidos pela fome, haviam deixado seus esconderijos em busca da presa. Os rios cobriam-se de gelo e não havia como apanhar peixe; assim, fiquei privado de meu principal alimento.

Minhas dificuldades aumentavam o triunfo do inimigo. Uma inscrição que ele deixara dizia: "Prepare-se! Seus padecimentos mal começaram. Cubra-se de peles e providencie seu sustento, pois nos aproximamos do ponto da jornada que o fará desdenhar tudo o que passou até agora".

A força da revolta que essas palavras zombeteiras me incutiam, impedindo-me de esmorecer, era sempre uma forma de atender aos desígnios do monstro. Prossegui com firmeza através da imensidão gelada, até que o oceano surgiu, traçando o limite extremo do horizonte. Que diferença dos mares do sul, eternamente azuis! Coberto de gelo, distinguia-se da terra apenas por sua extrema aspereza e selvageria. Ao deparar, desde as colinas da Ásia, com o Mediterrâneo, os gregos saudaram com alegria o seu reencontro e o término de suas fadigas. Eu não chorei; ajoelhei-me, porém, e dei graças a meu guia espiritual por me haver conduzido a salvo ao lugar onde esperava, apesar das zombarias do meu adversário, encontrá-lo e confrontar-me com ele.

Algumas semanas antes desse período, eu conseguira arranjar um trenó e cães, o que me permitia atravessar os campos nevados com rapidez. Eu ignorava se o demônio possuía os mesmos recursos, mas verifiquei que, assim como antes perdia terreno diariamente em sua perseguição, agora ganhava distância contra ele. A tal ponto que, quando pela primeira vez avistei ao longe o oceano, ele me levava apenas a dianteira de um dia de jornada, e eu esperava interceptá-lo antes que tivesse tempo de atingir a margem. Encorajado, portanto, acelerei a marcha e em dois dias chegava a um mísero vilarejo à beira-mar.

Indaguei os habitantes sobre a passagem do fugitivo e deram-me informes preciosos. Uma figura gigantesca, disseram eles, chegara na noite anterior, armada de espingarda e muitas pistolas, pondo em fuga os moradores de uma choupana isolada, ante o medo de sua aparência tétrica. Ele se apossara das provisões daquela gente e colocara-as num trenó, puxado por uma matilha de cães que capturara e, naquela mesma noite, para alívio dos aldeões apavorados, tinha partido. Tomara o rumo que não conduzia a terra alguma, e eles sabiam que o monstro seria rapidamente aniquilado com a ruptura do gelo e pereceria de frio naquelas geleiras eternas.

Diante de tal informação, fui tomado por momentânea crise de desespero. Novamente me escapara o maldito, seguindo, através das montanhas de gelo do oceano, por um caminho que tornava muito mais penosa a perseguição que lhe movia, pois iria enfrentar um tempo que apenas uns poucos habitantes da região podiam suportar. Reagi, todavia, e reuni todas as minhas forças à ideia de que o monstro pudesse sobreviver e sair triunfante. Após um breve repouso, quando novamente os espíritos pairaram sobre mim, incentivando-me, preparei-me para continuar a jornada.

Troquei meu trenó terrestre por outro mais adequado às dificuldades do oceano glacial, comprei abundantes provisões e parti.

Não posso calcular quantos dias se passaram desde essa ocasião. Só sei que suportei tantos tormentos que somente a obsessão da vitória final me tornava capaz de superar. Imensas e escarpadas montanhas de gelo frequentemente barravam-me a passagem e muitas vezes ouvi o estrondo das águas subpolares a ameaçar-me de destruição. Mas a geada voltou e tornou firmes os caminhos do mar.

Pela quantidade de provisões que consumi, suponho que passei três semanas nessa jornada; a contínua delonga me oprimia o coração, levando-me vezes sem conta a derramar lágrimas de dor e desespero. Certa vez, depois que os pobres animais que me transportavam haviam, com incrível esforço, atingido o topo de uma abrupta montanha de gelo, e um deles morrera de fadiga, eu contemplava angustiado a extensão que se abria diante de mim, quando de repente meus olhos notaram uma mancha escura na alvura da planície. Firmei a vista e emiti um grito selvagem de júbilo quando distingui um trenó e as proporções descomunais da figura muito conhecida que o dirigia. Um jato ardente de esperança refluiu-me ao coração. Lágrimas assomaram-me aos olhos, tolhendo-me por momentos a visão. O momento, contudo, não permitia delongas. Desatrelei o cão morto, dei aos demais bastante alimento e, após descansar por uma hora, o que me era absolutamente necessário, embora me roubasse tempo, prossegui na rota. O trenó do monstro continuava visível e não voltei a perdê-lo de vista, a não ser nos curtos momentos em que era ocultado, à sua passagem, por uma ou outra pedra de gelo. Estava rapidamente ganhando distância, quando, depois de quase dois dias de jornada, avistei meu inimigo a cerca de meia milha. Meu coração saltou do peito.

Então, quando o fugitivo estava quase ao meu alcance, mais uma vez desapareceu repentinamente, de forma tão completa como jamais havia acontecido. Ouviu-se o estampido do mar sob o gelo. Conforme as ondas turbilhonavam debaixo de mim, o ruído tornava-se cada vez mais formidável. E veio o vento; o mar se agitava e, como sob o abalo tremendo de um sismo, fendeu-se num estrondo avassalador e terrível. A obra estava consumada. Em poucos minutos, uma superfície líquida movia-se entre mim e meu inimigo, e fiquei flutuando, num bloco de gelo errante que ia diminuindo aos poucos e, assim, me precipitando para a morte.

Foram horas de um pavor indescritível. Vários dos meus cães morreram, e eu estava prestes a naufragar, quando avistei o seu navio ancorado, acenando-me com esperança de socorro e de vida. Não fazia ideia de que qualquer embarcação pudesse subir tanto ao norte e fiquei estarrecido com o que via. Rapidamente destruí uma parte do trenó para improvisar remos, e assim consegui, com infinito esforço, colocar minha jangada ártica na direção do barco. Era meu intento, caso você estivesse rumando para o sul, permanecer à mercê dos mares, antes de desistir de meu objetivo. Minha ideia era induzi-lo a fornecer-me um bote, com o qual pudesse perseguir meu inimigo. Mas seu rumo era oposto. Você recolheu-me a bordo quando tinha chegado ao extremo de minhas forças e estava prestes a sucumbir.

Pergunto-me, agora, quando meu anjo da guarda, conduzindo-me finalmente até o monstro, me permitirá descansar para sempre. Ou será um desígnio dos céus que eu morra e ele sobreviva? Se eu morrer, imploro-lhe, Walton, jure-me que ele não escapará, que você o perseguirá até bani-lo para sempre da face da Terra, pondo fim à torrente de males que ele tem derramado e, se sobreviver, continuará a jorrar sobre os homens. Não me atrevo, contudo, a pedir-lhe que retome minha peregrinação, expondo-se às misérias que passei. Não, não sou tão egoísta. Mas se, depois que eu morrer, ele aparecer, se os espíritos justiceiros o conduzirem até você, jure que ele não viverá e não triunfará do rosário de amarguras que sofri. Ele é inteligente e persuasivo, e certa vez suas palavras chegaram a tocar-me o coração. Entretanto, não confie nele. Sua alma é tão infernal quanto sua figura, cheia de traição e deslealdade. Não lhe dê ouvidos. Invoque, suplico-lhe, os nomes de William, Justine, Clerval, Elizabeth, de meu pai e do desgraçado Victor, e crave-lhe no peito a espada. Meu espírito estará vagando por perto e lhe guiará o aço.

CARTA 5

Continuação das cartas de Walton à sua irmã

26 de agosto de 17...

No ler essa história estranha e terrível, Margaret, você não sente o sangue congelar-se de horror, tal como este que justamente agora se engrossa em minhas veias? Várias vezes, preso de súbita agonia, ele não podia continuar o seu relato. Em outras ocasiões, sua voz entrecortada, porém penetrante, tinha dificuldade em pronunciar as palavras trespassadas de angústia. Seus olhos inteligentes adquiriam então um brilho de indignação ou anuviavam-se em mágoa infinita. A espaços, dominava o semblante e a voz, e relatava os mais pavorosos acontecimentos em tom tranquilo, suprimindo todos os sinais de agitação. Repentinamente, como um vulcão que explodisse, seu rosto adquiria a expressão do mais selvagem furor, enquanto bradava maldições contra o seu perseguidor.

Seu relato é coerente e exposto sob a forma da mais pura verdade, porém, confesso-lhe que as cartas de Félix e Safie, que ele me mostrou, e o aparecimento do monstro, que vimos do nosso navio, deram maior crédito à sua narrativa do que suas próprias afirmações, embora graves e comedidas. Existe realmente tal monstro. Não posso duvidar. Mas há pontos em que estarreço de surpresa e admiração. Por vezes procurei arrancar de Frankenstein informações quanto à criação do monstro, porém, aí ele se mostrava impenetrável.

— Você está louco, meu amigo! — dizia ele. — Para onde o conduz sua curiosidade insensata? Seria você também capaz de criar para si e para o mundo um inimigo diabólico? Calma, calma! Não busque aumentar seus dissabores ao ouvir os meus.

Frankenstein descobriu que eu tomava notas relativas à sua história. Pediu para vê-las e ele próprio as corrigiu, ou aumentou-as em muitos pontos, principalmente nos detalhes que davam vida e espírito aos colóquios mantidos com seu inimigo.

— Já que você preservou minha narrativa — disse ele — não quero que fique para a posteridade um texto mutilado.

Assim se passou uma semana, desde que ouvi a mais estranha história jamais concebida pela imaginação. Meus pensamentos e todos os sentimentos de minha alma foram absorvidos pelo interesse que meu hóspede me despertou, tanto pelo seu relato, como por suas maneiras gentis e por sua formação elevada. É meu desejo consolá-lo, mas como é possível aconselhar a retornar à plenitude da vida alguém tão duramente atingido pela desgraça e tão destituído de esperanças? Oh, não! Ele só poderá encontrar consolo quando tiver aquietado o turbilhão de seu espírito na paz da morte. Goza, todavia, de um conforto, que é fruto de sua solidão e seus delírios; quando em sonhos conversa com seus amigos, que o incitam ao reparo de todos os males sofridos, não os vê como produto de sua imaginação, mas seres que realmente o visitam em pessoa, vindos de um mundo remoto. A fé empresta tal veracidade às suas divagações que as torna para mim tão consistentes e interessantes quanto a verdade.

Nosso diálogo não se restringe à história dele e de seus infortúnios. Sobre qualquer tópico literário, em geral, ele demonstra ilimitados conhecimentos e uma compreensão pronta e penetrante. Sua eloquência é convincente e tocante. Frequentemente sou levado às lágrimas, quando relata um incidente patético ou expressa ilações de piedade e amor. Fico a pensar que fabulosa e absorvente criatura deve ter sido nos dias de sua prosperidade, uma vez que se mostra tão nobre na ruína! Ele parece ter consciência de seu próprio valor e da enormidade de sua derrocada.

— Quando mais jovem — disse ele —, eu me julgava fadado a algum grande empreendimento. Embora de natureza sentimental, eu era dotado de uma frieza de raciocínio adequada a feitos marcantes. Respaldava-me a noção que tinha essas características do meu eu, pois julgava nocivo desperdiçar em mágoas atributos de que poderia dispor a serviço de meus semelhantes. Quando refletia na obra que ultimara, transcendente como era a criação de um animal sensível e racional, eu não me classificava no rol dos inventores comuns. Mas essa ideia, que me estimulou no início de minha carreira, agora serve apenas para afundar-me mais ainda no pó. Todas as minhas especulações e esperanças são nulas e, tal como o arcanjo que aspirou à onipotência, estou acorrentado num eterno inferno. Minha imaginação era fértil e intensos os meus poderes de análise e aplicação. Pela união dessas qualidades, concebi e executei a criação de um homem. Mesmo agora não é totalmente sem paixão que recordo minhas divagações quando a obra estava por terminar. Eu me transportava aos céus, ora exultando com meus poderes, ora inflamado ante a perspectiva de seus efeitos. Desde minha infância fui imbuído de esperanças elevadas e de uma ambição altruística; mas como decaí! Ah! Meu amigo, se você tivesse me conhecido como eu era outrora, não me reconheceria neste estado de degrada-

ção! O desalento raramente me visitava o coração. Um alto destino parecia estar reservado a mim, até que caí para nunca mais me levantar.

Posso então, Margaret, perder esse ser admirável? Eu tenho ansiado por uma amizade. Tenho buscado um verdadeiro amigo. Veja: nestes mares desertos encontrei-o, mas receio que apenas para saber de sua valia e depois perdê-lo. Como desejaria reconciliá-lo com a vida! Mas ele repele a ideia.

— Agradeço, Walton — ele disse —, por suas bondosas intenções para com um ente tão desafortunado, mas quando você fala de novos laços e afetos, acredita que haja alguém capaz de substituir aqueles que partiram? É possível que algum homem seja para mim o que era Clerval, ou outra mulher possa tomar o lugar de Elizabeth? Mesmo que não tenha sido muito alto o grau de afetividade, os companheiros de nossa meninice guardam raízes em nossos espíritos que dificilmente qualquer amizade mais tardia poderá igualar. Eles conhecem nossos sentimentos desde suas origens, os quais, por mais que possam ser modificados mais tarde, não são nunca erradicados; e podem julgar nossas ações com mais acerto. Uma irmã ou um irmão jamais podem, a não ser que os sinais tenham se manifestado desde cedo, atribuir ao outro pensamentos ou ações desacertados, ao passo que um amigo, por maior que seja sua estima, pode levantar suspeitas. Mas tive o privilégio de possuir amigos, queridos não somente por força de hábito ou simpatia, mas por seus próprios méritos, e onde quer que eu esteja a voz consoladora de Elizabeth e as palavras de Clerval estarão sempre a sussurrar-me ao ouvido. Todos, porém, estão mortos, e eu absolutamente só. Se estivesse empenhado em algum empreendimento ou objetivo nobre, o seu cumprimento poderia ser um incentivo à vida. Mas meu destino se resume em destruir o ser a que dei existência. Depois de cumpri-lo, poderei morrer.

2 de setembro

Minha querida irmã,

Escrevo-lhe cercado de perigos e ignorando se me será concedido tornar a ver a amada Inglaterra e meus amigos mais valiosos que nela habitam. Estou cercado de montanhas de gelo que ameaçam a cada momento esmagar meu navio. Os bravos indivíduos que persuadi a ser meus companheiros pedem-me ajuda, sem que eu nada possa fazer por eles. Há algo de catastrófico em nossa situação, todavia minha coragem e esperanças não me abandonam. É terrível, no entanto, pensar que a vida de todos esses homens está em perigo por minha causa. Se estamos perdidos, é culpa dos meus planos loucos.

E em que estado mental estará você, querida Margaret? Você não terá notícia de minha destruição e ficará aguardando ansiosa o meu regresso. Os anos passarão, e você será frequentemente assaltada pelo desespero e ainda assim será torturada pela esperança. Oh! Minha querida irmã, a antevisão do fracasso das expectativas de seu coração é mais terrível para mim que a perspectiva da morte. No entanto, você tem marido e filhos que são uns amores. Você pode ser feliz. Que os céus a abençoem e que assim seja!

Meu inconsolável hóspede olha-me com a mais terna compaixão. Ele se esforça por manter vivas minhas esperanças e fala-me como se a vida fosse um dom que ele apreciasse. Relembra-me que muitos outros navegadores que tentaram vencer estes mares passaram por iguais dificuldades e, apesar de meu desalento, tenta animar-me. Até os marinheiros sentem o poder de sua eloquência. Quando ele fala, os homens se animam. Toca-lhes os brios e os faz acreditar que estas montanhas de gelo são montículos de terra que irão desmoronar ante a resolução do homem. Mas essas incitações têm efeito transitório. Cada dia de expectativa aumenta o terror dos tripulantes, e quase receio um motim provocado por esse desespero.

5 de setembro

Acaba de passar-se uma cena tão excepcional que, embora seja muito pouco provável que estas observações cheguem até você, ainda assim não posso deixar de registrá-la.

Continuamos bloqueados pelas montanhas de gelo, ainda em iminente perigo de sermos esmagados por elas. O frio é excessivo, e muitos dos meus infelizes companheiros já encontraram a morte neste cenário de desolação. A saúde de Frankenstein vem declinando dia a dia. Um fogo febril ainda brilha em seus olhos, mas está esgotado e, ao menor esforço, volta ao estado de morte aparente.

Mencionei em minha última carta que receava um motim. Esta manhã, enquanto eu estava sentado, observando o lívido semblante do meu amigo, de olhos cerrados e com os membros pendentes e inertes, fui surpreendido por meia dúzia de marinheiros que queriam entrar na cabine. O líder dirigiu-me a palavra. Disse-me que ele e seus companheiros haviam sido escolhidos pelos outros para virem, em comissão, até mim e fazer-me um pedido que, com justiça, não me seria possível negar. Estávamos cercados de gelo e provavelmente jamais escaparíamos, mas eles receavam que, se o gelo viesse a ceder abrindo-nos passagem, eu insistisse em prosseguir minha viagem e expô-los novamente aos perigos que estávamos enfrentando. Exigiam, pois, que eu assumisse o compromisso de voltar rumo ao sul caso o navio ficasse livre.

Aquilo perturbou-me. Eu não havia perdido as esperanças nem admitira ainda a ideia de voltar quando o navio estivesse livre. Ser-me-ia facultado e justo, no entanto, recusar tal solicitação? Hesitei antes de responder, quando Frankenstein, que a princípio estivera em silêncio e parecia impossibilitado de atentar para o que se dizia, mexeu-se em seu beliche. Seus olhos cintilavam e seu rosto adquiriu momentânea coloração de vigor. Voltando-se para os homens, falou:

— Que querem dizer? Que exigem de seu capitão? Não chamavam esta expedição de gloriosa? E por que gloriosa? Não porque o caminho fosse fácil e suave como num mar meridional, mas porque era cheio de horrores e perigos, porque cada incidente exigia coragem e força para ser superado, porque o perigo e a morte a cercavam e lhes competia desafiá-los e vencê-los. Por isso era gloriosa a expedição, por isso era uma empresa de honra. Depois disso, vocês seriam recebidos como benfeitores da espécie humana. Seus nomes, citados como bravos que enfrentaram a morte pela honra e em benefício da humanidade. E agora, vejam, diante da primeira ideia de perigo, ou, se preferem, frente à primeira grande e temerosa prova de sua coragem, recuam como se fossem homens sem condições de suportar o frio e enfrentar os perigos. E seriam vistos como pobres almas que sentiram frio e voltaram ao calor de suas lareiras. Não se uniram a esta empresa para arrastar seu capitão à vergonha de um fracasso nem para dar uma demonstração de covardia. Sejam homens, ou, mais do que homens! Sejam fiéis a seus propósitos e rijos como a rocha. A substância destes gelos não é a mesma de seus corações. Ela é mutável e não pode detê-los, se assim o determinarem. Não voltem a suas famílias com o estigma da vergonha assinalado em seus semblantes. Regressem como heróis que lutaram e venceram, e que ignoram o que seja voltar as costas ao inimigo.

Ele falou com modulações de voz que acompanhavam os sentimentos que expressava, com tal convicção e com olhos tão plenos de elevados desígnios e heroísmo, que não se há de admirar que esses homens tenham sido tocados por suas palavras. Olharam uns para os outros e nenhum deles foi capaz de responder. Eu falei. Disse-lhes que se retirassem e considerassem o que tinham ouvido, que eu não os conduziria mais ao norte, mas esperava que, com a reflexão, lhes recuperaria a coragem.

Retiraram-se, e voltei para meu amigo, mas ele estava mergulhado em torpor, semimorto.

Não sei como terminará tudo isto, mas eu preferiria morrer a regressar na vergonha, sem cumprir meu objetivo. Receio, todavia, que este seja o meu destino. Não sei até que ponto meus homens, sem o amparo de ideias de glória e honra, poderão voluntariamente suportar todos os sofrimentos.

7 de setembro

A sorte está lançada. Consenti em voltar, se não formos destruídos. Assim, por efeito de covardia e indecisão, vejo irem por terra minhas esperanças. Regresso ignorante e decepcionado. É preciso mais sabedoria do que tenho para suportar com paciência tamanha injustiça.

12 de setembro

Acabou-se. Estou voltando para a Inglaterra. Perdi minhas esperanças de utilidade e glória. Perdi meu amigo. Mas não desesperarei e tentarei contar-lhe, minha querida irmã, esses amargos episódios, embora vá sendo arrastado pelo mar e pelo vento rumo à Inglaterra e ao seu reencontro também.

A nove de setembro, o gelo começou a deslocar-se, e estrondos formidáveis foram ouvidos à distância, enquanto as ilhas se fendiam e se espalhavam, fragmentadas, em todas as direções. Estivemos na iminência do mais grave perigo; porém, como nada podíamos fazer, passei a concentrar minha atenção em meu infeliz hóspede, que piorou a ponto de ter de ficar acamado definitivamente. O gelo rompeu-se à nossa retaguarda, sendo impelido vigorosamente para o norte; soprou uma brisa do oeste, e ao décimo primeiro dia a passagem rumo ao sul ficou inteiramente livre.

Quando a tripulação a notou e, vendo aparentemente assegurado o regresso ao país natal, irrompeu em vivas de tumultuosa alegria. Frankenstein, que cochilava, despertou e indagou a causa do tumulto.

— Gritam — disse eu — porque logo voltarão à Inglaterra.

— Então você realmente volta?

— Não há alternativa. Não posso opor-me ao que solicitam, nem tenho o direito de expô-los, a contragosto, a novos perigos. Tenho de voltar.

— Faça-o, se quiser, mas não irei. Você pode desistir do seu intento, mas o meu é uma imposição do céu. Estou fraco, mas por certo os espíritos que me assistem hão de proporcionar-me energia suficiente.

Ao dizê-lo, ele tentou erguer-se do leito, mas o esforço foi excessivo. Tombou inanimado.

Muito tempo se passou até que se refizesse, e pensei que sua vida tivesse se extinguido de todo. Por fim abriu os olhos. Respirava a custo e não podia falar. O médico de bordo deu-lhe uma poção e mandou que o deixássemos em repouso. Entrementes, comunicou-me que meu amigo certamente tinha poucas horas de vida.

Estava dada a sua sentença, e só me restava lamentar e ter paciência. Sentei-me junto de sua cama, velando-o. Seus olhos estavam cerrados e pensei que dormisse, mas, depois de algum tempo chamou-me, pedindo com voz débil que me aproximasse, e disse:

— Já não tenho mais forças. Sinto que o fim está próximo, e ele, o meu inimigo e perseguidor, pode ainda estar vivo. Não pense, Walton, que sinto, nestes derra-

deiros momentos de minha existência, o ódio e o desejo de vingança que uma vez expressei, mas sinto-me justificado em desejar a morte de meu adversário. Durante estes últimos dias tenho refletido muito sobre o meu comportamento passado, mas não o acho condenável. Num acesso de desmedido entusiasmo, criei uma criatura racional e cabia-me, dentro do limite dos meus poderes, assegurar-lhe a felicidade e o bem-estar. Mas a esse dever se sobrepunha outro, sublime. E exigia minha maior dedicação porque dizia respeito aos seres de minha própria espécie, implicando maior proporção de felicidade ou desgraça; sob tal convicção recusei-me a criar uma companheira para a primeira criatura. Ele demonstrou perversidade e egoísmo sem par. Destruiu meus amigos. Devotou-se ao extermínio de seres que possuíam sensibilidade, felicidade e saber. E não sei até onde poderá levá-lo sua fúria vingativa. Por isso devia morrer. Cabia a mim a tarefa de pôr-lhe fim à existência, mas fracassei. Quando pedi a você que tomasse a si minha missão inacabada, fui levado por impulsos egoístas e condenáveis, mas renovo agora o pedido à luz da razão e do bem.

"Entretanto", prosseguiu Frankenstein, "não posso pedir-lhe que renuncie a seu país e seus amigos a fim de realizar essa tarefa e, agora que está de regresso à Inglaterra, pouca probabilidade terá de encontrar-se com ele. Mas a consideração sobre o que acabo de expor e sobre o que é justo e certo você fazer fica a seu critério. Minha consciência já está perturbada pela aproximação da morte. Não me atrevo a ditar-lhe o que julgo direito, pois posso estar ainda sob o efeito de um impulso apaixonado.

"Perturba-me", continuou, "o fato de que a sobrevivência do monstro signifique a continuidade do mal. Contudo, estes momentos finais são talvez os únicos de felicidade que gozei desde muitos anos. A imagem dos entes queridos flutua ante meus olhos e apresso-me em abraçá-los. Adeus, Walton! Busque a felicidade num viver tranquilo e evite ser dominado pela ambição, mesmo que seja essa, aparentemente, construtiva, de distinguir-se no campo da ciência e dos descobrimentos. Mas por que falo isto? Na verdade, se eu me arruinei nessas esperanças, pode ser que outro seja bem-sucedido."

Sua voz foi se enfraquecendo enquanto falava, até que, esgotado pelo esforço, mergulhou no silêncio. Cerca de meia hora depois, tentou falar de novo, mas não conseguiu. Apertou-me a mão e seus olhos se fecharam para sempre, enquanto um meigo sorriso permanecia em seus lábios.

Que comentário posso eu fazer, Margaret, sobre a extinção desse ser maravilhoso? Que palavras lhe podem expressar a profundidade da minha dor? Minhas lágrimas fluem. Há uma nuvem de indizível decepção em meu espírito. Mas estou a caminho da Inglaterra e pode ser que aí encontre consolo.

Neste momento me interrompem. Que querem dizer estes rumores? É meia-noite. Sopra uma brisa suave e o sentinela, no convés, mal se move. De novo há um som de voz humana, porém dissonante. Vem da cabine onde ainda jazem os restos de Frankenstein. Tenho de me levantar e verificar. Boa noite, minha irmã.

Senhor! Que cena acaba de ocorrer! Ainda me sinto atordoado de lembrá-la. Não sei se terei capacidade para contar-lhe, porém meu relato seria incompleto sem essa catástrofe final.

Entrei na cabine onde estava o corpo do meu malfadado amigo. Sobre ele se debruçava uma figura que não encontro palavras para descrever. De estatura gigantesca, mas rudimentar e disforme nas suas proporções. Debruçado sobre o caixão, seu rosto se ocultava sob a vasta cabeleira em desalinho, mas a mão descomunal estava estendida, de cor e aparência que lembravam a de uma múmia. Quando me ouviu aproximar-me, cessou as lamentações que estava proferindo e saltou para a janela. Jamais contemplei uma visão tão horrenda quanto o seu rosto. Levei involuntariamente as mãos aos olhos e fiquei atônito, indeciso sobre o que fazer frente ao destruidor. Ordenei-lhe que ficasse.

Ele estacou, olhou-me pasmado, voltou-se de novo para a imagem sem vida de seu criador, parecendo ignorar minha presença, enquanto seus traços e gestos adquiriam uma expressão de fúria e incontida revolta.

— Esta também é minha vítima! — exclamou. — Na sua morte está a consumação dos meus crimes. A sequência miserável de minha existência está ligada ao seu fim. Oh! Frankenstein, ser generoso e devotado a si mesmo! De que serve agora pedir o teu perdão? Eu, que te destruí irremediavelmente, destruindo a todos os que amavas! Ele está imóvel e rígido, não pode responder-me!

Sua voz parecia sufocada e meu primeiro impulso foi de exterminá-lo, atendendo às súplicas de meu amigo moribundo, fui sofreado por um súbito sentimento de compaixão e curiosidade. Aproximei-me desse fantástico ser, mas sem ousar levantar de novo os olhos para sua face aterradora. Tentei falar, mas não consegui. O monstro continuava a proferir palavras incoerentes, amaldiçoando a si próprio. Por fim, aproveitando uma pausa na torrente de suas imprecações, venci minha indecisão e dirigi-me a ele:

— De nada vale agora o seu arrependimento. Se você tivesse ouvido a voz da consciência e os preceitos do remorso antes de ter prosseguido em sua vingança diabólica, Frankenstein ainda estaria vivo.

— E acaso estava eu alheio à agonia e ao remorso? — retrucou o demônio. — Ele — prosseguiu, apontando para o cadáver — não sofreu a agonia da morte. Nem uma infinita parcela da angústia que padeci durante o lento processo de sua execução. Eu era impelido por um egoísmo aterrador, enquanto meu coração estava cheio de remorso. Você pensa, talvez, que os gemidos de Clerval pudessem ser música aos meus ouvidos? Eu fui criado para o amor e para a piedade. E quando, cruelmente desviado pela maldade e pela injúria, atirei-me ao mal, meu coração sentiu, como nem mesmo você é capaz de imaginar, a tortura dessa mudança.

Depois do assassinato de Clerval, voltei à Suíça deprimido e agoniado. Eu tinha pena de Frankenstein, e horror e asco de mim mesmo. Mas quando descobri que ele, o autor, a um só tempo de minha existência e de seu próprio infortúnio, via abrir-se o seu caminho para a felicidade, enquanto eu acumulava agruras e desalento sobre mim; quando o vi buscar o consolo de sentimentos e prazeres, que a mim eram negados para todo o sempre, então o ressentimento e a inveja se apossaram de mim e me instilaram o veneno da vingança. Rememorei minha ameaça e resolvi que ela seria cumprida. Sabia que estava semeando minha própria desgraça, mas eu era escravo, não senhor, de um impulso irreprimível. Tinha aliviado de mim todo sentimento. O mal passou a ser minha razão de ser. Eis que agora tudo chega ao término. Eis aí minha derradeira vítima!"

Recordando as palavras de Frankenstein sobre seus recursos de eloquência e persuasão, reprimi minha tendência a deixar-me influenciar por suas expressões de arrependimento e, olhando para o cadáver de meu amigo, senti reacender minha indignação.

— Miserável! — disse eu —, é tarde para que venha deplorar a desolação que foi sua obra. Você ateia um facho num monte de casas e, quando elas estão consumidas, senta-se entre as ruínas e lamenta a derrocada. Demônio hipócrita! Se esse que você deplora estivesse ainda vivo, continuaria sendo objeto de sua abjeta vingança! O que você sente não é piedade. Lamenta apenas que a vítima de sua perversidade tenha sido retirada do seu alcance.

— Não! Não é isso! — interrompeu a criatura. — Admito que minhas ações passadas não estimulam qualquer boa impressão a meu respeito. Mas não procuro quem compartilhe de meu infortúnio. Sei que jamais poderei encontrar piedade. Quando pela primeira vez a busquei, era dos meus sentimentos de solidariedade, dos meus anseios de afeto e compreensão, da minha inclinação para o bem que eu esperava que alguém compartilhasse. Mas agora que a virtude se tornou para mim uma sombra, e a felicidade e o afeto se converteram no mais penoso e abominável desespero, onde buscar e de quem esperar simpatia? Contento-me em sofrer sozinho. Sei que, quando morrer, a abominação e a desonra pesarão sobre minha memória. Outrora alimentei esperanças de encontrar seres que, perdoando minha forma exterior, me amariam pelas qualidades morais que eu pudesse contrapor a ela. Acalentei-me de elevados pensamentos de honra e devoção. Mas agora o crime me degradou à condição do animal mais vil. Quando relembro a cadeia das minhas perversidades, não posso crer que sou a mesma criatura cujos pensamentos eram antes repletos de sublimidade e de visões do bem. Mas é justamente assim. O anjo caído torna-se demônio. Entretanto, mesmo aquele inimigo de Deus e do homem tinha amigos e seguidores. Eu sou sozinho.

Você, que chama a Frankenstein seu amigo, prosseguiu o monstro, parece ter conhecimento de meus crimes e infortúnios. Mas as particularidades que lhe for-

neceu sobre eles não lhe seria possível somar às horas de desalento que padeci. Da mesma forma, jamais encontrei da parte de quem quer que fosse um mínimo de complacência. É justo isso? Devo ser tido como o único criminoso quando todo o gênero humano também errou contra mim? Por que você não odeia Félix, que expulsou seu amigo de sua porta? Por que não condena o camponês que tentou destruir o salvador de sua filha?

Diante de tanta incompreensão e injustiça, tangido pela revolta, assassinei criaturas inocentes, que nem mesmo sabiam da minha existência. Lancei meu criador, digno, em todos os sentidos, do amor e admiração dos homens, aos meandros da mais completa desgraça. Aqui está ele, na brancura e frieza da morte. Por mais execrado que eu sej a, nada iguala o desprezo que sinto por mim mesmo.

Mas não tema que eu ainda venha a ser instrumento de futuros males. Minha obra está quase terminada, mas estará definitivamente consumada com o meu próprio extermínio. Não demorarei a executar esse sacrifício ou, antes, esse resgate. Deixarei seu navio na jangada que me trouxe até aqui e buscarei o ponto mais extremo do globo. Erguerei uma pira e consumirei até as cinzas este arcabouço miserável, de modo a que não possa restar de seus despojos o mínimo indício da minha imagem que possa orientar algum outro desavisado na tentativa de percorrer a trilha maldita do meu criador, procurando refazer a sua obra.

Adeus! Deixo-o, e com você o último ser da espécie humana a quem estes olhos jamais contemplarão. Adeus, Frankenstein! Tu buscaste minha extinção para que eu não pudesse repetir minhas atrocidades. Morto tu, cumprirei agora o teu desígnio.

Acenderei minha pira funerária em triunfo e exultarei na agonia das chamas. Minhas cinzas serão varridas pelos ventos e lançadas no mar. Meu espírito partirá para a paz ou o degredo da eternidade. Adeus!

Assim falando, saltou pela janela do camarote para a jangada que estava perto do navio e, logo depois, foi impelido pelas ondas, perdendo-se na escuridão profunda.